Le diable l'emporte

Sebastian
FAULKS

D'après Ian Fleming

Le diable l'emporte

*Traduit de l'anglais
par Pierre Ménard*

J'ai lu

Titre original
DEVIL MAY CARE

À la mémoire de Ian Fleming
et à Fali Vake el qui,
au temps du collège, m'a fait découvrir Bond.

Moscou
Vers Leningrad
et Helsinki
Gorky
Volga
Kazan
Zlatoust-36
(Triokhgorny)
Chelyabinsk
Volga
OURAL
Don
Stalingrad
Don
U R S S
Astrakhan
Mer d'Aral
Mer Noire
Fort Chevchenko
Mer Caspienne
TURQUIE
Monts
Elbourz
Nowchahr
Téhéran
IRAK
Dacht-e Kavir
AFGHANISTAN
Ispahan
Dacht-e Lut
Yazd
Zâbol
PERSE
(IRAN)
Kerman
Zahedan
Bam
N
O
E
S
Golfe Persique
0 10 20 30 miles
0 10 20 30 40 50 kilomètres
Golfe d'Oman

1

Le guetteur guetté

La soirée était humide à Paris. La pluie crépitait sans relâche sur les toits d'ardoise des immeubles, tant sur les grands boulevards que dans les mansardes du quartier Latin. Devant l'entrée du Crillon et du George V, les portiers hélaient les taxis qui surgissaient des ténèbres et se précipitaient, un parapluie à la main, pour protéger les manteaux de fourrure de leurs clientes, le temps qu'elles prennent place à l'intérieur. L'immense trouée de la place de la Concorde brillait de reflets noirs et argentés, sous les assauts de la pluie torrentielle.

À Sarcelles, dans la lointaine banlieue nord, Youssouf Hashim s'abritait dans l'entrée de l'immeuble qui se dressait au-dessus de lui. L'édifice était loin d'avoir l'élégance des arches du Pont-Neuf, sous lesquelles les amoureux se protégeaient de la pluie. Il s'agissait d'un imposant bloc de béton, construit en demi-cercle, à l'intérieur duquel des portes rudimentaires, munies de nombreux verrous, donnaient sur des *appartements*[1] crasseux. L'immeuble dominait une portion surchargée et bruyante de la Nationale 1 et rejoignait un peu plus loin une tour de dix-huit

1. Tous les mots français en italique sont en français dans l'original. (*N.d.T.*)

étages. Baptisé *L'Arc-en-ciel* par son architecte, le bâtiment inspirait une certaine méfiance, même dans ce quartier défavorisé.

Après avoir combattu les Français pendant six ans en Algérie, Youssouf Hashim avait finalement pris la fuite. Un avion l'avait emmené à Paris et il avait trouvé à se loger dans *L'Arc-en-ciel*, où ses trois frères n'avaient pas tardé à le rejoindre. On prétendait que seuls les gens nés dans le sinistre ensemble pouvaient emprunter ses passages et ses passerelles sans jeter des regards inquiets autour d'eux. Mais Hashim ne craignait personne. Il n'avait pas encore quinze ans lorsqu'il avait tué sa première victime, au cours d'un attentat à la bombe contre un bureau de poste, pour le compte du FLN. Aucun des combattants qu'il avait pu rencontrer en Afrique du Nord ou à Paris n'attachait une grande valeur à la vie humaine. C'étaient les plus forts qui l'emportaient – et le temps avait démontré à Hashim qu'il n'avait rien à leur envier.

Il s'avança de quelques pas, malgré la pluie, pour jeter un rapide coup d'œil de part et d'autre, à la lueur du lampadaire électrique. Il avait un visage basané et grêlé, un regard défiant, et son large nez recourbé saillait sous ses sourcils noirs. Il porta la main à la poche arrière de son bleu d'*ouvrier*, où se trouvait la sacoche de polyéthylène qui contenait vingt-cinq mille nouveaux francs. C'était la plus grosse somme qu'on lui ait jamais confiée et même un homme de son expérience était en droit de manifester une certaine appréhension.

En se renfonçant dans l'ombre, il regarda sa montre pour la cinquième ou sixième fois. Il ignorait l'identité de l'homme qu'il attendait, car ils changeaient à chaque livraison. C'était l'une des raisons pour lesquelles la combine s'avérait efficace : les deux extrémités de la chaîne ne se connaissaient pas et le nombre de ces commissionnaires paraissait inépuisable. Hashim essayait d'appliquer la même méthode lorsqu'il expédiait la marchandise. Il insistait pour que le lieu et le contact changent à chaque opération, mais cela ne s'avérait pas toujours possible. Ce genre de précautions coûtait cher ; et même si les commanditaires de Hashim étaient aux abois, ils connaissaient fort bien la valeur de leur marchandise. Personne, à quelque échelon que ce soit, ne gagnait suffisamment d'argent pour agir dans une sécurité absolue – sinon peut-être l'ultime et le plus puissant maillon de la chaîne, celui qui contrôlait les opérations, à des milliers de kilomètres de la cage d'escalier puante où Hashim se tenait en ce moment.

Sortant un paquet de Gauloises bleues, il le porta à ses lèvres et en extirpa une cigarette. Il venait de l'allumer avec son briquet jetable lorsqu'une voix s'éleva dans les ténèbres. Hashim recula dans l'ombre, furieux de s'être ainsi laissé surprendre. Sa main glissa vers la poche droite de son pantalon, où il sentit les contours rassurants du couteau qui ne le quittait jamais depuis son enfance dans les bidonvilles d'Alger.

La silhouette d'un homme de petite taille, vêtu d'un treillis militaire, se profila sous le halo du lampadaire. Il portait un chapeau qui ressemblait à un *képi* de la Légion étrangère et dont la visière ruisselait de pluie. Hashim ne distinguait pas son visage. L'homme murmura en anglais, d'une voix rauque :

— Les pavots fleurissent dans les plaines des Flandres.

Hashim lui répondit, en anglais lui aussi, répétant les syllabes qu'il avait apprises par cœur sans avoir la moindre idée de ce qu'elles signifiaient :

— Entre les rangées de croix.

— *Combien ?*

La manière dont son interlocuteur avait prononcé ce simple mot prouvait qu'il n'était pas français.

— *Vingt-cinq mille*, répondit Hashim.

L'homme déposa un sac de toile marron sur la première marche de l'escalier et recula de quelques pas. Ses deux mains étaient plongées dans les poches de son manteau et Hashim savait que l'une d'elles était refermée sur un pistolet. De la poche arrière de son bleu de travail il sortit les billets enveloppés dans la sacoche de polyéthylène, les posa et recula à son tour. On procédait toujours ainsi : jamais de contacts directs, chacun respectant une distance de sécurité. L'homme se pencha et prit l'argent. Il ne se donna pas la peine de le compter, hocha vaguement la tête et fourra la sacoche à l'intérieur de son manteau. Il recula à nouveau et attendit que Hashim se décide à bouger.

Hashim se pencha et ramassa le sac. En le soupesant, il se rendit compte qu'il était plus lourd que les précédents colis, mais pas au point d'avoir été rempli de sable. Il l'agita un peu et sentit le contenu remuer à l'intérieur, avec le frottement habituel aux sachets de poudre blanche. L'affaire était conclue et il attendit que l'homme fasse demi-tour. Les choses se passaient ainsi d'ordinaire : il valait mieux que le fournisseur ne sache pas de quel côté se dirigeait son client – l'ignorance étant toujours synonyme de sécurité.

Peu désireux de partir le premier, Hashim dévisageait l'autre homme. Il prit brusquement conscience des bruits dont ils étaient environnés – le rugissement de la circulation, le crépitement de la pluie qui ruisselait sur le sol depuis la passerelle en surplomb.

Quelque chose allait de travers. Hashim se mit en marche, longeant le mur d'un pas furtif, tel un lézard pressé de rejoindre les ténèbres et la liberté. En deux enjambées, l'homme fut sur lui, appuyant le canon de son arme contre la gorge de Hashim. Puis le mur de béton vint s'écraser sur son visage, transformant son nez crochu en une bouillie informe. Hashim se sentit projeté en avant sur le sol en ciment et entendit le déclic du cran de sûreté qu'on venait de libérer, tandis que le canon du pistolet se collait derrière son oreille. De sa main libre, avec une dextérité de professionnel, l'homme rabattit les bras de Hashim dans son dos et lui menotta les poignets. La police, se dit Hashim. Mais comment avaient-ils…

Il se retrouva sur le dos. L'homme le traîna jusqu'au pied de la montée d'escalier, où il le força à se redresser. De la poche de son manteau, il sortit une cale en bois de dix centimètres d'épaisseur, du côté le plus large. D'une poussée de la main, il la fourra dans la bouche de Hashim et l'enfonça en frappant avec la crosse de son pistolet, lui brisant plusieurs dents au passage. Il replongea la main dans la poche de son manteau et en sortit une grosse paire de tenailles.

L'homme se pencha au-dessus de Hashim et son visage au teint cireux apparut un bref instant dans le halo de lumière.

— Voilà le sort des mouchards, dit-il dans son mauvais français.

Il inséra les tenailles dans la bouche de Hashim et lui trancha la langue.

*

* *

René Mathis dînait avec sa maîtresse dans un petit restaurant aux abords de la place des Vosges. Sur leur tringle de cuivre, les rideaux de tulle masquaient le bas de la fenêtre ; mais dans la partie supérieure de la vitre, Mathis apercevait l'angle de la place, avec ses arcades surplombées de briques rouges, et la pluie qui se déversait toujours depuis les gouttières.

On était vendredi et il était en train de respecter un rituel dont il ne se lassait pas. Après avoir quitté son poste, au Deuxième Bureau, il avait pris le métro jusqu'à Saint-Paul et rejoint le petit appartement de sa maîtresse, dans le Marais. Il avait longé les boucheries casher et les librairies aux vitrines décorées de chandeliers à sept branches et des saintes écritures, avant d'arriver devant la *porte cochère* bleue, située en retrait de la rue. Après avoir instinctivement vérifié que personne ne l'avait suivi, il avait tiré le cordon de sonnette à l'ancienne.

Il était décidément aisé pour un agent secret de commettre l'adultère, songea-t-il avec un certain enjouement en parcourant la rue des yeux. Il entendit des pas résonner, de l'autre côté de la porte. Madame Bouin, la massive concierge, ouvrit le battant pour le laisser entrer. Derrière les verres épais de ses lunettes, son regard avait toujours le même air de conspiration, mêlé d'une vague réprobation. Il était temps qu'il lui offre à nouveau l'une de ces boîtes de chocolats à la violette, se dit Mathis en traversant la cour intérieure de l'immeuble, puis en grimpant l'escalier jusqu'à l'appartement de Sylvie.

Celle-ci l'aida à se défaire de son imperméable trempé. Comme d'habitude, elle avait préparé une bouteille de Ricard, deux verres, une carafe d'eau et une assiette de petits toasts garnis de *foie gras*. Ils firent d'abord l'amour dans sa chambre – une pièce d'un goût exquis, dont les rideaux, le couvre-lit et le papier peint semblaient rivaliser de motifs floraux. Sylvie était une jolie veuve d'une quarantaine d'années, aux cheveux blonds platinés et au corps bien conservé. Au lit, elle se montrait aussi habile qu'accommodante – une vraie petite *poule de luxe*, comme Mathis la qualifiait parfois avec affection. Après le passage obligé à la salle de bains, elle alla se changer pendant qu'il buvait son *apéritif*. Puis ils sortirent pour aller dîner.

Mathis remarquait toujours avec un certain amusement qu'après les plaisirs de la chambre Sylvie aimait engager avec lui une conversation sérieuse. Elle lui parlait de sa famille, établie à Clermont-

Ferrand, de ses fils et de sa fille – ou du général de Gaulle, auquel elle vouait un véritable culte. Le dîner était presque terminé et Sylvie finissait son *clafoutis* lorsque Pierre, le maître d'hôtel, s'approcha de leur table, l'air navré.

— Désolé de vous déranger, Monsieur. On vous demande au téléphone.

Mathis laissait toujours à son bureau un numéro où on pouvait le joindre. Mais ses collègues savaient qu'il ne fallait pas le déranger pendant ses sacro-saintes soirées du vendredi, sauf en cas d'absolue nécessité. Il s'essuya la bouche, s'excusa auprès de Sylvie et traversa la salle bondée du restaurant. Après avoir dépassé le comptoir en bois, il déboucha dans un petit vestibule, à côté de la porte des W-C. Le combiné était décroché.

— Oui, dit-il en posant les yeux sur l'affichette qui proclamait : *Répression de l'ivresse publique. Protection des mineurs*.

Aucun nom ne fut échangé au cours de la conversation, mais Mathis avait reconnu la voix du sous-directeur de son département.

— Un meurtre a été commis en banlieue, lui annonça celui-ci.

— Cela concerne la police, répondit Mathis.

— Je sais. Mais l'affaire présente certains aspects… préoccupants.

— La police est sur les lieux ?

— Oui. Ils sont inquiets. Le nombre de ces meurtres ne cesse d'augmenter.

— Je sais.

— Il faut que vous alliez y jeter un coup d'œil.

— Maintenant ?

— Oui. Je vous envoie une voiture.

— Dites au chauffeur de m'attendre au métro Saint-Paul.

Les choses auraient pu se passer plus mal, songea Mathis en attrapant son imperméable trempé et son chapeau sur le portemanteau. On aurait pu l'appeler deux heures plus tôt.

*

* *

Une Citroën DS 21 noire attendait rue de Rivoli, à côté de l'entrée de la station. Son moteur tournait encore : les chauffeurs ne l'éteignaient jamais, pour ne pas avoir à remettre en marche la suspension hydraulique. Mathis se laissa tomber dans les profondeurs de la banquette arrière, tandis que le chauffeur embrayait et accélérait dans un crissement de pneus.

Mathis alluma une cigarette américaine en regardant défiler les vitrines des grands magasins : les Galeries Lafayette, le Monoprix et les autres géants débonnaires qui se dressaient dans les parages du boulevard Haussmann. Après la gare du Nord, le chauffeur s'engagea dans des rues plus étroites, en remontant vers Pigalle. Ici apparaissaient les auvents jaunes et rouges des restaurants indochinois, les lumières des marchands de meubles d'occasion ou, à intervalles réguliers, le globe rouge d'un *hôtel de passe* devant lequel une *poule* un peu grassouillette faisait le pied de grue à l'angle de la rue, les jambes nues, abritée sous un parapluie.

Après avoir franchi les canaux et l'enchevêtrement des rues étroites qui marquaient les anciennes frontières de la ville, ils passèrent la porte de Clignancourt, puis Saint-Denis, en empruntant une portion de route surélevée qui jaillissait entre les tours d'habitation, au niveau des derniers étages. C'était ici que Paris entassait ceux qui n'avaient pas leur place dans la Ville lumière et devaient se contenter d'une chambre mal aérée, dans les ténèbres des cités obscures.

Le chauffeur quitta la Nationale 1 et s'engagea dans une artère plus étroite. Au bout de deux ou trois minutes, il finit par trouver son chemin et gara son véhicule le long de *L'Arc-en-ciel*.

— Attendez, dit Mathis. Regardez là-bas.

Les phares pivotants de la Citroën, actionnés depuis le volant, révélèrent les premières marches d'un escalier, au pied duquel un policier en uniforme se tenait en faction.

Mathis considéra le bâtiment sinistre qui se dressait devant lui. Sur sa façade incurvée, de façon apparemment irrégulière, étaient disposés des panneaux en bois aux formes « artistiques », qui semblaient directement sortis d'une peinture cubiste. On les avait placés là pour donner de la couleur et du charme à l'édifice, à l'image de l'arc-en-ciel d'où il tirait son nom. La plupart de ces panneaux avaient été dégradés, quand on ne les avait pas arrachés, et ceux qui restaient en place conféraient un aspect encore plus grotesque à la façade : on aurait dit une vieille pute outrageusement maquillée.

Mathis s'approcha et montra sa carte au policier.

— Où se trouve le corps ? demanda-t-il.

— À la morgue, Monsieur.

— Connaissons-nous son identité ?

Le policier sortit son calepin.

— Youssouf Hashim. Trente-sept ans. Un *métis* – ou un *pied-noir*, je ne sais pas.

— Un casier judiciaire ?

— Non, Monsieur. Mais cela ne signifie pas grand-chose. La plupart des gens qui vivent ici n'en ont pas, bien que ce soient presque tous des criminels. Nous mettons rarement les pieds ici.

— Vous voulez dire qu'ils font leur propre police ?

— C'est un ghetto.

— Comment l'homme est-il mort ?

— On l'a abattu à bout portant.

— Je vais jeter un coup d'œil là-haut.

— Très bien, Monsieur.

Le policier souleva la corde qui interdisait l'accès de l'escalier.

Mathis fut obligé de retenir son souffle en grimpant l'escalier, où régnait une odeur prégnante. Il longea le passage central, remarquant que les résidents avaient renforcé les portes de leurs logis avec des chaînes et des cadenas. Il entendait parfois le bruit d'un transistor, d'un poste de télévision – ou de brusques éclats de voix. À l'odeur infecte de l'escalier venaient sporadiquement se mêler des relents de merguez et de couscous.

Quel enfer, songea Mathis, que la vie de tous ces Français d'origine algérienne. On les parquait comme des animaux, sans barbelés peut-être, mais à l'extérieur de la ville. Enfin, il n'était pas là pour remédier aux inégalités du monde... Son boulot consistait à vérifier que le meurtre de ce Hashim, au-delà du fait divers, ne relevait pas des compétences du Deuxième Bureau.

Le directeur de sa section allait lui demander un rapport écrit, aussi valait-il mieux qu'il prenne au moins la température de cet *Arc-en-ciel* et de ce qui s'y tramait. De retour à son bureau, il examinerait les dossiers relatifs à des meurtres similaires et mènerait son enquête auprès des services de l'Immigration : on verrait bien s'il en sortait quelque chose et s'il y avait une quelconque raison de s'inquiéter. Une section entière du Deuxième Bureau se consacrait exclusivement aux retombées des guerres coloniales françaises. Le combat de huit ans qui avait débouché sur l'indépendance algérienne avait autant divisé l'Algérie que la France, engendrant toute une série de bouleversements politiques qui n'avaient connu leur dénouement qu'avec le retour au pouvoir inattendu du leader de la Seconde Guerre mondiale, le général de Gaulle. Mathis esquissa un sourire en pensant au regard extasié de Sylvie chaque fois qu'elle mentionnait le nom du grand homme. Au même moment, source d'humiliation encore plus grande à l'échelle internationale, l'armée française avait été vaincue en Indochine – par ce pays qui s'appelait désormais le Viêt Nam. La défaite de Diên Biên Phu avait causé une blessure profonde et laissé une cicatrice durable dans l'âme de la France, même si l'on s'était empressé de la recouvrir.

La seule consolation, songea Mathis, c'est que les Américains semblaient s'enliser là-bas à leur tour et courir à la même catastrophe. Pour ses collègues et lui, toutefois, l'Indochine et l'Algérie représentaient des centaines de milliers de rapatriés et d'immigrés que l'amertume et l'exclusion poussaient à la violence : certains devenaient des criminels et un petit nombre d'entre eux des ennemis déclarés de la République.

Mathis fit un relevé méthodique du bâtiment et du trajet hypothétique du tueur. Il nota d'autres observations rudimentaires, dont la gendarmerie locale aurait aussi bien pu se charger, selon lui.

Il alluma une autre cigarette et redescendit l'escalier. Il remercia le policier de faction et traversa le terrain vague pour rejoindre la Citroën, dont le moteur tournait toujours.

— Conduisez-moi à la morgue, lança-t-il.

Alors que la grosse cylindrée faisait lentement demi-tour, le faisceau de ses phares balaya un instant la silhouette d'un homme caché dans l'encadrement d'une porte, au rez-de-chaussée. Il portait un képi de la Légion étrangère et quitta rapidement les lieux, ayant apparemment vu ce qu'il voulait voir, tandis que la Citroën rejoignait la route.

*

* *

À la morgue, Mathis attendit que le gardien ait obtenu l'autorisation de le laisser entrer. Il demanda ensuite à l'impassible chauffeur de l'attendre à l'extérieur. L'homme acquiesça en émettant un vague grognement et regagna son véhicule.

Le gardien réapparut, accompagné d'un médecin légiste d'un certain âge, qui arborait des lunettes à monture dorée et une moustache noire impeccablement taillée. Il échangea une poignée de main avec Mathis et se présenta sous le nom de Dumont.

Après avoir comparé à plusieurs reprises les chiffres qui figuraient dans le registre du gardien et ceux des tiroirs frigorifiques, Dumont trouva celui qu'il cherchait, saisit à deux mains la lourde poignée métallique et la tira vers lui.

Dans ce genre de circonstance, Mathis ressentait toujours un frisson d'excitation. Le cadavre était déjà grisâtre, rigide, glacé. Bien qu'il eût été nettoyé avec soin, son visage ne présentait plus qu'une effroyable bouillie.

Hashim ne différait en rien de ces milliers de jeunes Algériens qui avaient mal fini. Et pourtant...

— Quelle est l'origine de la mort ? demanda Mathis.

— Une balle lui a transpercé le palais.

— Dans ce cas, pourquoi son nez est-il dans cet état ?

— On a dû le tabasser d'abord, dit Dumont. Mais il n'y a pas que le nez. Regardez sa main.

Mathis souleva le poignet raidi de Hashim. Un morceau de chair sanguinolente apparaissait entre ses doigts crispés.

— Qu'est-ce que...

— C'est sa langue, commenta Dumont.

Mathis reposa le bras de l'Algérien.

— Pourquoi l'avoir mutilé de la sorte, alors qu'il était déjà mort ? S'agit-il d'une sorte de code, ou de signal, à votre avis ?

— Cet acte n'est pas postérieur à sa mort, dit Dumont. Je suis pratiquement certain qu'il était encore en vie lorsqu'on lui a fait ça. On a dû se servir d'une paire de tenailles, ou d'un outil de ce genre pour l'arracher.

— Mon Dieu.

— Je n'ai jamais vu une chose pareille.

— Vraiment ? dit Mathis. Moi, ça me rappelle quelque chose. J'ai déjà entendu parler de ce genre de pratique... je ne sais plus où. Je vous remercie, docteur. Vous pouvez le ranger. J'ai encore du pain sur la planche.

Il retraversa le couloir, puis le hall du bâtiment, et se retrouva dehors, sous la pluie.

— Arrêtez-moi ce boucan, lança-t-il en s'engouffrant dans la DS. Je n'ai jamais supporté Piaf. Ramenez-moi au bureau.

Le chauffeur ne répondit pas, mais éteignit la radio. Il passa en première et démarra en faisant hurler les pneus, comme à son habitude. Il était exactement deux heures du matin.

2

Une voix du passé

C'était une matinée de dimanche ensoleillée et les pèlerins s'étaient réunis par milliers sur la place Saint-Pierre pour écouter le pape s'adresser à eux des hauteurs d'une fenêtre.

James Bond déambula un moment parmi la foule des croyants. Il observait leurs visages crédules, tournés vers le lointain balcon, et la lueur de joie qui s'y lisait lorsque le vieil homme prononçait quelques mots dans leur langue. Il leur enviait presque cette foi simple. Il finit par hocher la tête et se fraya un chemin au milieu des pigeons.

Le caractère prétendument universel du latin n'était pas davantage parvenu à impressionner Bond, qui dépassa le lourd Castel Sant'Angelo et traversa le Tibre sans enthousiasme, avant de s'engager dans la via Zanardelli. Il fit halte dans un bar et commanda un *americano* – un *espresso* corsé, qu'il fallait bien deux gorgées pour avaler, contrairement au traditionnel *caffè*. L'endroit était rempli de clients qui parlaient avec animation devant leur petit déjeuner tardif et de serveurs qui lançaient leurs commandes au bar d'un air enjoué. Deux ou trois femmes d'un certain âge étaient accompagnées de leurs chiens, qu'elles nourrissaient en leur glissant des morceaux de gâteaux sous la table. Bond but son café au bar, laissa quelques pièces sur le comptoir et ressortit presque aussitôt pour reprendre son périple à travers les rues.

Il lui restait encore deux semaines à tirer, sur les trois mois de congé sabbatique que lui avait ordonnés l'équipe médicale de Londres. Au début, les choses s'étaient déroulées de manière plutôt agréable. Un vieil ami de M lui avait prêté sa propriété de la Barbade : il avait fait de la plongée sous-marine et nagé à longueur de journée. Il prenait ses repas le soir sur la terrasse, servi par une cuisinière plantureuse, une autochtone du nom de Charity. Elle réussissait à merveille le poisson grillé, servi avec du riz, suivi de crèmes glacées de sa fabrication qu'elle accompagnait de tranches de papaye et de mangue. Respectant les consignes pressantes des médecins, Bond n'avait pas bu une seule goutte d'alcool et s'était couché tous les jours avant dix heures du soir, avec un livre de poche et un puissant barbiturique pour seule compagnie.

Il suivait un entraînement physique qui ne mobilisait pas ses capacités à plus de soixante-quinze pour cent. Outre la natation, il faisait cinq kilomètres de course quotidienne, de la barre fixe sur la plage et cinquante pompes avant sa deuxième douche de la journée. C'était suffisant pour éviter à son organisme de rouiller, mais guère plus.

Il avait également reçu une carte de membre honoraire du club de tennis du coin. Chaque jour en fin d'après-midi, au lieu de boire des cocktails, il descendait jouer avec Wayland, un jeune membre de la police locale dont la vivacité était impressionnante. Bond, qui avait à peine disputé une dizaine de parties de tennis depuis ses années de lycée – sans grand enthousiasme, à vrai dire – avait vu son instinct de compétition ravivé par le formidable jeu de service volée de son adversaire. Le tennis n'était donc pas cette aimable distraction réservée aux amateurs de sandwichs au concombre et de mondanités sportives – en tout cas, pas tel que Wayland le pratiquait. C'était un combat entre deux volontés, qui vous déchirait les poumons et vous meurtrissait les épaules. Bond manquait terriblement de pratique, mais il disposait d'une coordination exceptionnelle et d'un désir de vaincre encore plus remarquable. Il dut attendre leur cinquième rencontre pour remporter enfin un set contre le jeune homme, mais à mesure que son jeu s'améliorait, il commença à exploiter les failles psychologiques de son adversaire. Leurs matchs se transformèrent bientôt en duels qu'aucun des deux hommes ne voulait perdre – et ils s'arrêtaient généralement au bout de deux sets, avant d'aller se désaltérer sur la véranda.

Au bout de quatre semaines, les amis de M récupérèrent malheureusement leur propriété. Bond, à qui son patron avait plus ou moins interdit de remettre les pieds en Grande-Bretagne, décida de se rendre dans le sud de la France. Son avion atterrit à Marseille par une chaude soirée de mai. Avec le décalage horaire, il se dit qu'il ferait mieux de dîner sur le Vieux-Port et de passer la nuit sur place, plutôt que de descendre un peu plus loin sur la côte. Il demanda au chauffeur de taxi de le déposer devant le restaurant qui faisait la meilleure *bouillabaisse*. Une demi-heure plus tard, il était assis sous l'auvent d'une terrasse et sirotait un chaste *citron pressé* en regardant les bateaux amarrés dans le port.

Un homme qui voyage seul a le temps de réfléchir et d'observer ce qui l'entoure. Surtout lorsqu'il s'agit d'un homme qui a été entraîné par l'organisation la plus rigoureuse et la plus secrète de son pays – et dont l'instinct s'est vu aiguisé par des années d'autodiscipline. Il distinguera des choses que la plupart des voyageurs remarqueraient à peine.

Parmi tous les gens qui dînaient sur le *quai* ce soir-là, Bond fut sans doute le seul à se demander pourquoi les deux occupants du cabriolet noir Mercedes 300 D ne cadraient pas avec le décor – même dans ce port de commerce grouillant d'activités et de visiteurs de passage venus des quatre coins du monde.

La voiture s'était garée le long du quai. Le plus petit des deux hommes, qui portait une saharienne à manches courtes et une sorte de képi militaire français, en émergea et parcourut des yeux l'enfilade des bateaux. Après avoir repéré celui qu'il cherchait, il s'engagea sur sa passerelle et disparut à bord.

Bond considéra son compagnon, resté dans la décapotable. Il devait avoir à peu près le même âge que lui et était sans doute d'origine slave – ou d'Europe de l'Est – à en juger par ses yeux étroits et ses pommettes saillantes. Ses cheveux jaune paille étaient peignés en arrière, sans raie. Il portait un costume de brousse de couleur beige, qui venait probablement de chez Airey & Wheeler, sur une chemise bleu clair agrémentée d'une cravate écarlate, comme on en voit dans les vitrines de Jermyn Street. La carrosserie du véhicule brillait d'un noir intense et le cuir bordeaux des sièges provenait d'un tanneur professionnel. Mais ce qui avait retenu le regard de Bond, c'était que l'homme arborait un unique gant, à la main gauche.

Il ne l'ôta pas, même lorsqu'il sortit de sa poche un étui en argent pour en extraire une cigarette, avant de l'allumer. Était-ce un effet de l'imagination de Bond ? Mais le gant paraissait singulièrement large, comme si la main qu'il recouvrait était plus volumineuse que l'autre.

L'homme dégageait surtout une sorte d'aura, plus frappante encore que ses particularités physiques. Il respirait l'arrogance. La manière dont il rejetait la tête en arrière, le rictus de ses lèvres et le mouvement désinvolte de son poignet lorsqu'il laissait tomber sur le pavé la cendre de sa cigarette – tout cela témoignait de son mépris pour ceux qui l'entouraient. Mais il y avait autre chose en lui – une sorte de concentration ardente, dévorante. Cet homme semblait investi d'une mission d'une urgence si farouche qu'il était visiblement prêt à écraser tout ce qui se mettrait en travers de sa route. Peut-être était-ce pour cela qu'il se tenait à l'écart, se dit Bond – pour se préserver des demandes des autres, qui risquaient d'altérer la pureté de sa tâche. Mais combien d'années, combien d'amertume et de revers avait-il fallu pour forger une telle créature ?

Son collègue rejoignit la voiture, un sac de voyage à la main, le visage dissimulé sous la visière de son étrange képi. Dans les boutiques de King's Road, non loin de son appartement de Chelsea, Bond avait remarqué l'engouement pour les uniformes militaires aux galons dorés dont la mode s'était récemment répandue parmi la jeunesse. Mais cet homme n'avait rien d'un « hippie », ni d'un « enfant de la paix ». Malgré sa petite taille, il marchait avec la rapidité et la souplesse d'un éclaireur militaire ou d'un chasseur traquant son gibier. Il y avait dans ses gestes une brutalité presque fonctionnelle, lorsqu'il remonta à bord du cabriolet, s'assit sur le siège du conducteur et lança le sac de toile sur la banquette arrière, avant de mettre le moteur en marche. C'était un homme d'action, un sous-officier animé par une loyauté fanatique à l'égard du supérieur assis à ses côtés.

Le véhicule fit demi-tour d'un seul élan et accéléra aussitôt. Un petit chien qui avait surgi en aboyant de l'un des *cafés* pour chasser une mouette fut percuté de plein fouet par la roue avant du cabriolet. L'animal émit un gémissement plaintif, mais la Mercedes lui roula dessus et poursuivit son chemin sans s'arrêter.

*

* *

Bond parcourut la Côte d'Azur, dans une relative indifférence. Il passa deux nuits à l'Eden Roc, au cap d'Antibes, mais se lassa rapidement de la clientèle. Son métier l'avait souvent obligé à fréquenter les riches et il avait lui-même fini par acquérir des goûts dispendieux en matière de boissons alcoolisées, de voitures et de femmes, mais il supportait mal de côtoyer en permanence des individus qui avaient fait fortune à la Bourse, bien calés dans leurs fauteuils, et de femmes dont la précaire beauté dépendait du scalpel d'un chirurgien et du travail appliqué des esthéticiennes de l'hôtel.

À Monte Carlo, il fit une modeste razzia à la table du *chemin de fer*, mais perdit ensuite au poker. Aucun de ces jeux ne l'excitait plus comme avant. Lui fallait-il un adversaire du calibre du Chiffre ou de Hugo Drax, se demandait-il, pour que le jeu en vaille la chandelle ?

Un soir au crépuscule, en ce début d'été, il était assis à Cannes dans un café qui surplombait la Méditerranée, écoutant les rainettes coasser dans les pins. Comme ce petit port de pêche avait dû paraître enchanteur aux yeux des premiers visiteurs anglais, avec la douceur de son atmosphère, sa brise parfumée et la simplicité de sa vie quotidienne – que sa nourriture illustrait à merveille : poissons grillés, salades et vin frais. Mais aujourd'hui, songeait Bond, le décor ressemblait de plus en plus à Blackpool avec ses hôtels bon marché, ses hordes de touristes, ses jeunes chevauchant des scooters et des vélomoteurs pétaradants. On ne tarderait sans doute pas à installer une grande roue sur le front de mer…

Bond se surprenait trop souvent à nourrir ce genre de pensées.

De retour à sa chambre d'hôtel, il prit une douche vigoureuse, d'abord brûlante, autant qu'il pouvait le supporter, puis très froide, laissant les aiguilles glacées lui vriller les épaules. Nu devant le miroir, il contempla son visage avec une aversion qu'il ne chercha pas à tempérer.

— Tu es fatigué, dit-il à voix haute. Sur la touche. Lessivé.

Son torse et ses bras offraient une mosaïque de cicatrices de toutes dimensions, qui retraçaient l'histoire de sa violente carrière. Il y avait aussi le léger déplacement discal, provoqué par la chute qu'il avait faite du haut d'un train en Hongrie, la greffe de peau qu'il avait subie sur le dos de la main gauche… Chaque centimètre carré de son corps semblait apporter sa contribution à cette histoire. Mais il savait que l'important, c'était ce qui se passait dans sa tête.

M avait été très clair sur ce point.

— Vous avez traversé bien des épreuves, James. Plus qu'aucun être humain ne le devrait. Si vous étiez un individu normal – et même si vous étiez un autre agent double zéro – je vous retirerais du circuit pour vous confier un travail de bureau. Mais dans votre cas, James, j'attendrai que la décision vienne de vous. Prenez trois mois de congé sabbatique, en conservant votre salaire, et venez me voir ensuite pour me dire ce que vous aurez décidé.

Bond enfila des sous-vêtements propres, une chemise et une veste de soirée blanche, avec une ceinture noire. Du moins était-il encore présentable. Grâce à la cuisine de Charity et à celle des restaurants qui parsemaient la Côte d'Azur, il n'avait pas pris un gramme. Le fait d'avoir joué au tennis et de ne pas avoir bu d'alcool y était peut-être aussi pour quelque chose. Mais n'était-ce pas un empâtement plus... mental, qu'il devait redouter ?

*

* *

Lassé du sud de la France, et dans l'espoir que les jours défileraient plus vite, Bond s'était rendu à Rome et avait cherché sur la via Veneto un hôtel que Felix Leiter, son vieil ami de la CIA, lui avait chaleureusement recommandé : il l'avait récemment appelé de chez Pinkerton, où il travaillait à présent. Felix avait du goût et choisissait toujours les meilleurs endroits. De son balcon, muni d'une cigarette et d'un verre de jus d'orange fraîchement pressé, Bond pouvait observer les vedettes de cinéma – réelles ou supposées telles – qui paradaient d'un café à l'autre, lors de la *passeggiata* du soir.

— L'hôtel est juste un peu trop près à mon goût de l'ambassade américaine, l'avait prévenu Leiter. Tous ces anciens de Yale avec leurs tenues débraillées et leurs perpétuels *cocktails parties*... Mais je suis sûr qu'un coquin d'Anglais comme vous s'en accommodera fort bien, James.

Le dimanche soir, après s'être rendu sur la place Saint-Pierre, Bond repassa à l'hôtel pour enfiler un simple gilet en laine, un pantalon anthracite et une paire de mocassins noirs. Il avait décidé de dîner dans un restaurant romain traditionnel situé sur la via Carrozze, près des marches de la place d'Espagne. Alors qu'il traversait le hall, une jeune femme vêtue d'un coûteux tailleur de chez Dior le heurta en passant à sa hauteur. Sa pochette de soirée tomba bruyamment sur le sol et Bond se pencha pour la ramasser, remarquant au passage la minceur de ses chevilles, la qualité de ses bas et l'élégance de ses escarpins.

— Je suis vraiment maladroite, dit-elle.

— C'était ma faute, dit Bond.

— Non, non... Je ne regardais pas où...

— Très bien, dit Bond. Je vous laisse endosser la responsabilité de cet incident, à condition que vous m'autorisiez à vous offrir un verre.

La jeune femme regarda sa montre. Elle avait des cheveux noirs coupés court et d'immenses yeux bruns.

— D'accord, dit-elle. Mais un seul. Je m'appelle Larissa Rossi.

— Et moi Bond. James Bond.

Il lui tendit sa main, qu'elle saisit doucement.

— J'ai connu une Larissa jadis, reprit-il.

— Vraiment ?

Le ton de la jeune femme était réservé. Ils traversèrent le hall au sol dallé.

— Oui, dit Bond. Mais elle était blonde. Et russe.

Larissa sourit, tandis qu'ils pénétraient dans le bar.

— J'imagine qu'il s'agissait d'une relation de travail, dit-elle. D'une interprète, peut-être.

— Non, dit Bond. C'était une séductrice professionnelle.

— Mon Dieu...

Larissa se mit à rire. Elle paraissait plus amusée que choquée, ce qui était un bon point pour elle, songea Bond.

— C'est une histoire que je n'ai jamais racontée à personne, dit-il. Mais que voulez-vous boire ?

— Un martini dry, s'il vous plaît. Ils le préparent très bien, ici. Vous devriez l'essayer.

Bond esquissa un sourire et commanda quant à lui un jus de tomate. Le problème, quand on ne boit pas d'alcool, c'est que les autres boissons n'en deviennent pas meilleures pour autant.

Ils prirent leurs verres et allèrent s'asseoir à une table dans un coin, loin du piano. Bond regarda d'un air envieux Larissa remuer le contenu un peu visqueux de son verre avec la tige où était plantée une olive. Elle alluma une Chesterfield, avant de lui tendre le paquet. Il refusa d'un hochement de tête et alluma l'une de ses propres cigarettes. Il avait épuisé depuis déjà un bon bout de temps le stock qu'il faisait venir de chez Morland, mais avait déniché au pied de la via Condotti une petite manufacture qui lui avait fabriqué un lot de cinq cents cigarettes de tabac turc, d'une qualité acceptable.

— Que faites-vous à Rome, Larissa ?

— J'accompagne mon mari Il dirige l'une des grandes compagnies d'assurances dont on voit les bureaux sur la via Veneto.

Elle avait une voix intrigante, grave, et un accent anglais impeccable malgré une inflexion plus cosmopolite.

— Votre mari vous a donc abandonnée pour la soirée ?

— Je... Peut-être. Mais vous-même, que faites-vous à Rome, Monsieur Bond ?

— Appelez-moi James, je vous en prie. Je suis en vacances. Je travaille dans l'import-export.

— En vacances... seul ?

— Oui, je préfère. On a plus de chance de faire des découvertes intéressantes.

Larissa haussa un sourcil et croisa les jambes. C'était une façon d'attirer son regard sur elles, Bond ne l'ignorait pas, mais il ne lui en tint pas rigueur. Elles étaient d'une longueur, d'une finesse et d'un galbe parfaits. Ce n'était pas le résultat de l'entraînement physique ni d'un quelconque régime : cela tenait plutôt à la jeunesse, ainsi qu'aux mérites conjoints de l'éducation et de la lingerie de luxe.

Une heure plus tard, ils dînaient ensemble dans la via Carrozze. Un simple coup de téléphone passé par Larissa depuis l'hôtel lui avait apparemment suffi pour obtenir l'accord de son mari pour cette innocente sortie. Bond avait ensuite appelé le restaurant et fait ajouter un couvert à la table qu'il avait déjà réservée.

Les murs du restaurant étaient couverts de boiseries. Les serveurs en veste blanche – tous des Romains d'un certain âge, qui faisaient ce métier par choix depuis leur adolescence – étaient rapides et précis dans leurs gestes, polis sans être obséquieux.

Bond regardait Larissa parler, devant une assiette de raviolis saupoudrés de miettes de truffe. Elle lui racontait que son père était russe, sa mère anglaise, et qu'elle avait été élevée à Paris, puis à Genève, avant d'aller travailler à Washington, où elle avait rencontré son mari. Ils n'avaient pas d'enfant.

— Mon mari voyage évidemment beaucoup pour ses affaires, dit-elle en buvant une gorgée d'orvieto. Nous sommes basés à Paris, mais il m'arrive de l'accompagner… lorsque la destination en vaut la peine.

— Laissez-moi deviner, dit Bond. Rome, New York, Singapour, Hong Kong…

— Non, je déteste Hong Kong. Je reste à la maison lorsqu'il s'y rend. Je suis assez casanière, en fait.

— Bien sûr, dit Bond.

La trentaine, songeait-il, s'ennuyant à mourir, à moitié juive du côté paternel. Elle avait une bouche splendide et sa lèvre supérieure esquissait parfois une sorte de moue. Sa peau était légèrement mate, avec des reflets de miel, mais son innocence et sa respectabilité affichées n'étaient qu'une façade. Il y avait une sauvagerie sans retenue au fond de son regard. Elle allait bien sûr lui dire que c'était de la folie, que ce n'était « pas son genre », mais cela n'en rendrait la situation que plus excitante, pour eux deux.

— Vous avez l'air absent, James.

— Vraiment ? Excusez-moi. C'est à cause des deux « D ».

— Qu'entendez-vous par là ?

— Le décervelage et le deuil.

— Mon Dieu… Racontez-moi ça.

L'espace d'un instant, Bond fut tenté de se confier à cette belle jeune femme – de lui parler de celle qui avait été sa femme quelques heures durant, Tracy di Vicenzo, de la manière dont les hommes de Blofeld l'avaient tuée avant qu'il ne tombe lui-même entre leurs mains, de son cauchemar japonais, puis de sa rédemption partielle à la Jamaïque. Mais les confidences étaient exclues, dans son métier. L'étrange état dans lequel il se sentait l'avait déjà amené à en dire beaucoup plus qu'il ne l'aurait dû.

— Une autre fois, dit-il. Lorsque nous nous connaîtrons un peu mieux.

Il ramena la conversation sur Larissa, remarquant au passage que sa réponse évasive n'avait fait qu'aiguiser l'intérêt qu'elle lui portait. Réticente au début, Larissa poursuivit le récit de son existence avec une chaleur croissante.

Lorsqu'ils rejoignirent l'hôtel, elle s'immobilisa dans le hall et posa la main sur le bras de Bond.

— Mon mari a dû se rendre à Naples et y passera la nuit, dit-elle en baissant les yeux et en s'humectant un peu nerveusement les lèvres. Il me l'a dit tout à l'heure, lorsque je l'ai appelé. Vous pouvez venir prendre un verre dans notre suite, si le cœur vous en dit.

Bond plongea son regard dans les grands yeux bruns de la jeune femme, dont les lèvres s'entrouvrirent, comme sous l'effet d'une émotion contenue. Puis il s'entendit prononcer deux mots dont il ne s'était jamais servi dans une telle circonstance, depuis qu'il était adulte.

— Non, merci.

— Pardon ?

L'interjection résonna comme si la jeune femme n'avait réellement pas entendu sa réponse.

— Non, merci, Larissa, répéta Bond. C'est préférable. Je...

— Ne vous justifiez pas, dit-elle. (Elle se dressa sur la pointe des pieds et l'embrassa sur la joue.) Merci pour cette merveilleuse soirée.

Il la regarda se diriger vers la réception, où elle récupéra sa clef avant de rejoindre l'ascenseur. Au moment d'y pénétrer, elle hésita un court instant, se retourna et lui adressa un petit signe de la main.

Quelle femme, songea Bond. Il alluma une cigarette, qu'il alla fumer sur le perron.

Peut-être était-ce le signe qu'il attendait. Voici encore deux ans, il n'aurait même pas attendu le café pour la ramener dans sa chambre. Il lui était arrivé de se lasser de ce genre de jeu, de le trouver même un peu répugnant, mais il avait toujours eu la conviction que ce désir compulsif ne le quitterait jamais.

Et pourtant, ce soir... Il savait maintenant avec certitude qu'une époque avait pris fin – et ce qu'il allait dire à M, une fois de retour à Londres. La partie était finie. Il se résignait à partager la fin de son existence entre les réunions des différents départements et l'étude des dépêches qui atterriraient sur son bureau. Et il se contenterait de sa secrétaire, Loelia Ponsonby – qui venait heureusement de reprendre du service, après avoir mis au monde deux vigoureux garçons –, pour se délasser les yeux, entre deux dossiers à remplir.

Après l'élimination de Scaramanga à la Jamaïque, Bond avait passé dix-huit mois – qui lui avaient paru beaucoup plus longs – à brasser des papiers, assis derrière son bureau, avant que M ne lui propose ce congé sabbatique « de la dernière chance », au terme duquel ce devait être à Bond lui-même de décider s'il reprendrait ou non du service. En l'absence de Loelia, cette existence de gratte-papier s'était avérée d'un ennui mortel : il avait vu défiler dans son bureau toute une série de matrones à la mine revêche – au milieu desquelles avait surgi, deux mois durant, une blonde splendide et d'une efficacité redoutable, du nom de Holly Campbell, que M n'avait pas tardé à promouvoir dans un autre service.

D'une pichenette nonchalante, Bond expédia dans la rue le mégot de sa cigarette et regagna l'intérieur de l'hôtel. Tandis qu'il récupérait sa clef à la réception, l'employé lui tendit un message laconique : « Rappelez Universal. Urgent. »

Il ressortit et se dirigea vers une cabine téléphonique. Universal... Il était secrètement enchanté qu'après divers essais peu concluants, le Service en soit revenu à son ancienne couverture. Aucun autre nom n'exerçait sur lui la même et étrange fascination. Il y eut de la réverbération sur la ligne, puis un moment d'attente, suivi d'un long bourdonnement : on était en train de transférer son appel.

Il entendit enfin la voix lointaine, déformée mais reconnaissable entre toutes, de l'homme qu'il respectait le plus au monde.

— Bond ?

— Monsieur ?

— Les vacances sont terminées.

— Quoi ?

— Nous avons besoin de vous. Prenez le premier vol pour Londres demain matin.

— Mais je croyais...

— L'une de nos branches commerciales nous signale un regain d'activités exceptionnel.

— Où donc ?

— À Paris. Mais les importations en provenance du Moyen Orient sont en hausse, elles aussi.

— Que devient mon congé sabbatique, dans tout ça ? Il n'était censé prendre fin que...

— Au diable votre congé ! Nous discuterons de tout cela demain dans mon bureau. C'est entendu ?

— Oui, monsieur. À demain.

— Merci. Et ramenez donc une boîte de ces délicieux chocolats. Ceux qui sont enveloppés dans du papier bleu argenté.

3

La main de singe

May, la « perle » écossaise qui s'occupait de l'appartement de Bond à Chelsea, essayait désespérément d'achever la remise en état de la maison lorsqu'elle entendit le taxi en provenance de l'aéroport s'arrêter dans la rue déserte et déposer Bond devant le perron.

— Vous auriez tout de même pu me prévenir un peu plus tôt, Monsieur Bond, lança-t-elle tandis qu'il posait dans l'entrée ses valises en crocodile. La literie a besoin d'être aérée, je n'ai plus un seul pot de votre confiture préférée et le garçon qui est venu monter les placards de la chambre d'ami a laissé la pièce dans un état épouvantable.

— Désolé, May. Le devoir m'a appelé... un peu tard, hier soir.

— Voulez-vous que je vous prépare un petit déjeuner ?

— Non, merci. Je vais prendre une douche rapide et je filerai ensuite au bureau.

— Vous trouverez au moins des serviettes propres sur la tringle. Je vais vous faire du café, en attendant.

— Merci. Très noir, très fort, s'il vous plaît.

— Avec un verre de jus d'orange ?

— Pressé par vos soins ?

— Évidemment, Monsieur Bond.

— May, vous êtes un ange. Je serai prêt dans dix minutes. Entre-temps, appelez le garage pour qu'ils me ramènent la voiture.

Après sa douche, alors qu'il enfilait une chemise propre, un costume en laine peignée bleu marine et une fine cravate noire, Bond avait l'impression de remettre un vieil uniforme. Il s'était rasé à l'hôtel avant de quitter Rome, à six heures du matin, et s'était fait couper les cheveux quelques jours plus tôt. Il n'était peut-être pas tout à fait identique à celui qu'il était jadis, mais au moins était-il présentable.

Au salon, il parcourut rapidement le courrier qui s'était accumulé en son absence et en élimina une bonne moitié, qui rejoignit directement la corbeille à papier. Il but une gorgée du café noir et brûlant de May et prit dans la boîte posée sur la table basse l'une des cigarettes qu'il faisait venir des Balkans.

— Eh bien, May, racontez-moi un peu ce qui s'est passé en Angleterre durant mon absence.

May réfléchit quelques instants.

— Le vieux bonhomme qui était parti faire le tour du monde à la voile en solitaire est revenu.

— Chichester ?

— Oui, c'est ça. Mais ne me demandez pas pourquoi il s'est lancé dans une affaire pareille, alors qu'il était déjà à la retraite.

— Les hommes ont parfois besoin de se prouver certaines choses à eux-mêmes, dit Bond. Y compris lorsqu'ils sont vieux. Quoi d'autre ?

— Ces chanteurs pop ont été arrêtés pour possession de drogue.

— Les Beatles ?

— Non, ceux qui ont des cheveux jusqu'aux épaules et qui font un boucan d'enfer. Les Rolling Stones, je crois...

— De quelle drogue s'agissait-il ? De la marijuana ?

— Ne me posez pas la question, Monsieur Bond. Tout ce que je sais, c'est qu'il s'agissait de drogue.

— Je vois. (Bond écrasa sa cigarette dans le cendrier.) Après mon départ, pouvez-vous passer un coup de fil chez Morland et leur demander de me livrer au plus vite une autre de ces boîtes ? Je risque de repartir aujourd'hui même en voyage.

— En voyage ? dit May. Je croyais que vous deviez...

— Moi aussi, May, moi aussi. Mais n'est-ce pas la voiture qui vient d'arriver ?

*

* *

Il fallut près de dix minutes à Bond pour rejoindre Sloane Square à bord de la « Locomotive », la Bentley Continental qu'il avait fait remodeler selon ses propres plans. En son absence, Londres semblait avoir plus ou moins perdu la boule. À chaque passage clouté, dans King's Road, des groupes de jeunes gens aux cheveux longs traversaient d'un air nonchalant ou restaient plantés dans la rue, plongés dans leurs conversations. Il en aperçut même un qui s'était carrément assis en tailleur, au beau milieu de la chaussée. Comme il avait rabattu la capote de son véhicule, Bond sentait planer dans l'atmosphère des relents de marijuana – dont l'odeur était associée pour lui aux souks obscurs et crasseux des villes marocaines. Il appuya sur l'accélérateur et entendit vrombir les deux pots d'échappement jumeaux.

Il finit par rejoindre Sloane Street. Lorsqu'il s'engagea dans Hyde Park, l'aiguille du compteur atteignit les 90 : le surcompresseur allégeait sensiblement le poids de la carrosserie qu'il avait personnalisée. Bond changea de vitesse pour négocier le double virage, juste avant de traverser la Serpentine. Il sentit une légère résistance tandis qu'il redressait le volant – il manquait de pratique – mais rien de bien grave. C'était ainsi qu'il concevait la vie, songea-t-il : une journée d'été précoce à Londres, le vent qui lui fouettait le visage, un rendez-vous urgent avec son patron.

Il se retrouva bientôt à Regent's Park, puis au quartier général du Service. Il lança les clefs de la voiture au portier ahuri et prit l'ascenseur jusqu'au huitième étage. Fidèle au poste, miss Moneypenny était assise devant la porte de M, tel un Cerbère en tailleur veillant à l'entrée du monde souterrain qui attendait Bond, quelle qu'en soit la nature.

— James, lança-t-elle sans parvenir à dissimuler sa joie. Quel plaisir de vous revoir. Comment ces vacances se sont-elles passées ?

— Il s'agissait d'un congé sabbatique, Moneypenny, ce qui n'est pas la même chose. Mais ce n'était pas désagréable. Quoique un peu trop long, à mon goût. Et comment va mon petit portier préféré ?

— Mieux que jamais, James. Je vous remercie.

C'était exact. Miss Moneypenny portait un tailleur pied-de-poule noir et blanc plutôt strict, sur un chemisier blanc fermé par une broche ornée d'un camée bleu. Mais elle avait une mine resplendissante et semblait déborder d'un enthousiasme juvénile.

Bond désigna la porte d'un mouvement de tête.

— Et le patron ?

Miss Moneypenny fit vaguement la moue.

— Un peu bizarre ces derniers temps, pour tout vous dire. Il s'est mis au...

De l'index, elle fit signe à Bond de s'approcher. Lorsqu'il eut incliné la tête, elle lui murmura un mot à l'oreille. Bond sentit ses lèvres effleurer sa peau.

— Au yoga ! s'exclama-t-il. Nom de...

Moneypenny se mit à rire, en portant un doigt à ses lèvres.

— Le monde entier est-il devenu fou en mon absence ?

— Calmez-vous, James, et dites-moi plutôt ce que contient ce joli petit sachet rouge.

— Des chocolats, dit Bond. M m'a demandé de lui en rapporter de Rome.

Il lui montra le ballotin de Perugian Baci dans son emballage bleu argenté caractéristique.

— Savez-vous ce que signifie *baci* en italien, James ? Tout simplement « baisers ».

— Il compte sans doute les offrir à sa femme.

— James, vous...

— Chut...

Avant qu'elle ait pu protester davantage, la lourde porte de chêne s'ouvrit silencieusement et Bond vit M apparaître sur le seuil, la tête légèrement penchée sur le côté.

— Entrez, 007, lui dit-il. Heureux de vous revoir.

— Merci, Monsieur.

Bond le suivit. Parvenu sur le seuil, il se retourna et adressa un petit baiser à Moneypenny, avant de refermer la porte.

Bond s'assit dans le fauteuil, en face du bureau de M. Après avoir successivement gratté et éteint plusieurs allumettes, M parut avoir résolu le problème que lui présentait le tirage de sa pipe. Ils échangèrent quelques propos anodins sur le congé sabbatique de Bond, puis le vieux loup de mer jeta un bref coup d'œil à travers la fenêtre, comme s'il s'attendait à voir surgir des avions ennemis au-dessus de Regent's Park. Son regard se reposa sur Bond.

— J'ai besoin de votre aide, 007. Les détails sont encore un peu flous pour l'instant, mais j'ai l'intuition qu'il s'agit d'une grosse affaire. D'une très grosse affaire, même. Avez-vous entendu parler du Dr Julius Gorner ?

— Vous n'avez pas l'intention de m'envoyer consulter un nouveau médecin, Monsieur ? rétorqua Bond. Je croyais avoir satisfait à vos...

— Non, non, l'interrompit M. Le « docteur » en question est un titre universitaire – décroché à la Sorbonne, me semble-t-il. Mais le Dr Gorner a obtenu d'autres diplômes, notamment à Oxford et dans l'une des plus anciennes universités de l'Europe de l'Est. À Oxford, il a réussi l'examen final, dans la section moderne – philosophie, science politique et économie, pour être plus précis – avant de s'orienter curieusement vers la chimie, pour son doctorat.

— Un petit touche-à-tout, commenta Bond.

M se racla la gorge.

— Disons plutôt un touche-à-tout de génie, je le crains. Ce parcours universitaire est déjà de l'histoire ancienne et il semble l'avoir achevé sans grandes difficultés. Il a devancé l'appel pendant la guerre et obtenu des médailles des deux côtés – d'abord chez les nazis, puis dans le camp des Russes, à la bataille de Stalingrad. La même chose est arrivée à un certain nombre d'individus dans les pays Baltes, comme vous le savez, en fonction du pays qui les occupait et contre lequel ils se battaient. Ce qui est curieux, dans le cas de Gorner, c'est qu'il semble avoir changé de camp de son propre chef, en optant pour celui qui avait selon lui le plus de chances de l'emporter.

— Un soldat de fortune, dit Bond.

Sa curiosité était éveillée.

— Oui. Mais sa véritable passion, ce sont les affaires. Il a passé un an à l'École d'économie de Harvard et a fini par laisser tomber, trouvant le programme ennuyeux. Il a commencé par monter une petite entreprise de produits pharmaceutiques en Estonie, avant d'ouvrir une usine dans les environs de Paris. On aurait pu imaginer que les choses se dérouleraient dans l'autre sens : un bureau à Paris et une unité de production à coût réduit en Estonie. Mais avec le Dr Gorner, les choses ne se passent apparemment pas comme on pourrait s'y attendre.

— Quel genre de produits pharmaceutiques ? demanda Bond.

— Des analgésiques. Des produits contre les douleurs, vous savez. Son entreprise cherche à se développer du côté des traitements neurologiques, pour lutter contre la maladie de Parkinson, la sclérose en plaques, etc. Mais dans ce domaine, il s'est bien sûr heurté à plus puissant que lui : Pfizer, Johnson & Johnson et autres géants de l'industrie pharmaceutique – dont certains sont dans la course depuis le siècle dernier. Mais cela n'a pas eu l'air de décourager notre Dr Gorner. Un savant cocktail d'espionnage industriel, de prix cassés et de techniques de vente implacables lui a déjà assuré une certaine présence sur le marché. Et puis, un beau jour, il a découvert le pavot.

— Le pavot ?

Bond se demanda si la pratique du yoga n'avait pas embrouillé le cerveau de M. Peut-être était-il resté trop longtemps la tête en bas – même s'il était difficile de l'imaginer revêtu d'un *dhoti*.

— La plante qui est à l'origine des drogues rangées dans la catégorie des opiacés, répondit M, et qui sont largement employées dans les hôpitaux comme anesthésiques. Tous nos fantassins ont de la morphine dans leur paquetage. Quand une bombe vient de vous arracher la moitié de la jambe, il vaut mieux disposer d'un produit efficace et qui agit rapidement. L'héroïne a d'abord été commercialisée – tout à fait légalement – par la firme allemande Bayer, comme remède contre la toux. Récemment, bien sûr, depuis qu'on a découvert les problèmes engendrés par l'addiction, une législation sévère réglemente l'usage de ces produits. Il existe un marché légal des substances dérivées de l'opium destinées à l'usage médical, comme il en existe un autre, parfaitement illégal.

— Et dans lequel notre homme est-il impliqué ?

— Dans le premier, officiellement. Nous le soupçonnons toutefois d'être de plus en plus mouillé dans le deuxième. Mais nous avons besoin d'en savoir plus. Beaucoup plus.

— C'est là que j'interviens ?

— Oui.

M se leva et marcha jusqu'à la fenêtre.

— Je vous demande dans un premier temps de recueillir un certain nombre d'informations. De dénicher Gorner. De parler avec lui. De voir comment il fonctionne.

— De mener une enquête psychologique, en quelque sorte, dit Bond.

— Plus ou moins.

M paraissait mal à l'aise.

— C'est ce genre de mission que vous comptez désormais me confier ? Je croyais que ce serait à moi de décider si je reprendrais ou non un service actif.

— Vous avez toujours le choix, James.

Bond n'aimait pas que M l'appelle « James », plutôt que « Bond » ou « 007 ». Cette note personnelle préludait toujours à une mauvaise nouvelle.

— Je veux que vous passiez de nouveaux tests médicaux. Puis que vous ayez une conversation avec R.

— Le psychiatre ? dit Bond.

— Le responsable de notre entraînement psychologique, corrigea M. J'ai récemment engagé quelqu'un pour l'assister dans son département. Il va vous enseigner de nouvelles techniques de relaxation et de contrôle respiratoire.

— Bon sang, Monsieur, je ne...

— Tous les double zéro y sont astreints, répondit M d'un air guindé. 009 m'a dit en avoir retiré d'immenses bénéfices.

— Je n'en doute pas, dit Bond.

— À ce propos... J'ai engagé un nouveau double zéro. Pour remplacer 004 qui malheureusement, comme vous le savez...

— Oui. Sous un train, en Allemagne de l'Est, si j'ai bien compris. Et quand ce nouvel agent prendra-t-il ses fonctions ?

— D'un jour à l'autre. (M se remit à tousser.) En tout cas, tout le monde doit en passer par là et je ne veux pas que vous fassiez exception à la règle.

Bond alluma une cigarette. Il était inutile de discuter avec M lorsqu'il s'était mis une idée en tête.

— Y a-t-il autre chose que je doive savoir au sujet de ce Dr Gorner ?

— Oui, dit M. Il n'est pas à exclure qu'il finisse par présenter une menace majeure pour la sécurité nationale. C'est pour cela que le Service a été mis sur l'affaire. Le gouvernement s'inquiète de plus en plus de la quantité de drogues qui rentre illégalement dans le pays. Il y a déjà 750 000 personnes qui consomment de l'héroïne aux États-Unis. Nous sommes en train de suivre le même chemin. Et le problème, c'est qu'il ne s'agit pas de simples marginaux. C'est toute notre jeunesse qui est désormais menacée, jusque dans ses meilleurs éléments. Les drogues sont devenues respectables. Il y a eu récemment un article dans le *Times* – le *Times*, vous vous rendez compte... – demandant la clémence pour ces pitoyables chanteurs. Dès que les drogues s'insinuent dans la culture d'une nation, celle-ci ne tarde guère à tomber au niveau des pays du tiers-monde. Ces substances sapent la volonté et le désir de vivre. Regardez le Laos, la Thaïlande, le Cambodge : difficile de les qualifier de superpuissances, vous ne trouvez pas ?

— Cela me rappelle Kristatos et cette opération en Italie, dit Bond.

— C'était de la gnognote, en comparaison. Des contrebandiers du dimanche. Comme ce petit travail que vous avez effectué au Mexique, avant de rencontrer Goldfinger.

— Et où suis-je censé dénicher Gorner ?

— Ce type ne tient pas en place. L'aviation fait partie de ses hobbies et il possède deux avions privés. Il passe la plupart de son temps à Paris, mais vous n'aurez guère de difficulté à le reconnaître.

— Pourquoi donc ? demanda Bond.

— À cause de sa main gauche, dit M en se rasseyant et en fixant Bond dans les yeux. C'est une patte de singe.

— Quoi ?

— Une difformité congénitale extrêmement rare. Vous avez sans doute entendu parler de la *main de singe*, où le pouce est aligné sur les autres doigts et ne leur est donc pas « opposable » : il ne peut ni saisir, ni agripper les objets. Un peu comme quand on essaie de ramasser un stylo avec le majeur et l'index. (M se livra à une petite démonstration.) On finit par y arriver, mais ce n'est pas très commode. Le développement du pouce opposable a été une mutation décisive, qui a permis à l'*Homo sapiens* de se distinguer de ses ancêtres. Mais ce dont souffre Gorner est bien pire : sa main entière ressemble à celle d'un singe. Elle est couverte de poils, jusqu'au poignet. Et même au-delà.

Un signal s'alluma dans la mémoire de Bond.

— Elle doit donc être plus grosse que sa main droite, dit-il.

— Probablement. D'après ce que j'ai entendu dire, il s'agit d'un cas très rare, même s'il n'est pas unique.

— Se déplace-t-il avec un acolyte qui porte un képi de la Légion étrangère ?

— Je n'en ai pas la moindre idée, dit M.

— Il n'est pas impossible que je l'aie aperçu récemment, dit Bond. À Marseille.

— Sur le port ?

— Oui.

M poussa un soupir.

— Cela ne me paraît que trop crédible.

— Il a environ mon âge, une forte carrure, des cheveux jaune paille, raides et un peu trop longs, des traits slaves...

— Attendez, l'interrompit M en lui tendant une photographie en travers du bureau. S'agit-il de cet homme ?

— Oui, dit Bond. C'est bien lui.

— C'est un signe du destin, dit M avec un sourire sans joie.

— Je ne crois pas au destin, dit Bond.

— Il est temps que vous changiez d'avis, dit M. Le meilleur informateur que l'IS ait jamais connu était un colonel russe qui travaillait dans les services secrets soviétiques. Un dénommé Penkovsky. L'un de leurs agents l'avait un jour remarqué dans un café d'Ankara, à cause de son air déprimé. Un seul regard avait suffi pour qu'il soit recruté. Voilà le résultat du destin.

— Et de l'observation, dit Bond en écrasant sa cigarette. Cela signifie-t-il que je suis de nouveau pleinement opérationnel ?

— J'envisage une phase de transition, dit M. Vous effectuez ce travail de reconnaissance. Vous suivez les cours de relaxation de R. Ensuite, nous aviserons.

Une pensée désagréable traversa l'esprit de Bond.

— Vous n'avez pas parlé de cette affaire à 009, n'est-ce pas ? Ou au nouveau 004 ? Vous ne me demandez pas de déblayer le terrain pour confier ensuite la mission à un autre agent ?

M se dandina dans son fauteuil, un peu mal à l'aise.

— Écoutez-moi, 007. Ce Dr Gorner est en puissance l'individu le plus dangereux auquel le Service ait jamais eu affaire. Je ne vous lance pas sur la piste d'un vulgaire trafiquant sur le retour, mais sur celle d'un homme qui semble s'être donné pour but de détruire la vie de millions de personnes et de saper du même coup l'influence de l'Occident. Je me réserve le droit d'utiliser le nombre d'agents que j'estime nécessaire pour l'arrêter.

Bond vit les yeux gris de son patron se planter dans les siens. Il était sincère. M se remit à tousser.

— L'ombre de la Russie se profile derrière cette affaire, reprit-il, et cela inquiète particulièrement le gouvernement. On peut ranimer la guerre froide de bien des manières. Votre rapport devra être sur mon bureau dans six jours.

Bond jugea inutile de prolonger la discussion.

— Le Deuxième Bureau est-il au courant ? demanda-t-il.

— Oui. Contactez Mathis dès votre arrivée à Paris. Miss Moneypenny a déjà réservé vos billets et votre hôtel.

— Merci, Monsieur.

Bond se leva, prêt à partir.

— Un instant, James. Soyez prudent, n'est-ce pas ? Je sais que les affaires de drogue paraissent toujours anodines, comparées au trafic d'armes – ou même de diamants. Mais j'ai un mauvais pressentiment, au sujet de ce type. Il a déjà beaucoup de sang sur les mains.

Bond acquiesça, sortit et referma la porte derrière lui.

Miss Moneypenny releva les yeux, derrière son bureau, et lui tendit une enveloppe marron, dûment cachetée.

— Vous avez de la chance, lui dit-elle. Paris au printemps... Je vous ai trouvé un hôtel charmant.

Oh, regardez : vous avez oublié de donner vos chocolats à M.

Bond posa le sachet rouge sur son bureau.

— Ils sont à vous, dit-il.

— Vous êtes un amour, James. Merci. Votre vol est à 18 heures. Vous avez juste le temps de faire votre première séance de relaxation et de contrôle respiratoire. Je vous ai pris un rendez-vous pour 14 h 30, au deuxième étage.

— Attendez que je sois revenu de Paris, dit Bond en se dirigeant vers l'ascenseur. J'aurai vite fait de vous faire perdre votre souffle.

— Il s'agit de le contrôler, James, pas de le perdre. Ne mélangez pas tout.

— Si vous continuez à couper les cheveux en quatre, je vais devoir faire appel à un expédient plus sévère. Une bonne fessée, par exemple. Qui vous empêchera de vous asseoir pendant une huitaine de jours.

— Vraiment, James, vous n'êtes pas avare de promesses, en ce moment.

Les portes de l'ascenseur se refermèrent avant que Bond ait eu le temps de répliquer. En s'enfonçant dans les profondeurs du bâtiment, il revit le visage ébahi de Larissa, dans le hall de l'hôtel à Rome. Des promesses… Peut-être Moneypenny avait-elle raison.

*

* *

Bond passa quarante-cinq minutes en compagnie d'un dénommé Julian Burton, qui portait une chemise blanche sans col et lui expliqua comment respirer depuis les profondeurs de son ventre.

— Imaginez une cruche que vous devez remplir d'eau : c'est votre respiration. Faites-la descendre le long de votre colonne vertébrale, tout en bas, en dessous de vos reins. Remplissez-la. Ensuite, fermez les yeux et représentez-vous un paysage idyllique. Une plage, par exemple, ou un torrent sinuant à travers une forêt. Videz votre esprit de tous vos soucis et de vos préoccupations quotidiennes et concentrez-vous sur ce décor enchanteur. Continuez de respirer, profondément, jusqu'à ce que l'air descende tout en bas de votre dos. Chassez toute autre pensée, n'ayez plus à l'esprit que le décor enchanteur que vous avez choisi.

Le « décor enchanteur » sur lequel Bond avait concentré ses pensées n'était pas un paysage sylvestre, mais la gorge aux reflets de miel de Larissa Rossi. Peut-être la vieille bête n'était-elle pas tout à fait morte, finalement... À la fin de la séance, Bond promit à Julian qu'il ferait tous les jours ses exercices de contrôle respiratoire. Puis il dévala l'escalier jusqu'à la réception, au rez-de-chaussée, plutôt que de prendre l'ascenseur. Il n'avait pas encore retrouvé la pleine possession de ses moyens, mais la moindre étape comptait.

Il sentait ses vieux circuits se remettre en route, rien qu'à la pensée du Dr Julius Gorner. Jamais il n'avait éprouvé une telle antipathie à l'égard de quelqu'un, au premier coup d'œil. Il faut dire qu'il y avait quelque chose de particulièrement sournois dans le fait de chercher à déstabiliser un pays en profitant de la crédulité de sa jeunesse, plutôt qu'avec des armes et des soldats.

Il se rendit compte qu'il cherchait encore à impressionner M. Après tout ce qu'il avait accompli dans le passé, songea Bond tandis que la « Locomotive » quittait Bayswater Road et s'engageait dans Hyde Park, il n'avait pourtant plus grand-chose à prouver. Peut-être était-ce la mention des autres double zéro qui l'avait troublé. Bien sûr, il y aurait toujours de nouveaux agents ayant l'autorisation de tuer – à vrai dire, le temps que l'on passait en moyenne à ce poste avant une issue fatale obligeait à un processus de recrutement et d'entraînement constant – mais Bond avait toujours eu le sentiment d'être unique : l'agent préféré du Service, en quelque sorte. Peut-être M lui avait-il délibérément montré une confiance mesurée aujourd'hui afin de l'obliger à se concentrer. Plus il y pensait, et plus il se disait que le vieux renard devait avoir une idée de ce genre derrière la tête.

De retour à son domicile, il s'aperçut que May avait déjà lavé et repassé les vêtements qu'il avait rapportés d'Italie. C'était l'heure du thé, mais elle le connaissait assez pour lui épargner ce breuvage réservé aux vieilles dames. Quand elle frappa à la porte de sa chambre, ce fut au contraire pour lui apporter un plateau en argent où trônaient un siphon d'eau gazeuse, un seau à glace, un verre à whisky en cristal et une bouteille de Johnny Walker, Black Label.

— À votre santé, Monsieur Bond, dit-elle en posant le plateau sur la commode. Laissez-moi préparer votre valise.

Bond n'avait pas tout à fait terminé ses trois mois de diète, mais puisque M le jugeait apte à reprendre du service... Il versa deux doigts de whisky dans le verre et y ajouta un glaçon, ainsi qu'une quantité égale d'eau gazeuse.

— À votre santé, dit-il avant d'avaler le tout d'un trait.

*

* *

Au moment où Bond quittait Hammersmith pour s'engager dans Great West Road, il aperçut une moto dans son rétroviseur latéral et ralentit instinctivement l'allure. Ces flics qui traquaient les excès de vitesse étaient décidément partout et sa voiture était une cible toute trouvée. Mais la moto eut l'air de ralentir en même temps que lui. Sans prévenir, Bond bifurqua brusquement sur la gauche au rond-point suivant et prit la direction de Twickenham, laissant derrière lui le flot de véhicules qui quittaient la capitale à cette heure de pointe. Il fit mine de ralentir au carrefour, puis écrasa l'accélérateur pour passer de justesse, avant que le feu ne vire au rouge. Mais lorsqu'il regarda de nouveau dans son rétroviseur, la moto était toujours là.

Bond éprouvait un mélange de colère et d'excitation. Il était irritant d'être suivi par un tel amateur, alors qu'il s'apprêtait à affronter un adversaire aussi dangereux que le Dr Julius Gorner. Avant le pont de Chiswick, toujours sans prévenir, il braqua au dernier moment sur la droite.

Il ne sentit pas de résistance, cette fois-ci : le lourd véhicule adhérait à la route comme un homme étreignant le corps de son amante. Bond regarda à nouveau dans ses rétroviseurs et ressentit sa première bouffée d'angoisse. Il y avait deux motos à présent – deux grosses BMW – et aucune voiture ne peut espérer semer de pareils engins. Les motards se baissèrent sur leurs guidons et accélérèrent, d'une torsion de poignet. Le rugissement des deux monstres bavarois emplit aussitôt la calme rue de Kew.

En quelques secondes, les motos rattrapèrent la Bentley de Bond et vinrent se placer à ses côtés, l'encadrant de part et d'autre. L'affaire se corsait. Bond aurait préféré se trouver dans l'Aston Martin, dont le petit compartiment placé sous le siège du conducteur contenait un Colt 45. Il n'était pas sûr que son Walther PPK soit suffisamment puissant pour un travail de ce genre, et à une telle distance, mais il n'avait pas le choix. Avant qu'il ait pu sortir le pistolet de son étui, il y eut une violente explosion, tandis que la vitre de la portière volait en éclats sous l'impact d'une balle. Bond fit feu à travers l'espace ainsi dégagé, avant de donner un brusque coup de frein. Les voitures freinent plus vite que les motos, c'est l'un de leurs avantages. Bond entrevit en un éclair le deuxième motard, qui l'avait légèrement dépassé. À travers la vitre brisée de la portière, il tira à nouveau et vit que le motard, touché à l'épaule gauche, était éjecté vers l'avant. La moto allemande bascula et partit en glissant le long du trottoir, faisant gicler une gerbe d'étincelles.

Le deuxième motard était maintenant revenu à sa hauteur. Bond s'aperçut qu'ils étaient presque au bout de la rue, qui débouchait à angle droit sur un carrefour. Ils devaient rouler à 75 km/h environ : il fallait qu'il ralentisse un peu, s'il voulait exécuter la manœuvre qu'il avait en tête. Il aperçut le motard qui levait la main droite pour tirer à nouveau, devenant du même coup vulnérable, puisque seule sa main gauche maintenait le guidon et qu'il ne pouvait plus actionner les gaz.

Bond écrasa la pédale du frein, braqua d'un geste brusque sur la droite et releva le frein à main. Dans un hurlement de pneus déchirant et une vague odeur de brûlé, la grosse voiture trépida, puis fit un brusque tête-à-queue, heurtant de plein fouet la roue avant de la BMW. Bond ressentit la violence du choc tandis que la moto s'écrasait, éjectant son conducteur la tête la première en direction du carrefour voisin. Au moment où l'homme atterrissait sur le dos, son pistolet lâcha un coup dans le vide.

Bond regarda sa montre pour vérifier qu'il avait encore le temps d'attraper son avion. Il embraya une nouvelle fois et prit la direction du nord, remontant à une allure modérée les rues de Kew où les abonnés des transports en commun regagnaient leurs foyers, de retour du travail. Lorsqu'il eut rejoint Great West Road, l'une des expressions favorites de René Mathis lui revint brusquement à l'esprit. *Ça recommence*, songea-t-il.

4

« Prêt à jouer, M. Bond ? »

L'hôtel de Bond, sur la rive droite, ressemblait à tous ceux que lui réservait Moneypenny : discret et sans la moindre fantaisie. Bond examina rapidement la chambre, la salle de bains et le petit vestibule, à la recherche d'éventuels micros. Le Service changeait si souvent d'hôtels qu'il était peu probable que quelqu'un ait été informé de sa venue, mais l'histoire des motos prouvait en tout cas que quelqu'un était sur sa piste. Bond inclinait toutefois à mettre l'attaque des BMW sur le compte d'une affaire antérieure. Ce Julius Gorner était peut-être dangereux, mais il ne lisait tout de même pas dans les pensées. Et les individus qui souhaitaient la mort de Bond ne manquaient pas, Dieu en était témoin. Au fil des années, beaucoup de gens avaient gardé une dent contre lui, même à l'issue des opérations qui s'étaient dénouées de la manière la plus satisfaisante.

D'après ce qu'il pouvait voir, la chambre ne présentait rien d'anormal. Il ferma les rideaux, s'arracha un cheveu et le colla entre la porte de la salle de bains et le chambranle. Puis il ouvrit le compartiment secret, au fond de sa mallette, en retira des munitions et rechargea son Walther avant de le replacer dans son holster, sous son aisselle, en s'assurant qu'on ne risquait pas de remarquer sa présence sous sa veste. Il referma sa mallette et saupoudra une fine couche de talc sur la combinaison de la serrure. Puis il quitta l'hôtel et rejoignit la rue Saint-Roch, prêt à affronter le redoutable système téléphonique français.

Tout en regardant la face biseautée du jeton, il se souvint brusquement qu'il n'avait pas mangé depuis son petit déjeuner à Rome, le matin même. Mais le décalage horaire avait joué en sa défaveur : il était près de 21 heures à Paris et Mathis n'était pas joignable, d'après ce qu'il put comprendre. Sans doute en train de dîner avec sa fastidieuse maîtresse, songea Bond, qui se vit contraint de laisser un message à son intention à l'employée revêche du Deuxième Bureau.

Bond avait suffisamment eu l'occasion de manger seul, au cours des derniers mois, et la pluie s'était mise à tomber. Il décida de regagner sa chambre, de se faire monter une omelette et de se coucher tôt.

Le portier lui tendit sa clef, accrochée à son lourd support en laiton muni d'un gland écarlate. Bond traversa le hall en marbre et pressa le bouton de l'ascenseur. Puis il changea d'avis et grimpa l'escalier quatre à quatre. Plongé dans ses pensées, il pénétra dans la pénombre de la chambre 325, appuya sur l'interrupteur pour allumer le plafonnier et lança la lourde clef sur le lit, où elle atterrit avec un allègre rebond. Il se dirigea ensuite vers la table de chevet, décrocha le combiné du téléphone et composa le zéro. Puis il se retourna face à la pièce et découvrit le plus surprenant des spectacles.

Assise dans l'inconfortable fauteuil aux moulures dorées sous le faux miroir Louis XV, ses longues jambes pudiquement croisées et ses bras repliés devant sa poitrine, se tenait l'une des jeunes femmes les plus impavides que Bond ait jamais vues. Elle avait de longs cheveux noirs, noués par un ruban écarlate et retombant en queue-de-cheval sur ses épaules. Sous son tailleur, elle portait un chemisier blanc et des bas noirs, ainsi que des chaussures noires à talons plats. Ses lèvres soulignées par un rouge intense esquissaient un sourire d'excuse.

— Je suis désolée de vous faire une pareille surprise, Monsieur Bond, dit-elle. Il était impératif que je vous voie et je ne tenais pas à être repoussée une nouvelle fois.

Elle se pencha et son visage apparut dans la lumière.

— Larissa, dit Bond.

Sa main s'était refermée sur la crosse de son pistolet.

— Je ne sais comment m'excuser, reprit-elle. Je ne me comporte jamais ainsi, d'ordinaire, mais j'avais absolument besoin de vous parler.

— Vos cheveux, dit Bond. Ils sont plus longs.

— Oui. Je portais une perruque à Rome. Vous me voyez aujourd'hui au naturel.

— Et votre mari...

— Je ne suis pas mariée, Monsieur Bond. Et si jamais je devais un jour m'engager de la sorte, je doute que ce soit avec un homme qui travaille dans les assurances. Je dois maintenant vous faire un aveu dont je suis un peu honteuse. Je ne m'appelle pas réellement Larissa.

— Quel dommage. Larissa me convenait à merveille.

— Peut-être vais-je avoir le temps de vous donner ma carte avant que vous ne disparaissiez dans la nature, cette fois-ci.

Bond hocha la tête en surveillant attentivement la jeune femme, qui venait de se lever. Il s'assura qu'il n'y avait personne derrière les rideaux, avant de prendre la carte qu'elle lui tendait. Puis il ouvrit du bout du pied la porte de la salle de bains, braqua son pistolet à l'intérieur et vérifia que personne ne se tenait en embuscade là non plus.

La jeune femme ne disait rien et le regardait faire, comme si tout cela n'était que la conséquence logique de sa déplorable attitude.

Bond daigna enfin regarder sa carte et lut à voix haute :

— Miss Scarlett Papava. Responsable des placements. Diamond & Standard Bank. 14 bis, rue du Faubourg-Saint-Honoré.

— Sans doute faut-il que je m'explique...

— Je vous le conseille, en effet.

Maintenant qu'il s'était ressaisi, Bond éprouvait une vive curiosité, doublée d'une certaine admiration. Cette fille avait des nerfs d'acier.

— Mais avant cela, dit-il, je vais demander qu'on nous amène à boire. Que désirez-vous ?

— Rien, je vous remercie. À moins que... Un verre d'eau, peut-être.

Bond commanda deux doubles bourbons et une bouteille de Vittel. Si elle ne changeait pas d'avis, il boirait son verre.

— Très bien, dit-il en reposant le combiné. Je vous accorde trois minutes.

Miss Scarlett Papava, ex-Larissa Rossi, poussa un profond soupir et alluma une Chesterfield en se rasseyant dans l'inconfortable fauteuil. Au moins, songea Bond, elle n'avait pas triché sur sa marque de cigarettes.

— Il n'y a pas très longtemps que j'ai entendu parler de vous, commença Scarlett.

— Depuis combien de temps êtes-vous dans la finance ? demanda Bond.

— Six ans. Vous pouvez vérifier auprès de ma banque. Son siège est à Cheaptide.

Bond acquiesça. Il avait l'intuition que l'histoire que « Larissa » lui avait racontée à Rome à propos de son père russe et de l'éducation qu'elle avait reçue correspondait en gros à la vérité. Mais la manière dont elle l'avait mené en bateau au sujet de son prétendu mari était un peu vexante. Il ressentait le léger malaise qu'il éprouvait parfois, lorsqu'il avait l'impression de se trouver en face d'un autre agent.

— Vous paraissez sceptique, dit Scarlett. Vous pouvez vérifier mes dires.

— Que faisiez-vous à Rome ?

— Monsieur Bond... Mes trois minutes seront vite écoulées si vous m'interrompez sans arrêt pour me poser des questions.

— Allez-y.

— J'étais à Rome pour vous rencontrer. J'ai besoin de votre aide. Afin de sauver ma sœur. Elle travaille contre sa volonté pour un individu extrêmement déplaisant – qui la maintient de fait en captivité.

— Je ne suis pas détective privé, répondit sèchement Bond. Et je ne me lance pas à la rescousse des demoiselles en détresse. Je vous conseille de vous mettre en rapport avec Pinkerton, ou avec leur équivalent français – qui doit s'appeler « *Cherchez la femme* » ou quelque chose de ce genre.

Scarlett esquissa un sourire.

— Pour tout vous dire, répondit-elle, c'est ce que j'ai fait.

On frappa soudain à la porte. C'était le garçon d'étage qui apportait le bourbon. Il remplit les deux verres et s'apprêta à se retirer.

— Laissez la bouteille, dit Bond en glissant un billet plié en deux sur le plateau.

— *Merci, Monsieur*.

— Qu'avez-vous donc fait ? reprit Bond une fois le garçon parti.

— J'ai contacté Pinkerton, dit Scarlett. Et j'ai fini par avoir au bout du fil un certain Felix Leiter.

Bond acquiesça d'un air las. Il aurait dû s'en douter.

— M. Leiter m'a dit qu'il ne pouvait faire ce travail lui-même – il ne met que très rarement les pieds hors du continent américain – mais qu'il connaissait quelqu'un susceptible de s'en charger. Il m'a donné votre nom, en me précisant que vous étiez disponible ces temps-ci – que vous bénéficiiez d'une sorte de congé sabbatique, ou de semi-retraite. Et que, vous connaissant, l'action devait vous manquer. « C'est tout à fait dans les cordes de James, m'a-t-il dit. Dès qu'il flaire un jupon, le renard sort de son trou. » J'ignore ce qu'il entendait par là, ajouta Scarlett en haussant les épaules. Quoi qu'il en soit, il m'a dit qu'il ne savait pas exactement où vous vous trouviez en ce moment, mais que la dernière fois qu'il avait eu de vos nouvelles, vous vous apprêtiez à partir pour Rome. Il m'a donné le nom d'un hôtel qu'il vous avait recommandé. J'ai passé quelques coups de fil.

— Vous ne manquez pas de ressources.

— Merci. Vous avez pris votre temps, je dois dire, avant de débarquer là-bas. J'ai dépensé des fortunes en appelant l'hôtel tous les jours.

— Pas depuis votre bureau, j'espère.

— Bien sûr que non. Depuis mon appartement de la rue des Saints-Pères. Permettez-moi d'insister, Monsieur Bond, sur le fait que ce problème n'a rien à voir avec ma vie professionnelle. Il est d'ordre strictement privé.

— Cela va sans dire, commenta Bond.

L'IS plaçait généralement ses agents au sein du personnel des ambassades, en tant que chargés d'affaires ou responsables des visas. Bond n'aimait pas les diplomates – des chiffes molles qu'on expédiait outre-Manche pour aller débiter des salades aux gouvernements étrangers – et il aimait encore moins les agents secrets qui se glissaient parmi eux.

La plupart n'auraient pas tenu trente secondes dans un combat à mains nues. Mais les ambassades n'étaient pas la seule possibilité. Il arrivait à ces gens d'utiliser d'autres couvertures – et la finance n'était pas la pire de toutes, si l'on considérait le réseau d'informations et les voyages internationaux qu'elle supposait. Bond n'avait jamais rencontré à ce jour d'agent britannique féminin, mais c'était bien dans l'esprit de l'IS de vouloir « vivre avec son temps ».

— Je sais que vous devez vous méfier de moi, dit Scarlett. Et je suppose que vous en avez le droit. Mais je gagnerai votre confiance, je vous le promets. Laissez-moi simplement faire mes preuves.

Bond ne répondit pas. Il vida son bourbon et se servit un autre verre.

— Il se trouve, reprit Scarlett d'une voix un peu hésitante, que je suis en mesure de vous aider à rencontrer Julius Gorner. Je puis vous dire par exemple qu'il se rendra samedi matin au Sporting Club de Tennis du bois de Boulogne.

— Vos trois minutes sont écoulées, dit Bond.

Scarlett croisa les jambes, comme elle l'avait fait dans ce bar à Rome. La présence de la jeune femme troublait Bond à plus d'un titre. Elle semblait avoir rajeuni de plusieurs années. Il aurait donné trente-deux ans à Larissa Rossi, mais Scarlett Papava n'en paraissait guère plus de vingt-huit.

Elle l'étudiait avec attention, comme si elle était en train de calculer son prochain mouvement.

— D'accord, dit-elle, je ne vais pas vous raconter d'histoires. Je sais que vous êtes ici pour enquêter sur Gorner.

— Comment l'avez-vous appris ?

— C'est ma sœur qui me l'a dit. Elle m'a téléphoné aujourd'hui. Elle voulait que je vous prévienne, pour que vous évitiez de vous frotter à lui.

Bond alluma une cigarette.

— Et votre sœur l'avait appris…

— … à la source, acquiesça Scarlett.

Bond inspira profondément. Cela expliquait les motos. Le fait que Gorner ait appris que quelqu'un s'intéressait à lui n'était pas surprenant en soi, s'il opérait effectivement à l'échelle que M avait évoquée. Les individus de ce genre disposent généralement d'un réseau de renseignements efficace. C'était irritant, mais cela ne remettait pas sa mission en cause.

— Votre sœur savait donc que j'allais venir à Paris ?

— Oui, elle m'a appelée ce matin.

— Et elle savait dans quel hôtel j'allais descendre ?

— Non. Je vous ai guetté à l'aéroport, avant de vous suivre en taxi. Quant à l'accès à votre chambre… Les employés des hôtels parisiens ont l'habitude de voir des femmes seules prendre l'ascenseur – du moment qu'elles ne sont pas trop laides. J'ai demandé le numéro de votre chambre à la réception, puis j'ai glissé un peu d'argent au garçon d'étage pour qu'il m'ouvre la porte, en lui disant que j'avais égaré ma clef. C'était d'une simplicité enfantine.

— Moneypenny m'a donc réservé une chambre dans un *hôtel de passe*. Je lui en toucherai un mot.

Scarlett rougit légèrement.

— Je suis désolée d'avoir dû agir par en dessous. Mais il fallait que je vous revoie et je ne pouvais pas prendre le risque que vous m'envoyiez sur les roses. Si je vous avais appelé, vous auriez refusé de me recevoir. Je comptais aller vous trouver ce matin à Rome et vous avouer la vérité, même si j'avais été un peu échaudée par votre froideur. Mais on m'a dit à la réception que vous aviez quitté l'hôtel à l'aube.

— Et maintenant, la chance vous sourit à nouveau. Je suis officiellement chargé de suivre un homme que vous voudriez que je rencontre, pour un motif d'ordre « strictement privé ».

Scarlett sourit.

— Croyez-vous au destin ? dit-elle.

Bond ne répondit pas. Il se déchaussa, ôtant ses mocassins noirs du bout des pieds, et se laissa tomber sur le lit. Il posa son pistolet à côté du téléphone et se mit à réfléchir, pendant quelques instants. La situation l'amusait. Épouse délaissée, conseillère financière, créature de la nuit... Scarlett était indéniablement une jeune femme intrigante. Assise devant lui, elle affichait un calme assez remarquable, s'offrant même le luxe d'esquisser un sourire vaguement réprobateur. Sans parler de son prétendu mari, M. Rossi, directeur d'une compagnie d'assurances – dont la silhouette paraissait à présent bien fantomatique... Mais Bond devait reconnaître que Scarlett s'en était brillamment sortie, à Rome, dans son numéro d'épouse rongée par l'ennui. Sans doute avait-elle jugé imprudent de parler de sa sœur au restaurant, attendant pour cela de se retrouver seule avec lui dans sa chambre. À moins qu'elle n'ait eu un projet de nature plus « privée » en tête ?

Peu importait. Dans ce genre de circonstances, Bond s'en remettait à son instinct – et à son expérience. Même si son histoire était un peu tirée par les cheveux, la jeune femme dégageait une aura positive. Dangereuse, peut-être, mais intéressante.

— Très bien, Scarlett, dit-il enfin. Voici comment nous allons procéder. Nous sommes aujourd'hui jeudi. Demain, je dois retrouver un vieil ami. En tête à tête, au cas où vous songeriez à vous joindre à nous. Selon ce qu'il me dira, je vous accompagnerai ou non à ce club de tennis samedi matin. Je vous appellerai demain à 18 heures, à ce numéro, ajouta-t-il en brandissant sa carte. Vous serez ainsi à même de faire les présentations et...

— Non, c'est impossible. Gorner ne doit pas me voir. Cela mettrait Poppy en danger. Je me contenterai de vous le montrer.

— D'accord. Mais il faudra que vous m'attendiez au club. Je tiens à ce que vous y restiez jusqu'à mon départ.

— À titre d'assurance ?

— Votre mari ne travaillait-il pas dans cette branche ? dit Bond en lui adressant un regard sardonique. Marché conclu ?

— Marché conclu, dit Scarlett en lui tendant sa main.

Bond la saisit.

— Larissa m'avait embrassé sur la joue, dit-il.

— *Autres temps, autres mœurs*, dit Scarlett en étouffant un petit rire.

Il la regarda se diriger vers l'ascenseur, à l'extrémité du couloir. Sa jupe soulignait le galbe élégant de ses cuisses.

Elle ne le salua pas de la main, cette fois-ci, avant de s'engouffrer dans l'ascenseur. Mais au moment où les portes se refermaient, elle lui lança :

— Au fait, j'espère que vous vous défendez au tennis !

*

* *

René Mathis semblait souhaiter que leur rencontre ait lieu dans la journée.

— Il y a toujours des détails à régler au bureau le vendredi soir. Je vous invite à déjeuner, James. Retrouvez-moi chez André, rue du Cherche-Midi. Ce n'est pas vraiment mon *quartier*, mais ce n'est pas plus mal.

Bond arriva avec cinq minutes d'avance, comme à son habitude, et s'assit le plus loin possible de la fenêtre, à une table d'où il pouvait surveiller l'ensemble de la salle. Il fut heureux de voir Mathis débarquer, un peu essoufflé et se plaignant de la circulation.

— C'est un simple *bistrot*, James. Rien de bien extraordinaire. Prenez le plat du jour. La clientèle est surtout composée de gens qui travaillent dans l'édition. Vous ne risquez donc pas de faire de mauvaises rencontres.

Mathis parlait l'anglais couramment, avec un léger accent. Il commanda deux Ricard avant que Bond ait pu l'arrêter.

— Que savez-vous sur Julius Gorner ? lui demanda-t-il.

— Pas grand-chose, répondit Mathis. Et vous ?

Bond lui raconta ce que M lui avait appris. Mathis l'écoutait avec attention, en opinant parfois de la tête. Il faisait souvent mine d'être plus ignorant qu'il ne l'était vraiment, Bond le savait, mais cela n'empêchait pas qu'on puisse compter sur lui.

— Quelqu'un cherche visiblement à se rapprocher de ce type, dit Mathis lorsque Bond eut terminé. Les gens qui travaillent à son échelle laissent rarement beaucoup de traces derrière eux. Il va falloir que vous lui colliez aux fesses.

— Je dispose d'une *entrée*, dit Bond, mais elle est incertaine.

— Mon cher James, dit Mathis en riant, en connaissez-vous une qui ne le soit pas, dans notre métier ?

Le serveur leur apporta la *terrine aux cornichons*, ainsi qu'une corbeille de pain.

— Il est temps que vous rompiez avec vos vieilles habitudes et que vous vous mettiez au vin, dit Mathis. Il est impossible de manger de la terrine sans un verre de rouge.

Il commanda une bouteille de château-batailley 1958. Après en avoir versé un demi-doigt dans son verre, il remplit celui de Bond.

— C'est un cinquième cru, dit-il. Il est cultivé à quelques mètres du château-latour, mais il est considérablement moins cher. Goûtez-moi ça.

Bond porta le verre à ses lèvres avec circonspection. L'arôme était riche, mais difficile à définir.

— Une odeur de bois ? proposa Mathis. De mûre ? De tabac ? Avec une touche de rôti ?

Bond laissa le vin imprégner son palais.

— Pas mal, dit-il.

— Pas mal ! s'exclama Mathis. Le château-batailley est une pure merveille. L'un des miracles secrets du Bordelais.

Lorsque le serveur vint débarrasser leurs assiettes et les restes du *lapin à l'ancienne* pour leur apporter le plateau de fromages, ils avaient déjà entamé leur deuxième bouteille et Bond n'était pas loin de partager l'avis de Mathis.

— Avez-vous entendu parler d'une jeune femme du nom de Scarlett Papava ? demanda-t-il.

— C'est un nom d'origine russe, dit Mathis.

— Je crois que son père l'est, ou l'était, dit Bond. Pouvez-vous me rendre un service et vérifier si l'un de vos collègues ne l'aurait pas répertoriée comme agent de l'IS ? Ou même pire.

— Vous voulez dire du SMERSH ? Ou du KGB ?

— J'en doute, dit Bond. Mais étant donné ses origines russes, il vaut mieux ne rien laisser au hasard.

— Est-ce urgent ?

— Je dois le savoir avant 17 h 30. Tenez.

Bond lui passa la carte de visite de Scarlett. Il avait déjà mémorisé les numéros de téléphone qui y figuraient.

— Mon Dieu, James, vous ne changerez donc jamais... Je vais voir ce que je peux faire. Appelez ma secrétaire, je lui laisserai un message codé : vert, orange ou rouge. En attendant, vous reprendrez bien un peu de vin ?

*
* *

Après le déjeuner, Bond alla s'acheter une tenue de tennis et une raquette Dunlop Maxply cordée en boyau dans un magasin d'articles de sport, sur le boulevard Saint-Germain. Il prit ensuite un taxi pour regagner son hôtel. Il pénétra dans sa chambre avec plus de précautions, cette fois-ci : sa main serrait son pistolet, caché dans la poche de sa veste. Il vérifia que le talc de sa mallette était intact, ainsi que le cheveu qu'il avait remis en place après le passage de la femme de chambre. Mais tout était en ordre. Il lut ensuite un article de *Newsweek* sur le trafic de drogue, que Loelia Ponsonby avait glissé dans son dossier de mission. À 17 h 30, il quitta l'hôtel et s'engouffra dans une cabine téléphonique de la rue Daunou. Il dérangea Loelia, qui était en train de boire son thé au bureau, et lui demanda d'appeler les gens du garage, afin qu'ils aillent remplacer les vitres de sa voiture, à l'aéroport.

— Encore un nouvel écart de conduite, James ?

— Ne vous inquiétez pas, Lil, et finissez tranquillement votre thé.

— Je vous ai déjà dit de ne pas m'appeler Lil, c'est...

Mais Bond composait déjà le numéro du Deuxième Bureau.

— *Le bureau de M. Mathis, s'il vous plaît.*

— *Un moment, Monsieur.*

Il y eut une série de déclics et de grésillements sur la ligne. Puis il entendit la même voix revêche que la veille.

— *Oui.*

Quelle vieille pimbêche, songea Bond. Elle aurait mérité une bonne...

— *Qu'est-ce qu'il y a ?* reprit-elle.

— *Il y a un message pour M. Bond ? James Bond ?*

— *Attendez. Oui, un simple mot.*

— *Et ?*

— *Comment, Monsieur ?*

— *Le mot. C'est quoi ?*

— *Vert.*

— *Merci, Madame,* dit Bond. Et présentez mes condoléances à votre infortuné mari, ajouta-t-il en reposant le combiné.

Le nom de la rue où il se trouvait lui parut vaguement familier. Rue Daunou... Cela lui revint brusquement : c'était là que se trouvait le Harry's Bar, dont la publicité figurait régulièrement dans les pages du *Herald Tribune*. Bond regarda sa montre. Il avait le temps de boire un bourbon Vittel dans l'atmosphère feutrée du club avant de téléphoner à Scarlett. Après s'être assis dans un confortable fauteuil en cuir et avoir allumé la dernière cigarette de son paquet – le deuxième de la journée – Bond dut reconnaître qu'il commençait à s'amuser. La mission, la fille, le vin qu'il avait bu avec Mathis et, maintenant, ce petit moment de détente...

Il laissa un billet sur la table, correspondant au montant faramineux de sa consommation, et regagna la cabine téléphonique. On lui passa aussitôt le bureau de Scarlett.

— Scarlett ? Ici James Bond. Toujours partante pour demain ?

— Oui. Et vous ?

— À quelle heure devons-nous être au club ?

— Vers 10 heures. Puis-je passer vous prendre à votre hôtel une heure plus tôt ? Cela vous laissera le temps de vous échauffer.

— Entendu.

Il eut un instant d'hésitation, que Scarlett remarqua aussitôt.

— Vous vouliez me dire autre chose ?

Bond avait été à deux doigts de l'inviter à dîner.

— Non, dit-il. Rien d'autre. Mais souvenez-vous : vous êtes encore à l'essai.

— Je comprends. *À demain*.

La communication fut coupée.

*

* *

Bond dormit comme un bébé dans le cocon de sa chambre d'hôtel. Le dîner qu'il avait fait monter, composé d'œufs brouillés et de trois doubles bourbons, suivi d'une douche brûlante, avait rendu superflu l'emploi des barbituriques.

Tôt le lendemain matin, il s'entraîna énergiquement, s'imposant toute une série d'abdominaux ainsi que des étirements musculaires des jambes et du dos que Wayland lui avait enseignés, à la Barbade. La femme de chambre lui apporta le petit déjeuner pendant qu'il récupérait et il le mangea près de la fenêtre, assis devant la table, une serviette nouée autour des reins. Le café était bon mais il n'avait jamais été un fanatique des croissants. Du moins y avait-il quelque chose qui rassemblait à de la *marmelade*.

Après avoir pris sa douche, Bond enfila une chemisette en popeline, un pantalon anthracite et un blazer. Il ignorait le code vestimentaire qui avait cours au Sporting Club de Tennis, mais d'après son expérience dans ce genre d'endroits, en France, les adhérents cherchaient généralement à se montrer plus anglais que les Anglais en matière de vestes à carreaux et de cravates aux couleurs criardes. Il glissa sa tenue de tennis dans un petit fourre-tout et descendit pour attendre Scarlett Papava devant le perron de l'hôtel.

Une minute avant 9 heures, une Sunbeam Alpine blanche décapotable s'immobilisa devant lui, dans un crissement de pneus. Son toit était rabattu et

Scarlett était assise au volant, arborant une paire de lunettes de soleil et une robe en lin rouge incroyablement courte.

— Montez, James. Vous pouvez reculer le siège, si vous le souhaitez.

Elle embraya avant qu'il ait eu le temps de s'asseoir et la petite voiture repartit à toute allure en direction de la place de la Concorde.

Bond sourit.

— Nous sommes pressés ? demanda-t-il.

— Plus ou moins, dit Scarlett. Si nous arrivons à vous faire disputer une partie contre le Dr Gorner, il faudra que vous soyez en pleine possession de vos moyens. Je vous suggère de procéder à un petit échauffement. C'est un adversaire redoutable.

Scarlett s'engagea sur les Champs-Élysées et écrasa la pédale de l'accélérateur.

— Il faut les prendre de vitesse, lança-t-elle. Je parle des conducteurs français. Les battre à leur propre jeu. Inutile de prendre des gants, avec eux.

— Pourquoi avez-vous choisi l'Alpine, plutôt que la Tiger ? demanda Bond.

— C'est mon père qui l'a dénichée. D'occasion. La Tiger est plus volumineuse, non ?

— Elle a un moteur V8, dit Bond, mais le châssis des Sunbeam n'est pas vraiment adapté à un couple de torsion aussi puissant. De toute façon, vous pouvez fort bien vous en passer, vu la manière dont vous conduisez.

À l'Étoile, où douze flots de véhicules se rejoignent et luttent pour leur survie, Scarlett ne fit pas de quartiers. Quelques secondes mouvementées plus tard, au milieu d'un concert de klaxons, ils se retrouvèrent dans l'avenue de Neuilly. Scarlett esquissa un petit sourire triomphant, tandis que le vent rabattait derrière elle ses longs cheveux noirs.

Le Sporting Club se cachait au fond d'une discrète allée, dans le bois de Boulogne. Bond et Scarlett quittèrent le parking et longèrent les pelouses où sifflaient des jets d'eau animés par un invisible système d'arrosage. Ils grimpèrent ensuite les marches donnant accès à la vaste bâtisse de construction moderne qui abritait le club.

— Attendez-moi ici, dit Scarlett. J'en ai pour un instant.

Bond regarda ses jambes élancées, dénudées jusqu'à mi-cuisse, pendant qu'elle se dirigeait vers le secrétariat avec un léger balancement de hanches. C'était la démarche d'une jeune femme athlétique et sûre d'elle.

Il examina les listes placardées dans l'entrée, sur le tableau d'affichage : les différents tournois du club y étaient répertoriés selon leurs niveaux, depuis le plus ardu jusqu'aux compétitions réservées aux enfants et aux personnes d'un certain âge. Les noms de certains inscrits appartenaient aux familles les plus connues de Paris. Dans les hauteurs du deuxième tableau, il aperçut celui de « J. Gorner ». Si le premier comprenait les joueurs d'une vingtaine d'années d'un niveau quasiment professionnel, cela signifiait que Gorner devait être un adversaire redoutable. L'équivalent d'un joueur à 7 ou 8 handicaps au golf – un jeu que Bond maîtrisait davantage. Cela n'avait rien de bien rassurant.

— James !

Il se tourna en entendant son nom et aperçut Scarlett qui revenait vers lui.

— On m'a dit au secrétariat que le Dr Gorner arriverait d'ici une dizaine de minutes, mais qu'il n'avait pas encore de partenaire désigné pour aujourd'hui. Vous avez de la chance.

— Comment vous êtes-vous débrouillée ?

Scarlett parut un peu confuse.

— Je sais grâce à Poppy que Gorner aime les paris. J'ai pris la liberté de dire au secrétariat que vous étiez un excellent joueur et que vous seriez un adversaire idéal pour le Dr Gorner, d'autant que vous n'aviez rien contre le fait de miser vous aussi une petite somme sur l'issue de ce match. J'ai plus ou moins laissé entendre que votre niveau ne vous permettrait sans doute pas de le remporter, mais que vous étiez un gentleman et que vous sauriez honorer vos dettes.

— J'imagine déjà Gorner en train de saliver à cette perspective.

— À vrai dire, reprit Scarlett, je crois qu'il est devenu difficile de convaincre les membres réguliers du club de jouer contre lui.

— Je me demande bien pourquoi, dit Bond. Combien ai-je misé ?

— Une petite centaine de livres, dit Scarlett d'un air innocent. Et maintenant, je m'éclipse.

— Vous faites bien, dit Bond. Mais restez dans les parages.

— Je ne veux pas manquer un tel spectacle. Je regarderai le match, mais à bonne distance, et sans me faire remarquer. N'est-ce pas sa voiture qui arrive ?

À travers les larges baies vitrées, Bond aperçut une Mercedes 300 D noire, conduite par un homme coiffé d'un képi. Il la vit s'immobiliser au pied des marches. Le conducteur lança les clefs à l'un des préposés du club et fit le tour du véhicule pour aller ouvrir la portière du passager.

L'homme qui en émergea était celui que Bond avait aperçu quelques jours plus tôt à Marseille, avant de le revoir sur la photo de M. Il portait une chemise de flanelle blanche à manches longues et un pantalon de toile gris. Un unique gant blanc recouvrait sa main gauche, d'une taille démesurée. Bond se retourna et feignit de regarder le tableau d'affichage lorsque les deux hommes passèrent à son niveau, puis se dirigèrent vers le secrétariat. Scarlett avait disparu.

Bond releva les yeux : une série d'écrans de télévision encastrés dans le mur permettaient de suivre les parties qui se déroulaient à l'extérieur sur les différents courts. Le score était affiché en bas de l'écran : les chiffres étaient modifiés grâce à un mécanisme installé au bord des courts et que les joueurs actionnaient eux-mêmes, lorsqu'ils changeaient de côté. En dehors des studios de télévision, une telle technologie était plutôt rare, Bond ne l'ignorait pas, et avait dû coûter au club – ou du moins à ses membres – une somme rondelette.

En plus des courts extérieurs, un vaste complexe sportif était également installé dans les sous-sols du bâtiment. On pouvait suivre les matchs qui se disputaient sur ces courts intérieurs grâce à une autre série de moniteurs, le long de la galerie qui les entourait.

Une minute plus tard, Bond entendit des pas s'approcher de lui. C'était l'homme au képi.

— Pardonnez, Monsieur Bond, lui dit-il en anglais. Mon nom est Chagrin.

Bond se tourna pour lui faire face. L'homme avait la peau olivâtre et des yeux étroits, affligés de l'épicanthus propre aux Orientaux. Ses traits étaient totalement inertes. Il y avait en lui quelque chose de mort, songea Bond – ou du moins de pas tout à fait vivant. Il avait déjà vu un visage semblable, dont la chair paraissait sans vie, chez un homme qui avait été victime d'une attaque cardiaque. Cela contrastait étrangement avec la vivacité qui imprégnait par ailleurs les gestes de l'individu.

— Je comprendre vous jouez Dr Gorner ?

Chagrin avait un vague accent chinois. Ou thaï.

— S'il a besoin d'un adversaire, répondit Bond négligemment.

— Oh oui, très besoin. Je faire présentations.

Chagrin le précéda dans le large escalier en spirale qui menait à l'étage, où se trouvaient plusieurs bars et un restaurant dont les fenêtres donnaient sur les courts.

Gorner contemplait les terrains les plus proches, à travers l'une des baies vitrées.

Il se retourna et fixa Bond dans les yeux, avant de lui tendre sa main droite, dénuée de gant.

— C'est un très grand plaisir de faire votre connaissance, dit-il. Prêt à jouer, Monsieur Bond ?

5

Pas très « sport »

Les vestiaires se trouvaient au rez-de-chaussée et comportaient un vaste hammam, quatre saunas et une quantité d'eau de Cologne et d'after-shave qui aurait suffi à garnir pendant un an les rayons de Trumper's, à Mayfair. Habitué au club de tennis de la Barbade (avec son unique salle de douche et son simple bar en bois où l'on servait de la bière fraîche) ou aux coulisses fatiguées du Queen's, Bond remarqua que ces luxueux effluves ne parvenaient pas à dissimuler une vague odeur de chaussettes.

Gorner était allé se changer dans une cabine à l'écart et en émergea, vêtu d'un short Lacoste blanc flambant neuf, qui révélait des jambes musculeuses et bronzées. Il avait gardé sa chemise en flanelle à manches longues et son gant enveloppait toujours sa main gauche. Il portait en travers de l'épaule un sac de sport d'où émergeaient une demi-douzaine de raquettes Wilson neuves.

Sans prononcer un mot, comme s'il s'attendait à ce que Bond lui emboîte naturellement le pas, Gorner s'engagea dans l'escalier. Les deux hommes se retrouvèrent bientôt à l'extérieur, au niveau de l'aire de jeu. Celle-ci se partageait entre une douzaine de courts au gazon impeccable et douze autres en terre battue, dont la surface ocre et poudreuse faisait la fierté du club : la vitesse de rebond des balles y était, disait-on, d'une fiabilité exceptionnelle. Les chevilles et les genoux des joueurs en souffraient d'autant moins. Sur chaque court étaient disposés la chaise haute de l'arbitre, quatre sièges de taille plus modeste, destinés aux joueurs, une réserve de serviettes propres et un frigidaire contenant des boissons fraîches et des balles de tennis Slazenger neuves. Des employés vêtus aux couleurs du club (rayures vertes sur fond brun) allaient et venaient d'un air affairé entre les courts, pour s'assurer que tout se passait bien et que les membres ne manquaient de rien.

— Le court n° 4 est libre, Docteur Gorner, lança l'un d'eux en se précipitant à leur rencontre. Ainsi que le n° 16, si vous préférez profiter du gazon ce matin.

— Non, je prendrai le n° 2.

— Votre court habituel ? (L'homme paraissait soucieux.) Il est occupé pour l'instant, Monsieur.

Gorner adressa à l'employé le même regard qu'aurait eu un vétérinaire pour un vieux cheval victime d'une tumeur au jarret, avant de lui faire une injection mortelle. Il répéta, très lentement :

— Je prendrai le court n° 2.

Sa voix de baryton agglutinait légèrement les voyelles, à la manière balte. À ce détail près, sa prononciation anglaise était irréprochable.

— Euh... oui, oui. Bien sûr. Je vais demander à ces messieurs de bien vouloir occuper le court n° 4.

— La surface du court n° 2 est nettement meilleure, expliqua Gorner en se tournant vers Bond. De plus, on n'y est pas incommodé par le soleil.

— À votre guise, dit Bond.

La matinée était belle et le soleil déjà haut dans le ciel.

Gorner sortit une boîte de balles neuves du frigidaire, en lança trois à Bond et en garda trois pour lui. Sans lui demander son avis, il choisit le côté le plus éloigné, bien que cela ne semblât pas offrir un avantage particulier, d'après ce que Bond pouvait voir. Ils s'échauffèrent pendant quelques minutes. Bond se concentra, cherchant à trouver un rythme approprié. Il lâchait ses coups droits, le poignet bien tourné vers l'avant, afin de mieux réussir ses frappes, et coupait ses revers en suivant la balle, comme il le fallait. Il surveillait aussi Gorner du coin de l'œil, pour détecter chez lui d'éventuelles faiblesses. La plupart des joueurs évitent de faire des revers pendant l'échauffement, pour mieux cacher leur jeu, mais Bond frappa plusieurs coups croisés sur celui de son adversaire, pour obliger Gorner à se dévoiler : celui-ci les retourna sans difficulté. Son coup droit, en revanche, n'avait rien de bien orthodoxe. Il abattait sa raquette vers le bas, en coupant sa frappe, ce qui faisait rebondir la balle au ras du filet. Soit il ne parvenait pas à relancer normalement en coup droit lorsque la balle avait de l'effet, songea Bond, soit il gardait sa frappe en réserve. En attendant, Bond avait compris qu'il ne devait pas se laisser surprendre par ce curieux effet.

— Prêt, lança Gorner.

C'était moins un constat qu'un ordre.

Il se dirigea vers le filet et entreprit de le mesurer avec un soin extrême, en se servant du mètre métallique fixé à son extrémité.

— Vous estimez sans doute que je perds mon temps en agissant de la sorte, Monsieur Bond, mais je vous invite à reconsidérer votre jugement. À notre niveau de jeu, presque toutes les balles ne passent qu'à quelques centimètres du filet. Et une fois par jeu en moyenne, elles viennent heurter la bande. Ajoutez tous les « nets » des services et le nombre sera encore plus élevé. Dans un match serré, on totalise peut-être deux cents points et la victoire se joue en fait sur une dizaine de points. Le filet va néanmoins jouer un rôle décisif pour une trentaine de ces points, en comptant les services – soit le triple du montant nécessaire pour remporter le match ! On ne doit donc rien laisser au hasard.

— Votre logique m'impressionne, dit Bond en agitant sa raquette pour se détendre l'épaule.

Gorner ajusta le filet en resserrant légèrement la chaîne qui était reliée à la bande centrale et accrochée à une barre fixée verticalement dans le sol. Puis il frappa à trois reprises avec sa raquette la corde qui tendait le filet. Bond remarqua qu'il n'y avait pas de poignée sur le montant pour l'abaisser ou le relever : la corde descendait le long du montant et disparaissait sous une petite plaque métallique dans les profondeurs du sol, où elle était vraisemblablement reliée à une poulie que le personnel actionnait pour en régler la tension à l'avance.

— Parfait, dit Gorner. À qui l'honneur ?

Bond fit tourner sa raquette dans sa main.

— Corde ou nœud ? demanda-t-il.

— Peau, répondit Gorner.

Il se pencha et regarda la position de la raquette de Bond.

— J'ai gagné, dit-il. Je servirai en premier.

Bond alla se placer derrière sa ligne et se prépara à recevoir, en se demandant ce que « peau » pouvait bien signifier – et si ce terme sans doute argotique ne l'aurait pas emporté, quel qu'ait été le résultat.

Ils avaient exécuté quelques services pendant l'échauffement, mais c'était la première fois que Bond allait voir Gorner en action pour de bon. « Suis bien la trajectoire de la balle », murmura-t-il entre ses dents.

Cela s'avéra plus facile à dire qu'à faire. Du bout de sa raquette, Gorner fit rebondir la balle devant lui à une, puis deux, puis trois reprises, avant d'effectuer un tour complet sur lui-même, comme un chien qui s'apprête à se coucher. Lorsqu'il eut achevé sa parade, il lança la balle en l'air de la main gauche et garda le bras levé, prolongé par son énorme gant blanc, jusqu'au tout dernier instant : la raquette s'abattit alors et projeta la balle qui atterrit avec un bruit sourd en plein sur la ligne médiane. Bond avait été si déconcerté par son manège qu'il avait à peine fait un geste.

— Quinze, dit Gorner avant de se diriger vers l'autre carré de service.

Bond se concentra, les pieds calés sur la terre battue, en évitant de prêter attention au rituel de son adversaire. Son retour en revers fut intercepté par Gorner, qui était monté au filet et fit claquer sa volée dans l'angle opposé.

— Trente.

Bond ne marqua qu'un seul point au cours du premier jeu. Gorner alla prendre une bouteille d'Évian dans le frigidaire et se servit un verre dont il ne but qu'une gorgée. Il fit un geste de la main en direction du frigo, comme pour inviter Bond à faire de même. Dans son élan, le poignet soigneusement boutonné de sa manche s'écarta un instant du gant blanc. Lorsqu'il alla reprendre sa place, Gorner donna deux nouveaux petits coups de raquette sur le filet, comme pour conjurer le sort.

En essayant de chasser de son esprit la portion de poignet hérissé de poils qu'il venait d'entrevoir, Bond regagna son carré et s'apprêta à servir. Le premier jeu de service est toujours important et donne souvent le ton de la partie. Bond, qui avait une excellente première balle, décida de la mettre un peu en sourdine et de concentrer ses efforts sur la précision de son tir. Il parvint ainsi à déborder Gorner, des deux côtés, mais chaque fois qu'il montait au filet il se faisait adroitement lober. Arrivé à 30-40, sa balle heurta à deux reprises la bande du filet et retomba dans son camp, du mauvais côté. C'était un peu vexant de perdre son service sur une double faute.

Bond ne parvenait pas à trouver la solution pour casser le rythme de Gorner. Il se souvenait que contre

Wayland, à la Barbade, il réussissait parfois à ralentir le jeu, poussant du même coup le jeune homme à frapper des coups trop longs en contre-attaque. Mais Gorner ne commettait pas ce genre d'erreur. Bond avait de la peine à retourner ses coups droits à la volée : il devait brandir sa raquette et frapper la balle en même temps, pour en annuler l'effet. Gorner lui donnait d'ailleurs rarement l'occasion de volleyer : dès qu'il voyait Bond monter au filet, il décrochait un lob qui retombait avec une régularité irritante à l'intérieur de la ligne, laissant un impact circulaire sur la terre ocre.

Lorsque Bond servait, Gorner s'empressait de crier « Out » sans se donner la peine de jouer la balle, qui allait heurter le grillage derrière lui, avant de rebondir. Quand Bond s'apprêtait à frapper sa deuxième balle, Gorner lançait « Attendez » et allait repousser la balle fautive hors du terrain, du bout de sa raquette.

— On n'est jamais trop prudent, expliquait-il. J'ai vu un joueur se fouler la cheville pas plus tard que la semaine dernière en glissant sur une balle perdue. Allez-y.

Interrompu de la sorte, Bond n'arrivait pas à maintenir son rythme et s'estimait déjà heureux lorsqu'il plaçait sa deuxième balle à l'intérieur du court.

À force de ténacité, il parvint néanmoins à remporter ses autres services et se retrouva mené 5-4, avec Gorner au service. C'était sa dernière opportunité de refaire son retard avant la fin du set. Il décida de rester en fond de court et de faire courir Gorner de droite à gauche, en espérant lui-même éviter la faute. Gorner laissa enfin paraître une faille : à deux reprises, son coup droit s'avéra trop long et Bond obtint une balle de break à 30-40, pour la première fois de la partie. Gorner servit dans l'angle, sur son revers, mais Bond lâcha un retour croisé qui le remit en selle. Il sortit ensuite un long coup droit qui atterrit juste à l'intérieur de la ligne de service et que Gorner renvoya tant bien que mal en revers. Bond avait sa chance. Il avança en suivant des yeux la trajectoire de la balle et la frappa d'un coup droit lifté qui atterrit juste à l'intérieur de la ligne de fond de court.

— Out, déclara Gorner. Égalité.

Il s'apprêta aussitôt à servir et entama son rituel avant que Bond ait eu le temps de protester. Gorner remporta finalement le jeu et le set : 6-4. Alors qu'ils changeaient de côté, et avant de servir pour le premier jeu du deuxième set, Bond jeta un coup d'œil à l'endroit où son coup avait atterri : la marque de l'impact était incontestable, cinq bons centimètres à l'intérieur de la ligne.

Bond se contint. Tandis qu'il se préparait à servir, Gorner se mit à sautiller, à faire tournoyer sa raquette, à feindre d'avancer pour reculer aussitôt. La tactique était vieille comme le monde, Bond le savait bien, mais elle n'était pas facile à contrer. Il se concentra et frappa sa première balle, qui atterrit à l'extrémité de la ligne médiane.

— Out, lança Gorner.

— Je ne crois pas, dit Bond. Je vois d'ici la marque de l'impact.

Il s'avança jusqu'au filet et désigna l'endroit du bout de sa raquette.

— C'est une marque ancienne, dit Gorner.

— Non. J'ai vu ma balle atterrir à cet endroit. J'avais délibérément retenu ma frappe, pour me ménager une marge d'erreur. La balle est tombée quinze centimètres au moins à l'intérieur de la ligne de fond de court.

— Cher Monsieur Bond, si votre conception du fair-play britannique consiste à mettre en doute la parole de votre adversaire à l'intérieur de son propre club, je me montrerai bon joueur : vous pouvez rejouer ce point.

Du bord de sa raquette, Gorner frappa ses semelles pour en faire tomber la terre battue qui y adhérait.

— Allez-y, dit-il.

La première balle de service de Bond était trop longue. Il frappa la deuxième en la coupant et eut la déception de la voir heurter la bande du filet et rebondir dans le couloir.

— Double faute, dit Gorner. Ce n'est que justice, vous ne trouvez pas ?

Bond commençait à bouillir. Il se rendit à l'autre bout de sa ligne et sortit son meilleur service, dans l'angle, sur le revers de son adversaire.

— Out, lança calmement celui-ci.

Tandis qu'il s'apprêtait à servir sa deuxième balle, Gorner s'écria :

— Attention !

— Quoi ?

— J'avais cru voir une balle jaillir derrière vous.

— Je préférerais que vous me laissiez le soin d'estimer ce genre de risque.

— Je vous comprends, Monsieur Bond. Mais je ne tiens pas à ce qu'il arrive malheur à mes invités. Je ne me le pardonnerais pas. Mais reprenez. Deuxième service.

Plus que la plupart des jeux, le tennis est largement affaire de mental. La colère ne sert à rien, sauf si l'on parvient à la canaliser et à la contrôler – ne serait-ce que pour mieux se concentrer.

Bond savait qu'il devait changer de stratégie face à Gorner. Pour commencer, la chance n'était visiblement pas de son côté. Sa balle avait heurté la bande du filet un nombre de fois inhabituel sur son service, et était rarement retombée du bon côté. Alors que Gorner, qui servait souvent au ras du filet, ne l'avait pas touché une seule fois. Ensuite, il était inutile que Bond s'obstine à lâcher des coups droits près de la ligne. Il fallait qu'il s'arrange désormais pour que ses balles atterrissent trente centimètres au moins à l'intérieur du court. Ayant cela en tête, il entreprit de faire une série d'amortis, nul ne pouvant contester la validité d'une balle qui retombe quelques dizaines de centimètres derrière le filet. Mais l'amorti réussit rarement à vous faire remporter le point quand on joue à ce niveau, et le joueur qui le tente doit demeurer sur ses gardes. Bond l'avait appris à ses dépens, en jouant contre le véloce Wayland. Dieu merci, Gorner n'était pas aussi rapide et Bond était désormais préparé à ses tentatives de lobes et à ses retours liftés. Il réussit même à placer plusieurs volées qui prirent son adversaire de court, après l'avoir obligé à monter au filet.

Bond aligna ensuite deux premiers services impeccables et mena 30-0 avant de mettre dans le filet une volée de revers pourtant facile. Il se fit lober sur le point suivant : 30 partout. Il avait le choix entre servir dans l'angle ou sur la ligne médiane. Il ne fit ni l'un ni l'autre et opta pour un tir croisé qui rebondit juste devant Gorner et l'empêcha de se dégager. Surpris par ce changement, Gorner retourna la balle à la cuillère et Bond conclut le point avec jubilation sur une volée gagnante.

On était à 40-30 : balle de set pour Bond. Alors qu'il s'apprêtait à servir pour le gain du set, Gorner lui lança :

— Voulez-vous bien m'excuser, Monsieur Bond ? Un petit besoin naturel. J'en aurai pour moins d'une minute.

Il quitta le court en trottinant et disparut à l'intérieur du club.

D'un geste irrité, Bond passa la main dans ses cheveux baignés de sueur. Décidément, ce type ne reculait devant rien. Et le problème, avec les gens qui ne reculent devant rien, c'est qu'ils s'avèrent étrangement invulnérables.

Bond rejoignit la chaise d'arbitrage. Il sortit une bouteille de Pschitt du frigidaire et en but quelques gorgées. Il jouait à son meilleur niveau, mais Gorner avait sans doute deux ou trois tours en réserve dans son sac. Ses ressources étaient visiblement illimitées.

Gorner revint rapidement sur le court.

— Pardonnez-moi, Monsieur Bond. Où en étions-nous ? Était-ce à moi de servir ?

— Non, c'était à moi. Nous en étions à 40-30. 5 jeux à 3.

— Où avais-je la tête ? Nous avons donc une balle de set ?

Outre son effronterie, il y avait dans sa voix quelque chose de condescendant – comme si ces histoires de scores étaient décidément indignes de lui.

Bond ne répondit pas. Il avait beaucoup joué sur le revers de Gorner et il était peut-être temps qu'il tente quelque chose de nouveau. Après avoir visé avec soin, il servit en profondeur, juste sur la ligne médiane. Gorner avait bien anticipé, mais la balle de Bond toucha la ligne – dont la bande débordait légèrement – et rebondit bizarrement vers Gorner, qui la renvoya droit dans le filet. C'était la première fois que Bond avait un peu de chance, ce matin, et Gorner ne pouvait évidemment pas prétendre que la balle était « out », puisque seule la bande pouvait avoir occasionné ce curieux rebond.

Lorsqu'ils rejoignirent leurs chaises, Gorner lui lança :

— Vous aimez vous battre, n'est-ce pas Monsieur Bond ?

— Cela vous ennuie ?

— Bien au contraire.

Gorner s'inclina sur le côté et se livra à quelques exercices d'étirement.

— Que diriez-vous d'augmenter les enjeux ?

Il n'avait pas regardé Bond en émettant cette proposition, feignant d'examiner les cordes de sa raquette.

— D'accord, dit Bond. Nous avions parié cent livres, c'est bien cela ?

— Il me semble. Eh bien… si nous passions à cent mille ?

Gorner évitait toujours de regarder Bond. Il s'était penché et venait d'extraire de son sac une raquette neuve, dont il testait la tension en frappant le cordage avec le cadre d'une autre raquette.

— Je parle bien sûr en francs, Monsieur Bond.

— En anciens francs, je présume.

— Oh, non. En nouveaux francs, sonnants et trébuchants.

Bond fit rapidement le calcul. Cela représentait plus de sept mille livres – une somme folle, bien supérieure à ce qu'il pouvait se permettre. Mais dans l'étrange joute qui venait visiblement de s'engager, il sentit qu'il ne devait pas manifester le moindre signe de faiblesse.

— Entendu, Docteur Gorner, dit-il. À vous de servir.

— Ah, ce bon vieux fair-play britannique, commenta Gorner d'un air sarcastique avec son étrange accent. J'imagine qu'il n'aurait pas été très « sport » de décliner mon offre…

La somme d'argent mise en jeu et tout ce cinéma avec ses étirements et ses raquettes tendaient à une seule et même chose, songea Bond : l'intimider. Vous ne pouvez pas me battre, lui faisait comprendre Gorner, et ce serait de la folie d'essayer. Soyez raisonnable, soyez réaliste : laissez-moi gagner et vous ne vous en porterez que mieux.

Les moyens dont il s'était servi pour faire passer son message ne manquaient pas de subtilité, il fallait le reconnaître. Malheureusement pour Gorner, la menace ne faisait que renforcer la détermination de Bond.

Les joueurs remportèrent chacun leur service pendant les six premiers jeux du troisième set. Alors que le score était de 3 partout, Gorner se retrouva au service et se vit mené 15-40. Bond savait que le moment était crucial. Il retourna avec un long revers coupé – pas assez long toutefois pour être déclaré « out » – mais revint aussitôt sur sa ligne de fond de court. Gorner lui renvoya en coup droit une balle liftée qui atterrit en plein milieu du court. Ces coups freinaient généralement la vitesse de la balle, qui rebondissait presque à la verticale à cause de l'effet, toutefois celui-ci l'accéléra au contraire et Bond se plia presque en deux pour la retourner du mieux qu'il pouvait. Gorner l'attaqua sur ce piteux retour, l'acculant dans l'angle de son carré de service, mais Bond le loba en diagonale et parvint ainsi à le repousser. Il ne monta pas au filet et resta derrière sa ligne. L'échange se poursuivit de la sorte, chacun renvoyant la balle une bonne quinzaine de fois. Les poumons de Bond étaient en feu et ses yeux l'élançaient, à force de concentration. Il continuait à attaquer le revers de Gorner, lâchant ses coups droits aussi près qu'il le pouvait de la ligne de fond de court. Lorsqu'il commença de percevoir le halètement essoufflé de son adversaire, il fit brusquement un amorti. Gorner se précipita, mais arriva trop tard. Bond venait de lui prendre son service.

— Pas de chance, lança Bond sans nécessité.

Gorner ne répondit pas. Il brandit sa raquette et la rabattit d'un geste rageur sur le montant du filet, ce qui fit voler en éclats le cadre en bois. Il balança la raquette en dehors du court et en sortit une autre de son sac.

Ce geste de colère semblait l'avoir galvanisé et il attaqua Bond sur ses services au cours du jeu suivant, abandonnant la prudence qui avait caractérisé jusque-là leurs échanges. En combinant ses balles liftées, ses lobes et son évidente mauvaise foi, il reprit aussitôt le service de son adversaire et revint à 4 partout. Bond se maudit lui-même en silence et s'apprêta à recevoir.

Pour la première fois de la partie, la balle de Gorner heurta la bande du filet lors de son premier service et rebondit dans le couloir. Bond attaqua avec succès sa deuxième balle grâce à un coup droit croisé. Enhardi, il lâcha ensuite un revers agressif qui atterrit dans les pieds de Gorner, et se retrouva ainsi à 0-30. La douleur que Bond ressentait à l'épaule et la lourdeur de ses mollets semblaient s'être dissipées comme par enchantement. Il se sentait en confiance et retourna le service de Gorner avec un long coup bas qui passa au ras du filet et lui donna du même coup trois balles de break.

Gorner tourna trois fois sur lui-même derrière sa ligne de fond de court avant de lancer sa balle en l'air. Son gant blanc dessina une tache brillante et il servit en poussant un grognement. La balle heurta la bande du filet et retomba de son côté. Il se concentra, mais sa deuxième balle de service, un peu basse, toucha également le filet, hésita une fraction de seconde et retomba elle aussi de son côté.

— C'est invraisemblable ! explosa-t-il.

Il se précipita vers le filet et le frappa avec le cadre de sa raquette.

— Gardez votre calme, lui dit Bond. Vous pourrez toujours vous plaindre au secrétariat. 5-4. C'est à moi de servir, je crois.

Bond but un grand verre d'Évian pendant le changement de côté. Le match touchait à sa fin et il lui était indifférent d'avoir trop d'eau dans l'estomac.

En attendant que Gorner ait fini son cinéma, Bond fit rebondir sa balle en réfléchissant à la manière dont il allait servir. D'abord le long de la ligne médiane, aux trois quarts du court, puis une frappe dans l'angle, sur le revers de son adversaire. S'il arrivait ainsi à 30-0, il changerait de tactique : un tir coupé dans l'angle opposé, sur son coup droit, puis un autre le long de la ligne centrale.

Gorner avait fini de s'éponger. Il reposa sa serviette et gagna lentement sa ligne pour recevoir. Tandis que Bond s'apprêtait à servir, Gorner s'avança de deux pas avant de reculer d'autant. Il réussit un assez bon retour en revers, mais Bond plaça sa volée de l'autre côté, largement à l'intérieur du court.

Gorner s'approcha du filet.

— Je me demandais si vous accepteriez de doubler notre mise, M. Bond ?

Bond ne disposait pas d'une somme pareille et ignorait si le Service le couvrirait, n'ayant pas obtenu leur aval. Mais il sentait que la chance avait inexplicablement tourné en sa faveur au cours des deux derniers jeux.

— Si vous insistez, dit-il. 15-0.

Il mit sa première balle dans le filet, mais donna un puissant effet à la seconde. Le retour de Gorner était un peu court et Bond put accentuer sa pression, le poussant au coup suivant à commettre une faute en revers.

Respectant le plan qu'il s'était fixé, il servit ensuite dans l'angle opposé et surprit Gorner en faisant un amorti sur son retour, ce qui lui procura trois balles de match.

Et maintenant, pleine ligne, songea-t-il. Il lança sa balle un peu moins haut qu'à l'ordinaire – et un peu plus loin devant lui – avant de la frapper de toutes ses forces. La balle atterrit exactement au bout de la ligne, rebondit dans l'angle du court et échappa à la raquette que Gorner brandissait dans le vide, pour aller heurter le grillage derrière lui. Elle y resta encastrée à mi-hauteur, petite sphère blanchâtre maculée d'ocre.

Bond s'avança jusqu'au filet en tendant la main vers Gorner qui marchait à sa rencontre, le fixant droit dans les yeux pour la première fois depuis qu'ils s'étaient rencontrés.

Le soulagement et l'euphorie de la victoire s'évaporèrent aussitôt : Bond découvrit l'intensité et la violence de la haine qui émanait du regard posé sur lui.

— J'ai hâte de prendre ma revanche, lui dit Gorner. Je ne pense pas que vous serez aussi chanceux la prochaine fois.

Il alla rassembler ses affaires, sans ajouter un mot.

6

Une sacrée fille

Quand il émergea de la douche, Bond n'aperçut pas la moindre trace de Gorner dans les vestiaires. Mais une enveloppe blanche remplie de billets l'attendait, posée sur sa raquette. On s'était contenté d'y inscrire : *À bientôt*.

Bond partit à la recherche de Scarlett. Il la trouva installée dans l'un des bars, juchée sur un tabouret à côté d'une baie vitrée et sirotant innocemment son verre.

— Satisfait de votre partie, James ? lui lança-t-elle.

— Excellent entraînement physique, dit-il. J'ai dû perdre quelques livres. Pas autant que Gorner, toutefois.

— Mais vous avez gagné ?

— Oui.

— Et vous allez m'inviter à déjeuner pour fêter ça ?

Bond passa la main dans ses cheveux encore humides et sourit en voyant l'air sérieux de la jeune femme.

— Commençons par prendre un verre, dit-il.

Bond vint s'asseoir à côté de Scarlett, près de la baie vitrée. Il avait commandé un *citron pressé* pour elle et une bière en bouteille pour lui, ainsi qu'un litre de Vittel.

Scarlett croisa les jambes et se tourna vers Bond.

— La situation a finalement tourné à votre avantage, juste avant la fin, dit-elle.

— Vous avez regardé le match ?

— De loin. Suffisamment en tout cas pour ne pas être aperçue. Je voulais éviter à tout prix que Gorner ou Chagrin ne découvrent ma présence.

Bond acquiesça.

— Le fait est, reprit Scarlett avec un sourire énigmatique, que la chance semblait vraiment contre vous, avant les trois derniers jeux.

— Cela peut arriver dans n'importe quel sport, dit Bond. Au golf comme au tennis.

— Cela m'a paru aller au-delà de la simple coïncidence, dit Scarlett. J'ai donc mené ma petite enquête.

— Que voulez-vous dire ?

— Chaque fois que votre balle heurtait la bande du filet, elle rebondissait en dehors du court. En revanche, aucune des frappes de Gorner ne touchait jamais la bande. Cela m'a mis la puce à l'oreille.

Bond se pencha, intrigué malgré lui.

— Et alors ? dit-il.

— J'ai remarqué que le court où vous jouiez était le seul où le montant du filet n'était pas équipé d'une poignée permettant d'en régler la tension. La corde prévue à cet effet disparaissait dans le sol.

— Oui, dit Bond. J'imagine qu'elle rejoignait une poulie installée un peu plus bas.

Scarlett se mit à rire.

— Pas si vite, James. Après avoir repéré le secteur du sous-sol qui devait se trouver en dessous du court, je suis allée y jeter un coup d'œil. Je me suis aperçue que l'endroit où était fixé le montant du filet correspondait à une pièce minuscule, une sorte de débarras qui jouxte l'un des courts intérieurs. J'ai réussi à l'atteindre : et qui ai-je aperçu, à travers le panneau vitré de la porte ? M. Chagrin en personne, en train de regarder la télévision.

— La télévision ?

— Oui : l'un des écrans du circuit fermé, semblable à ceux du hall d'entrée. Sauf que dans cette pièce, le moniteur est muni d'une console qui permet de suivre n'importe lequel des matchs qui se déroulent à l'extérieur. Comme dans le bureau du directeur d'un studio de télévision, vous savez. Chagrin regardait votre partie.

— Et alors ?

— Une poulie était fixée sur le mur en ciment, prolongée par une poignée en cuivre. Celle-ci actionnait apparemment une corde en tout point semblable à celles qui permettent de régler la tension des filets. Chagrin pouvait la modifier à son gré, selon celui de vous deux qui était au service, en levant ou en abaissant la poignée. C'est un système on ne peut plus simple, qui exige simplement une corde légèrement plus longue que sur les autres courts.

— C'est donc pour ça que Gorner voulait à tout prix jouer sur le court n° 2…

— Chagrin attendait que vous ayez le dos tourné pour se livrer à son petit manège, dit Scarlett. Il tendait la bande du filet au maximum lorsque vous étiez au service : dès que votre balle la touchait, elle rebondissait obligatoirement en dehors du court.

— Et Gorner n'arrêtait pas de cogner dessus entre les jeux, avec sa raquette. Cela devait correspondre à une sorte de signal. Eh bien, qu'avez-vous fait ?

— Je suis remontée et j'ai erré un moment jusqu'à ce que je tombe enfin sur quelqu'un de ma connaissance – un jeune homme du nom de Max, qui travaille pour les Rothschild. Il m'a invitée à deux ou trois reprises et je sais qu'il ne demande qu'à m'aider. Apparemment, tous les employés ici sont au courant de la combine de Gorner, il était donc inutile que j'aille en parler au secrétariat. J'ai demandé à Max d'aller trouver Chagrin dans ce réduit, de lui dire qu'il savait ce qu'il fabriquait et que s'il ne cessait pas immédiatement son manège, il irait lui-même révéler le pot aux roses sur le court, devant Gorner et son adversaire.

— À quel moment de la partie cela se passait-il ? demanda Bond.

— Je ne peux pas vous le dire avec précision. Le temps que Max ait obligé Chagrin à vider les lieux, puis soit venu me faire son rapport, le troisième set devait déjà être bien entamé.

— Qu'avez-vous fait ensuite ?

Scarlett prit un air contrit.

— Je suis allée remplacer Chagrin, pour rétablir l'équilibre.

Bond esquissa un sourire.

— Cela devait être au moment où Gorner a cassé sa raquette, dit-il. Il pensait évidemment qu'il lui était impossible de commettre une double faute.

— Je le crains, dit Scarlett. Mais je n'avais relevé le filet que de quelques millimètres. Rien de comparable avec ce que faisait Chagrin.

— Et quand j'étais au service ?

— Je ramenais le filet à sa hauteur normale. Les splendides points gagnants que vous avez marqués n'avaient donc rien d'usurpé.

Bond sourit à nouveau.

— Vous êtes une sacrée fille, Scarlett.

— J'ai donc gagné mon invitation à déjeuner ?

— Le destin doit être avec vous, dit Bond.

— Parfait, conclut Scarlett en bondissant de son tabouret. Je vais d'abord vous faire visiter la Sainte-Chapelle. La culture avant la gourmandise. J'imagine que vous n'y avez jamais mis les pieds ?

— J'ai toujours été trop occupé pour jouer les touristes, répondit Bond.

— Je vais chercher la voiture, dit Scarlett. Attendez-moi au pied de l'escalier.

*
* *

La queue des visiteurs du week-end s'étirait sur le trottoir, devant la Sainte-Chapelle, mais Bond et Scarlett se retrouvèrent à l'intérieur au bout d'une dizaine de minutes. Le rez-de-chaussée ne présentait rien de remarquable et était essentiellement occupé par une vaste stalle commémorative.

— Vous ne semblez pas très impressionné, dit Scarlett.

— On dirait un bazar d'Orient, dit Bond.

— Mon père m'a raconté qu'un jour, devant l'église du Saint-Sépulcre à Jérusalem, on a voulu lui vendre un œuf provenant du coq qui avait chanté...

— Le coq qui...

— Lorsque Saint-Pierre a renié le Christ pour la troisième fois.

— C'était assez peu vraisemblable.

— Pour de multiples raisons.

— Et qu'y a-t-il de spécial ici ? demanda Bond.

— Suivez-moi, dit Scarlett.

Elle s'engagea dans un escalier en pierre et entreprit son ascension. Bond la suivit, admirant au passage la finesse de ses chevilles et le galbe élancé de ses cuisses, que dissimulait à peine sa courte robe en lin.

La chapelle, à l'étage, offrait un embrasement de vitraux.

— C'est un vrai miracle architectural, expliqua Scarlett. Ils ont réussi à la construire sans le moindre arc-boutant. Sinon, cela gâcherait le spectacle des vitraux.

Scarlett passa plusieurs minutes à arpenter la chapelle. Bond regardait les reflets colorés des verres qui jouaient sur le sol en pierre, ainsi que sur la silhouette de la jeune femme qui les admirait tant.

Son enthousiasme paraissait sincère. Soit c'était une actrice accomplie, soit elle était bien celle qu'elle prétendait être.

Elle revint vers lui et lui prit doucement le bras.

— Assez de culture pour aujourd'hui, James. Vous pouvez maintenant m'emmener à *La Cigale Verte*. C'est à cinq minutes d'ici. Nous pouvons laisser la voiture et nous y rendre à pied, en marchant le long de la Seine.

Le restaurant qu'elle avait choisi, sur l'île Saint-Louis, avait une longue terrasse qui surplombait le fleuve. Un simple sentier séparait les tables du bord de la Seine.

— Je me suis montrée un peu présomptueuse, dit Scarlett tandis que le maître d'hôtel venait les accueillir. Quand j'ai vu comment tournait le match, j'ai téléphoné pour réserver une table. L'endroit est assez fréquenté le week-end.

Le maître d'hôtel, qui semblait incapable de détacher son regard de Scarlett, les conduisit jusqu'à une table qui donnait directement sur la berge. On apercevait la Rive gauche, de l'autre côté.

— Aimez-vous les crustacés ? demanda Scarlett. Leur plateau est impressionnant : il y a des crabes, des langoustines et des bêtes hérissées de piquants dont la tête aplatie n'est pas sans rappeler celle de Chagrin. Et leur mayonnaise... C'est sans conteste la meilleure de Paris. Voulez-vous me laisser le soin de commander ? Vous me faites confiance ?

— Vous faire confiance ? dit Bond. Pourquoi pas ? Ensuite, nous parlerons affaires.

— Bien sûr.

Bond était encore sous l'effet un peu grisant de sa partie de tennis, qui lui avait d'ailleurs ouvert l'appétit. Le serveur leur apporta une bouteille de dom pérignon et une coupelle d'olives. Les bulles bien fraîches chatouillèrent agréablement le palais déshydraté de Bond.

— Maintenant, Scarlett, dites-moi tout ce que vous savez au sujet du Dr Julius Gorner.

— J'ai entendu parler de lui pour la première fois par mon père, Alexandr, dit Scarlett en extrayant de sa carapace la queue d'une langoustine. Mon grand-père est venu s'établir en Angleterre pendant la Révolution de 1917. Il avait plusieurs propriétés près de Saint-Pétersbourg et une maison à Moscou. Il était ingénieur de formation, mais avait réussi à faire sortir de Russie une partie de la fortune familiale et acheté une maison dans la banlieue de Cambridge. Mon père n'avait que sept ans lorsqu'ils se sont enfuis et se souvient à peine de son pays natal. Il a rapidement appris l'anglais et est devenu bilingue. Après avoir fréquenté les meilleures écoles, il a été nommé *fellow* dans l'une des universités de Cambridge, où il a enseigné l'économie. Pendant la guerre, il a travaillé pour l'intelligence militaire britannique. On lui a ensuite proposé un poste de professeur titulaire à Oxford. C'est là qu'il a rencontré Gorner, venu y suivre des cours bien qu'étant déjà adulte.

— Votre père a donc été le professeur de Gorner ?

— Oui. C'était selon lui un étudiant peu réceptif, refusant le plus souvent d'admettre qu'il ne savait pas déjà tout.

— Mais il était intelligent ?

— Mon père disait qu'avec un peu d'humilité, il aurait pu devenir le meilleur économiste d'Oxford. Le problème, c'est qu'il a tenu mon père pour responsable, quand les choses se sont mises à mal tourner.

— Que s'est-il passé ?

— Selon mon père, le comportement de Gorner repoussait bien des gens.

— Il était donc déjà comme ça à l'époque.

— Il y avait son accent, balte ou lituanien, et bien évidemment... sa main. Ce n'était pas tellement cela qui posait problème, d'ailleurs : les gens devaient plutôt ressentir de la compassion à son égard. Mais c'était un arnaqueur né. Il trichait lors des examens – alors qu'il n'en avait nullement besoin, selon mon père. Il traitait les autres étudiants de haut, parce qu'il était un peu plus âgé qu'eux et s'était battu pendant la guerre.

— Dans les deux camps, j'imagine, dit Bond.

— Peut-être voulait-il simplement être du côté du vainqueur, dit Scarlett. Sans compter qu'à Stalingrad, il avait forcément assisté à des scènes qui avaient dû le faire prématurément vieillir… Mais certains jeunes Britanniques avaient dû interrompre leurs études pour aller se battre, eux aussi.

Scarlett fut interrompue par le serveur, venu débarrasser les restes de leur plateau de crustacés.

— Nous allons avoir de la sole, dit-elle. Puis-je commander du vin ?

— Vous êtes mon invitée – ou plutôt celle de Gorner, dit Bond en tapotant l'épaisse enveloppe dans la poche intérieure de sa veste.

Scarlett alluma une cigarette, releva les jambes et cala ses pieds sur le velours rouge de sa chaise, en serrant ses chevilles entre ses bras. Comme le soleil venait de disparaître derrière un immeuble, elle ôta ses lunettes de soleil. Elle paraissait brusquement beaucoup plus jeune, songea Bond. Les yeux bruns de Scarlett croisèrent les siens.

— Gorner devint peu à peu obsédé par l'idée que les gens ne l'aimaient pas et mit cela sur le compte de la xénophobie. Il voyait Oxford comme un club réservé à l'élite de la nation anglaise, qui ne l'accepterait jamais en son sein. J'imagine qu'il avait dû essuyer deux ou trois revers de cet ordre. Pourtant, mon père m'a assuré que la plupart des étudiants étaient polis et aimables avec lui. Mais c'est sans doute cette expérience qui l'a profondément blessé et déterminé à prendre sa revanche sur ce qu'il considérait comme la morgue et la prétention des Anglais.

Il faisait une fixation sur leur culture et le rituel un peu ennuyeux du thé, du cricket et du fair-play britannique, qu'il tenait pour une gigantesque imposture – prenant tout cela beaucoup plus au sérieux que n'importe quel Anglais. Il était particulièrement obsédé par la politique étrangère de l'Empire britannique, s'estimant en mesure d'établir le degré de violence et d'hypocrisie sur lesquelles celui-ci avait été fondé. J'imagine qu'il a fallu plusieurs années pour que ce processus arrive à maturation. Toujours est-il qu'il haïssait l'Angleterre et décida de consacrer sa vie à la destruction du pays qui s'était soi-disant moqué de lui.

— Peut-être son ressentiment était-il plus ancien, dit Bond.

— Que voulez-vous dire ?

— Lorsqu'il est devenu évident que les nazis n'allaient pas pouvoir battre les Anglais, peut-être a-t-il reporté ses espoirs sur les Russes.

— C'est une remarque très pertinente, James. J'ignorais que vous étiez aussi fin psychologue.

— Le serveur attend que vous goûtiez le vin.

Scarlett huma brièvement le bâtard-montrachet.

— *Très bien*, dit-elle. Où en étais-je ?

— Vous me flattiez.

— Oui... Mon père avait donc entendu dire que Gorner était malheureux et essaya de sympathiser avec lui. C'était un simple directeur d'études que Gorner ne voyait qu'épisodiquement – et qui n'avait aucune responsabilité directe sur l'organisation de son existence – mais mon père est un homme généreux. Il l'avait même invité un jour à venir dîner à la maison. Nous étions probablement présentes, Poppy et moi, mais nous étions encore des enfants et je ne m'en souviens pas. Mon père comprenait ce que Gorner ressentait en tant qu'étranger et lui expliqua que les choses n'avaient pas toujours été faciles pour son propre père, lorsqu'il avait quitté la Russie, mais que l'Angleterre avait la réputation de bien traiter ses immigrants. À Cambridge, les membres de la faculté des sciences étaient tout de même composés pour moitié d'*émigrés* juifs ! Mais mon père commit ensuite son unique et fatale erreur. Il lui parla de sa main.

Bond reposa sa fourchette et son couteau.

— Que lui a-t-il dit ?

— Qu'il avait connu avant-guerre quelqu'un qui avait le même problème que lui – un membre de l'université du Sussex, à Sidney, je ne sais pas pourquoi je me souviens de ce détail... Il voulait rassurer Gorner, lui faire comprendre qu'il n'était pas le seul à souffrir d'un tel handicap, mais j'imagine que Gorner n'en avait jamais parlé auparavant. Et qu'il éprouvait de la honte à ce sujet. Un peu comme si sa famille n'avait pas respecté le cours normal de l'évolution.

Bond acquiesça et remplit leurs verres.

— Quoi qu'il en soit, reprit Scarlett, le résultat fut que loin de le considérer comme un ami, un compagnon d'exil, Gorner s'imagina dès lors que mon père était encore pire que les Anglais – une sorte de traître qui avait réussi, un type qui avait tourné sa veste pour se rallier à l'ennemi. À compter de ce jour, il se mit à porter un gant en permanence. Il avait un nouveau motif de haine à rajouter sur sa liste. Après l'Angleterre et ses traditions ridicules figuraient désormais, au deuxième rang, Alexandr Papav et sa famille.

— J'imagine que je dois y figurer à mon tour, depuis ce matin, dit Bond.

Scarlett fit tinter son verre contre le sien.

— Aux ennemis de Julius Gorner, lança-t-elle. En tout cas, bien des années plus tard, quand son chemin a croisé celui de Poppy, il s'est empressé de mettre la rencontre à profit.

Le serveur leur amena le plateau de fromages et une corbeille de pain frais. Le regard de Bond se porta un peu plus loin sur la Seine, à l'endroit où les bateaux-mouches déposaient leurs passagers. Celui qui avait apparemment la faveur des touristes était un bateau à vapeur du Mississippi muni d'énormes roues à aubes – le *Huckleberry Finn*. Une bannière tendue sur sa coque indiquait qu'il avait été prêté pour un mois à la ville de Paris.

Le regard de Bond revint à leur table.

— Vous feriez aussi bien de me parler de Poppy, dit-il.

Scarlett découpa une pointe de *camembert* et la posa sur l'assiette de Bond.

— Essayez celui-là, dit-elle. Poppy, ma foi... Elle ne me ressemble pas beaucoup. Elle est légèrement plus jeune que moi et... Elle n'a jamais pris ses études au sérieux.

— Contrairement à vous, dit Bond.

— C'est exact.

— Où les avez-vous faites ?

— À Roedean. Puis à Oxford. À l'université de Somerville.

— Où vous avez brillamment décroché votre diplôme, comme Gorner.

Le visage de Scarlett s'empourpra légèrement.

— Mon père disait toujours que se vanter de son parcours universitaire est le summum de la vulgarité. Poppy n'a pas fait d'études supérieures. Elle est allée vivre à Londres et s'est mise à fréquenter des tas de gens bizarres. Elle se rendait dans d'innombrables soirées. Pour une raison que je n'ai jamais comprise, elle a ensuite décidé de devenir hôtesse de l'air. J'imagine que cela devait lui paraître excitant. Les voyages en avion étaient encore une nouveauté, à ce moment-là. Et cela devait être à ses yeux un moyen de se rebeller contre sa famille d'universitaires. Ma mère était médecin consultant à l'hôpital Radcliffe et nourrissait elle aussi de grandes ambitions pour ses filles. Quoi qu'il en soit, Poppy a travaillé pendant trois ans à la BOAC. Elle est tombée amoureuse de l'un des pilotes. Il était marié et lui jurait sans arrêt qu'il allait quitter sa femme, mais il ne l'a pas fait. Poppy était très triste. Au cours d'une escale au Maroc, elle s'est mise à prendre de la drogue. De petites doses, au début, mais qui n'ont pas tardé à augmenter. Elle le faisait pour le plaisir, je suppose, mais aussi parce qu'elle était malheureuse. Et puis, peu après, son amant a rencontré Gorner. Il en avait marre de la BOAC et avait vu une annonce passée par Gorner, qui recherchait un pilote pour ses avions privés. En vérifiant ses références, il a entendu parler de Poppy : il l'a bien sûr reconnue et s'est empressé de fondre sur sa proie. Il a déclaré au pilote que sa candidature ne l'intéressait pas, mais a proposé à Poppy de venir travailler pour lui, en lui offrant un salaire considérable – et bien d'autres avantages : des vols gratuits, des primes, sans parler des vêtements et des chaussures...

— La liste s'arrête là ? demanda Bond.

— Non, dit Scarlett en se mordant la lèvre. Il y avait autre chose. Il lui a fourni de la drogue.

— Et c'était un appât efficace ?

— Sans l'ombre d'un doute. (Des larmes apparurent sur les paupières de la jeune femme.) Il pouvait lui fournir tous les produits qu'elle désirait en quantités illimitées, et d'une qualité supérieure – rien à voir avec les saletés qu'on vous vend dans la rue, coupées avec Dieu sait quoi. Elle a dû se dire qu'elle pourrait contrôler sa consommation, tout en disposant de l'argent nécessaire. Même si la drogue était gratuite, à dire la vérité. (Scarlett s'essuya les yeux avec un mouchoir.) C'était une fille si gentille, dit-elle. Elle l'a toujours été.

Le serveur leur apporta l'ananas frais à la crème. Lorsque l'*espresso* arriva, Bond alluma une cigarette et en offrit une à Scarlett.

— Mais si je la retrouve, Scarlett, acceptera-t-elle de me suivre ? Ou est-elle une esclave consentante ?

— C'est difficile à dire. Cela fait deux ans que je ne l'ai pas vue, même si je lui parle de temps à autre au téléphone. La dernière fois, c'était avant-hier. Elle était à Téhéran et avait réussi à se rendre dans un bureau de poste.

— Téhéran ?

— Oui. Gorner a de gros intérêts financiers là-bas. Il s'agit peut-être d'une simple façade, je l'ignore. Poppy m'a dit qu'elle faisait des efforts pour abandonner la drogue, mais que c'était très difficile. Il me semble pourtant qu'elle resterait avec vous, si vous parveniez à la trouver. Nous pourrions ensuite lui faire suivre une cure dans une bonne clinique. Le problème, c'est que Gorner refusera de la laisser partir. Il la tue à petit feu et il jouit de chacune des secondes qui s'écoulent.

Bond émit un bref juron, avant d'ajouter :

— Ne pleurez pas, Scarlett. Je vais la trouver.

*

* *

Après un deuxième café, Scarlett raccompagna Bond à son hôtel, en conduisant la Sunbeam à une allure plus raisonnable que lorsqu'ils s'étaient rendus au Bois, le matin même.

— Vous m'appellerez si vous avez du nouveau, n'est-ce pas ?

— Bien sûr, dit Bond. Si je ne me trouve pas trop loin d'un téléphone.

Elle se pencha et l'embrassa sur la joue. Elle avait remis ses lunettes de soleil, pour cacher ses yeux gonflés. La main de Bond s'attarda un instant sur la robe de lin rouge. Il y avait quelque chose dans cette fille qui parvenait à percer ses défenses et cela le mettait profondément mal à l'aise.

Il fut tenté de se retourner et de lui adresser un petit signe de la main depuis l'entrée de l'hôtel, comme

Larissa Rossi l'avait fait devant l'ascenseur à Rome. Mais il se força à marcher droit et s'engouffra dans la pénombre du vestibule.

— Monsieur Bond ! lança le réceptionniste. Il y a une dépêche pour vous !

Bond attendit d'avoir rejoint sa chambre pour l'ouvrir. Le message commençait par PROBOND et s'achevait par PRISM, ce qui signifiait qu'il avait eu l'aval de M.

URGENT REJOIGNEZ PISTACHE AU PLUS VITE NE LÂCHEZ PAS FOURNISSEUR STOP BUREAU US PRÉTEND LIAISON VENTE CAVIAR IMMINENTE STOP REP LOCAL VOUS ATTEND STOP

Bond boucla aussitôt sa valise et demanda à la réception d'appeler l'aéroport. Selon la dernière liste de codes, « Pistache » désignait la Perse et « Caviar » l'Union soviétique. Le Bureau US était la CIA : s'ils étaient un peu nerveux au sujet de Gorner, cela signifiait que la filière russe à laquelle M avait fait allusion à Londres était peut-être plus développée qu'il ne l'avait pensé.

Gorner et les Russes, songea Bond. C'était un mariage infernal.

7

« Faites-moi confiance, James. »

« On commence un voyage en Perse
comme une équation algébrique :
sans savoir si on en verra le bout. »

Robert Byron, *The Road to Oxiana*.

Tandis que l'avion entamait sa descente, Bond regarda à travers le hublot et alluma une cigarette. Sur sa gauche, dans le lointain, il distinguait le sommet des monts Elbourz et, au-delà, une vague tache bleue qui devait correspondre au sud de la mer Caspienne. Son travail ne l'avait encore jamais conduit au Moyen-Orient, à son grand soulagement. Il considérait les terres qui s'étendent entre l'île de Chypre et le continent indien comme le plus grand repaire de brigands du monde. Il avait visité l'Égypte dans son enfance, mais il était trop jeune pour s'en souvenir, et il avait passé quelques jours de permission à Beyrouth : la ville lui avait fait l'effet d'un nid de contrebandiers où l'on trafiquait de tout – des diamants de la Sierra Leone, de l'or d'Alep et des armes d'Arabie. Il est vrai que les Libanaises s'étaient avérées plus émancipées qu'il ne l'aurait cru, mais il n'en avait pas moins été heureux de regagner Londres.

Il vida la fin du bourbon qui restait dans son verre. Comme l'avion s'apprêtait à atterrir, il n'avait pas eu le temps de préparer sa venue en Perse et devait donc s'en remettre au responsable du bureau local, Darius Alizadeh, qui allait lui servir de guide. Il perçut le bruit sourd du train d'atterrissage qui émergeait de la carlingue et le gémissement hydraulique engendré par les freins qui coulissaient, sur le bord d'entrée des ailes. En dessous, Bond découvrit un décor qu'il avait déjà vu des dizaines de fois, sur différents continents : les poteaux et les fils téléphoniques, les voitures minuscules qui circulaient autour de l'aéroport, les bâtiments sans relief du terminal – puis la bande de ciment striée de lignes noires qui se déroulait sous le ventre de l'appareil avant que celui-ci ne se pose en deux temps sur la piste, signe d'un atterrissage parfait, et que le pilote ne renverse les moteurs.

Sitôt sorti de l'avion, Bond sentit la chaleur du désert l'envelopper. Il n'y avait pas l'air conditionné dans le bâtiment réservé aux arrivées et il était déjà en eau lorsque l'employé des douanes marqua ses bagages à la craie. Lorsqu'il passait les douanes américaines, il se servait d'un passeport diplomatique britannique – n° 0094567 – tout en détestant l'idée que son identité soit transmise pour vérification au quartier général de la CIA, à Langley. La moindre preuve de sa présence – voire de son existence – mettait sa sécurité en danger. À Téhéran, le passeport qu'il présenta à l'officier moustachu derrière sa guérite vitrée était établi au nom de David Somerset, directeur de compagnie. C'était un nom d'emprunt que lui avait forgé Darko Kerim à Istanbul et il l'utilisait depuis en souvenir de ce loyal ami, mort en l'aidant à échapper au SMERSH.

Une fois sorti de l'aéroport, où il avait changé un peu d'argent, Bond s'engouffra dans un taxi et donna au chauffeur l'adresse de son hôtel en ville. Les faubourgs de Téhéran étaient plutôt sinistres. Des usines déversaient d'épaisses fumées noires, de grands blocs de béton rectangulaires dominaient les cubes de maisons plus modestes, le long des larges avenues d'asphalte bordées d'arbres. Cela ne différait guère des banlieues de n'importe quelle ville moderne, à l'exception des monceaux de citrons curieusement empilés au bord de la chaussée.

Ils longèrent l'université de Téhéran, sur l'avenue Reza chah, franchirent la place Firdousi – où une statue de bronze représentait le célèbre poète en train de déclamer des vers, la main tendue vers le ciel – puis tournèrent sur la gauche et prirent la direction du nord, vers les quartiers les plus aisés de la capitale. Dans ce secteur, on voyait un peu moins de camions à bestiaux aux couleurs criardes ou de voitures transportant les bagages de la famille, ficelés sur le toit. Franchi ce cap, on aurait dit que la ville s'était ressaisie et affichait ouvertement son désir de suivre les normes occidentales.

Bond offrit une cigarette au chauffeur. Après deux ou trois refus qui manquaient de conviction, son offre fut finalement acceptée. L'homme essaya d'engager la conversation en lui parlant de football. Mais son anglais se limitait apparemment à trois mots – « Bobby Moore, Bobby Charlton » – et Bond n'avait quant à lui qu'un seul nom en tête : Julius Gorner.

Il tendit une poignée de rials au chauffeur et pénétra dans l'hôtel qui, Dieu merci, possédait l'air conditionné. Sa chambre était au douzième étage et ses fenêtres donnaient au sud sur la ville grouillante, estompée par la brume, et au nord sur les montagnes dont l'un des sommets (« le gigantesque mont Demavend, qui culmine à 5 800 m », lui apprit le guide de la ville dont l'édition anglaise trônait sur sa table de nuit) se dressait un peu à l'écart, dominant le reste de la chaîne. On distinguait des plaques de neige à son sommet, ainsi que sur les hauteurs boisées du versant sud.

Après s'être livré à l'examen de la pièce et à ses vérifications habituelles, Bond alla se doucher. Il demeura sous le jet d'eau brûlante, les yeux grands ouverts jusqu'à ce que le picotement cinglant des gouttes s'avère insupportable. Il tourna alors le robinet et termina sa douche à l'eau glacée, évacuant ainsi toutes les scories de son voyage. Drapé dans une serviette, il appela ensuite la réception et demanda qu'on lui monte des œufs brouillés, du café, un litre d'eau minérale et une bouteille de leur meilleur whisky.

À peine avait-il reposé le combiné que la sonnerie retentit avec insistance.

— Oui ?

— Ici Darius Alizadeh. Comment s'est passé votre voyage ?

— Sans histoire, répondit Bond.

Alizadeh émit un petit rire.

— J'aime les situations sans histoire, dit-il, mais seulement à bord des avions. Excusez-moi de ne pas être venu vous attendre à l'aéroport, c'est un endroit où j'évite de me montrer. J'envoie une voiture vous chercher d'ici une demi-heure, si cela vous convient. Je vous invite ensuite dans le meilleur restaurant de Téhéran. J'espère que vous n'êtes pas trop fatigué ? Vous pouvez d'abord venir chez moi pour manger un peu de caviar, pêché ce matin même dans la mer Caspienne. Cela vous tente-t-il ?

Il avait une voix basse et chaleureuse, pratiquement sans l'ombre d'un accent.

— Dans une demi-heure, dit Bond. Je serai prêt.

Il rappela la réception pour annuler les œufs brouillés, tout en leur demandant de se presser pour le whisky. Il enfila une chemise blanche à manches courtes, un pantalon d'été en coton et des mocassins noirs munis d'un renfort en acier. Il s'assura que la veste légère qu'il avait achetée en toute hâte à l'aéroport de Paris, le matin même, ne laissait pas deviner les contours de son Walther PPK.

Une Mercedes bleue l'attendait devant l'hôtel.

— Je suis Farshad, le chauffeur de M. Alizadeh, lui dit un petit homme en souriant de toutes ses dents et en lui ouvrant la portière arrière. Mon nom signifie « Heureux » en persan.

— C'est ce qu'on appelle avoir de la chance, dit Bond. Où allons-nous ?

La voiture quitta l'avant-cour de l'hôtel et s'engagea sur la chaussée.

— Nous allons à Chemiran, le plus beau quartier de Téhéran. Très joli. Vous allez adorer.

— Je n'en doute pas, dit Bond alors que Farshad faisait un écart pour éviter deux camions qui arrivaient en sens inverse. À condition que nous y arrivions en vie.

— Oui, oui, dit Farshad en riant. Nous remontons Pahlavi Street. Vingt kilomètres. La plus longue avenue du Moyen-Orient !

— Et visiblement la plus animée, dit Bond tandis que la Mercedes, arrivée à un carrefour, se lançait dans la mêlée, luttant contre le flot des véhicules qui déboulaient de toutes parts et dont les feux tricolores ne calmaient pas les ardeurs.

Au bout d'une vingtaine de minutes, et après qu'ils eurent échappé à peu près autant de fois à une mort certaine, la Mercedes bifurqua sur la gauche et remonta une artère plus calme, flanquée d'arbres de Judée. Elle s'engagea ensuite dans une allée asphaltée qui sinuait au milieu de pelouses verdoyantes, et déboucha enfin devant une maison précédée d'un vaste portique aux colonnades blanches.

Bond grimpa les marches pour rejoindre la porte d'entrée, qui s'ouvrit instantanément.

— C'est un plaisir de vous rencontrer. J'avais fini par me faire à l'idée que le destin ne conduirait jamais les pas de James Bond dans ma ville natale. Je suis conscient des menaces qui pèsent sur vous, mais cela ne m'empêche pas de me réjouir de cette bonne fortune. Entrez donc.

Darius Alizadeh tendit la main et serra celle de Bond. C'était une poignée de main ferme, sans détour, marquée par la franchise et l'amitié – aux antipodes de l'attitude hypocrite, fuyante et obséquieuse que Bond avait pu constater au Caire ou à Beyrouth. Darius mesurait plus d'un mètre quatre-vingts, il avait un visage assez large et le teint foncé, que deux yeux bruns éclairaient d'une lueur complice. Ses épais cheveux noirs, rabattus en arrière, grisonnaient sur ses tempes, mais cela n'avait pas l'air de le déranger. Il portait un costume blanc au col relevé, à la mode indienne, et une chemise bleue sans cravate, telle qu'on peut en voir dans les vitrines de la via Condotti à Rome.

Il précéda Bond à travers un long vestibule au plancher en bois, longeant un grand escalier avant de franchir des portes-fenêtres qui donnaient sur un jardin, à l'arrière de la maison. Ils traversèrent la terrasse pour aller s'installer à l'ombre. Une table avait été dressée à côté d'un bassin, couverte de chandelles et d'une impressionnante collection de bouteilles. D'un geste, Darius invita Bond à s'asseoir sur une chaise basse au siège capitonné.

— Détendez-vous, dit-il. Profitez du jardin. Cela fait du bien de se retrouver au frais, n'est-ce pas ? Généralement, je prends une bière avant de passer aux cocktails, pour éliminer la poussière de la ville. La bière n'a rien d'extraordinaire – elle est d'importation américaine – mais cela me laissera le temps de vous préparer quelque chose de plus approprié. Et elle est bien fraîche.

Il agita une petite clochette en cuivre posée sur la table. Un jeune homme revêtu du costume traditionnel persan se profila dans les ténèbres, à l'autre bout de la terrasse.

— Babak, lui dit Darius en frappant dans ses mains, nous avons un invité. Remuons-nous un peu.

Le jeune homme se fendit d'un large sourire et s'inclina brièvement, avant de s'éclipser.

Quelques instants plus tard, la main gauche de Bond se refermait sur un verre de bière glacée. Dans son dos, une rangée de grands cyprès protégeait le jardin de Darius des regards indiscrets. Devant eux s'étendaient de nombreux massifs de roses, essentiellement jaunes et noires, d'après ce que Bond parvenait à distinguer à la lueur des torches disséminées sur la pelouse. Autour du bassin rectangulaire, des carreaux de mosaïque dessinaient tout un enchevêtrement de motifs.

— Les jardins tiennent une grande place dans notre existence, dit Darius en suivant le regard de Bond. L'eau est une sorte de divinité pour nous, tant le pays est aride. Écoutez... Vous entendez la petite cascade que j'ai fait construire, tout au bout de la pelouse ? Je l'ai dessinée moi-même et l'ai fait édifier par un artisan d'Ispahan, dont le grand-père avait participé à la construction de l'une des mosquées. Que préférez-vous : martini dry, vodka tonic ou whisky soda ?

Bond opta pour le martini et regarda Darius mélanger les ingrédients dans le shaker en argent. Il opina pour manifester son approbation après en avoir bu une gorgée : la boisson était fraîche à point, sans que la glace l'ait pour autant diluée.

— Et maintenant, dit Darius, dites-moi en quoi je puis vous être utile.

Tandis que Babak réapparaissait, portant un plateau en argent où était disposé du caviar, Bond raconta à Darius ce qu'il savait de Julius Gorner. L'homme lui avait inspiré confiance dès l'instant où il l'avait vu et son instinct le trompait rarement, dans ce domaine. Il savait aussi que Darius dirigeait le bureau de Téhéran depuis vingt ans et jouissait de la considération de M.

Darius préleva à la cuillère une bonne portion de caviar – de la taille d'une petite prune – et la déposa sur l'une des assiettes, avant de presser un peu de citron vert par-dessus. D'un geste rapide de la main, il porta le tout à sa bouche à l'aide d'un morceau de pain en forme de crêpe et avala ensuite une bonne lampée de vodka.

— Un peu trop russe comme méthode, je vous le concède, dit-il en souriant, mais c'est ainsi que je le préfère. Pas mauvais, ce Béluga, vous ne trouvez pas ? (Il se pencha et huma l'assiette.) On doit sentir l'odeur de la mer, jamais celle du poisson.

Il alluma ensuite une cigarette et se cala dans son siège.

— Je dois vous avouer, James, que j'ai déjà entendu parler de ce Gorner. Le contraire serait étonnant. Mais peut-être avez-vous d'abord envie de savoir deux ou trois choses à mon sujet. Ma mère est originaire de la tribu des Qashqai, généralement considérés comme les habitants les plus perfides, les plus sauvages et les plus assoiffés de sang de toute la Perse. Quand le chah complotait son retour avec les Américains, il n'a pas songé un instant à se les rallier. (Darius rejeta la tête en arrière et éclata de rire.) Il était prêt à s'entendre avec les Kurdes, les Arabes, les réformateurs, les gens du Balouchistan et même avec les mollahs, mais pas avec les terribles Qashqai ! Mon père, quant à lui, est issu d'une famille de diplomates de Téhéran, qui a noué de longue date des liens avec l'Occident. Il a fait ses études à Harvard et j'ai moi-même fait les miennes à Oxford – ce qui explique pourquoi je m'exprime comme un gentleman, au cas où vous vous poseriez la question. Je connais ce pays comme ma poche – et sous ses différents aspects. Je pourrais aussi bien me fondre au sein des tribus du désert que papoter avec le personnel de l'ambassade de France – bien que je préfère la première hypothèse, pour être tout à fait honnête. J'ai vu débarquer des gens de toutes les nationalités en Perse – ou plutôt en Iran, comme Reza chah, le père du chah actuel, a voulu que nous appelions notre pays. Des Turcs, des Russes, des Français, des Allemands, des Américains, des Anglais... Nous sommes à la croisée de l'Orient et de l'Occident – la seule nation qui s'interpose entre la Russie et les ports du golfe Persique. Bien sûr, les Russes ont la mer Noire, mais les Turcs sont juste en face, tenant le Bosphore et les Dardanelles. Difficile d'imaginer gardiens plus patibulaires...

Darius se pencha et se servit une nouvelle portion de caviar, qu'il engloutit de la même façon que la précédente.

— Ce que je veux dire, James, c'est que nous avons l'habitude que les étrangers viennent fourrer leur nez dans nos affaires. Et nous nous sentons parfois comme une pauvre fille de joie de la rue Saint-Denis : tout le monde peut nous avoir, à condition d'y mettre le prix. Pendant la guerre, les Alliés nous ont trouvés trop conciliants avec les Allemands, ils nous ont donc envahis et ont renversé le chah. Puis ils ont trouvé que M. Mossadegh, notre brillant et indépendant Premier ministre, se rapprochait trop de Moscou. Ils se sont également méfiés de lui, parce qu'il se faisait souvent photographier en public vêtu d'un costume qui ressemblait pour eux à un pyjama. Les Américains ont donc confié à un gentleman du nom de Kermit Roosevelt le soin de monter un coup d'État, destiné à faire revenir le chah d'exil et à le réinstaller sur le trône. J'avoue que j'ai rendu deux ou trois services à ce M. Roosevelt. Ces affaires ne nous intéressent que modérément, du moment qu'on nous laisse mener notre vie en paix. Téhéran est un nid d'espions. Cela a toujours été le cas et il est peu probable qu'il en aille un jour autrement. Un visiteur britannique, qui ne manquait pas d'humour, a suggéré récemment que les Russes et les Américains devraient louer les mêmes appartements, pour éviter les dépenses occasionnées par leur espionnage réciproque. Une seule chose est susceptible de déclencher la sonnette d'alarme – lorsqu'un étranger débarque ici et se montre trop gourmand. Nous encourageons volontiers les gens à venir faire des affaires chez nous, même s'il est difficile de le faire légalement. Sauf en ce qui concerne le pétrole. Nous sommes prêts, par ailleurs, à tolérer une certaine dose d'ingérence politique, si nous en retirons un petit bénéfice : une protection, de l'influence, des armes ou des dollars. Mais jamais les deux à la fois. Et tout ce que j'ai entendu dire au sujet de ce Gorner me met très mal à l'aise. Bien que je ne sois pas facilement impressionnable, comme j'espère vous l'avoir laissé entendre.

Darius prépara une nouvelle tournée de martinis.

— Reprenez donc du caviar, James. D'ici dix minutes, Farshad nous conduira dans le meilleur restaurant de Téhéran. Il est situé dans le sud de la ville, près du bazar. Personne là-bas ne risque de me reconnaître. Tout le monde ou presque à Téhéran sait pour qui je travaille. Votre patron a une théorie, selon laquelle les gens seront plus enclins à me communiquer des informations intéressantes s'ils connaissent ma position. Peut-être a-t-il raison. Le revers de la médaille, c'est que je ne dois pas me montrer en public avec vous. Cela mettrait votre sécurité en danger. Mais dans ce restaurant, nul ne sait qui je suis. Quant à la nourriture, James... (Il ouvrit grand les bras.) Meilleure que celle de ma propre mère. Aussi céleste qu'un poème de Hafiz.

— Jamais je ne vous aurais imaginé d'humeur si poétique, Darius, dit Bond avec un sourire. Mes collègues sont généralement des individus au regard froid, qui ont toujours un pistolet à portée de la main.

— Je ne vous crois pas un instant, James. Mais les jardins et la poésie sont au cœur de l'âme perse. Ne parlons pas des poèmes consacrés aux jardins... « J'ai vu un jardin aussi pur que le paradis, écrivait Nezami. Des myriades de couleurs s'y mélangeaient/ Des myriades d'effluves imprégnaient l'atmosphère embaumée/La rose allongée dans les bras de l'hyacinthe/Le jasmin... »

— La voiture est prête, Monsieur.

Babak venait de surgir des ténèbres.

— Babak, vous êtes dépourvu de toute sensibilité ! Je vous ai déjà dit de ne pas m'interrompre quand je récite un poème. Eh bien, James, êtes-vous prêt à affronter les chauffards de la grande avenue ? Avez-vous faim, pour commencer ?

— Et comment.

Bond avait décliné le repas qu'on lui proposait dans l'avion. En dehors du caviar, il n'avait rien mangé depuis un croissant ramolli, à l'aéroport de Paris.

Farshad attendait devant l'entrée, avec la Mercedes. Quelques instants plus tard, ils faisaient route vers le sud, dans la cacophonie de Pahlavi Street. Farshad zigzaguait à travers la circulation à une allure effrénée, comme si le repas qui les attendait avait été leur dernière chance de survie.

Lorsqu'ils eurent franchi Molavi Avenue, Bond renonça à s'orienter et concentra son attention sur le récit de Darius.

— Pour être franc, poursuivait celui-ci, Kermit Roosevelt était un individu assez déraisonnable. Il m'arrivait de jouer au tennis avec lui et lorsqu'il faisait une faute, il se le reprochait en s'exclamant : « Oh, Roosevelt ! » – alors qu'il était censé s'appeler « M. Green », ou je ne sais plus quoi. Je n'ai jamais vu quelqu'un boire autant, pendant le travail. À croire qu'il était nerveux. On livrait régulièrement des caisses de whisky et de vodka dans la maison où il se planquait avec ses amis. Lorsque le jour J arriva, destiné à rétablir le chah sur le trône, Roosevelt s'aperçut que c'était un vendredi, jour de repos des musulmans. Après, bien sûr, venait le week-end des chrétiens. Ils continuèrent donc à boire, en attendant le lundi. Lorsqu'ils sortirent enfin les tanks, après avoir payé les gros bras du bazar pour organiser des manifestations « spontanées », ils découvrirent que le chah n'avait pas signé les *firmans* – c'est-à-dire les documents officiels destituant Mossadegh et proclamant sa prise de pouvoir. Le Chahanchah, le Roi des Rois, attendait sur la mer Caspienne, les tanks et la population étaient dans les rues et les papiers traînaient sur un bureau, à Téhéran !

Darius éclata de son rire tonitruant.

— Enfin, dit-il, nous en sommes venus à bout.

Il se pencha vers Farshad et lui lança un ordre en persan. Dans un grincement de pneus, le chauffeur bifurqua aussitôt dans une rue latérale et appuya sur l'accélérateur.

— Excusez-moi, James. Je parle beaucoup trop. J'ai tant de choses à vous raconter sur ce merveilleux pays. Il est important que vous en sachiez le plus possible, avant d'affronter Gorner et sa bande. Un homme averti en vaut deux, comme dit le proverbe.

— Inutile de vous excuser, dit Bond. Mais à quoi rime cette tactique digne d'un Grand Prix ?

— Emporté par mon discours, je n'avais pas remarqué qu'une voiture américaine nous collait au train – une Oldsmobile noire, m'a-t-il semblé. Tandis que je vous parlais du chah, j'ai brusquement compris que nous étions suivis. J'ai donc demandé à Farshad de semer nos poursuivants.

— Et il était visiblement heureux de vous rendre ce service.

— C'est le cas de le dire... Il adore les poursuites. Mais n'ayez crainte, James : ils ne nous retrouveront plus à présent. Les étrangers ne s'aventurent pas aussi profondément dans le sud de Téhéran. À partir d'ici commence une zone qu'on appelle la Nouvelle Ville et qui regorge de bars, de bordels et de maisons de jeu. Au-delà s'étend un quartier de masures et de taudis, où échouent les immigrants les plus pauvres du pays : des Arabes et des réfugiés d'Afghanistan. Ils vivent dans des conditions sordides.

— Vous n'aimez pas beaucoup les Arabes, n'est-ce pas ? demanda Bond.

— On ne dénigre pas les étrangers qui vivent dans son pays, dit Darius. Les Perses, comme vous le savez, sont un peuple aryen et non pas sémite, à l'inverse des Arabes. Quant à ces derniers, ma foi... Ils manquent de culture, James. Tout ce qu'ils ont chez eux – que ce soit en Irak, en Arabie saoudite ou dans les émirats du Golfe – ce sont des bricoles qu'ils ont copiées ou qu'ils nous ont volées. Mais assez sur ce point. Nous sommes arrivés.

Darius insista pour que Bond le précède, avant de franchir l'entrée. Vu de l'extérieur, avec son linteau surmonté d'un globe rouge, l'établissement ressemblait à une boutique de marchand de tapis. À l'intérieur, un vieil homme était assis sur un tabouret et fumait une pipe à eau.

Bond hésita, mais l'étiquette perse l'obligeait apparemment à précéder son hôte.

— Faites-moi confiance, James, lui dit Darius en posant la main sur son épaule.

Juste avant que Bond ne se penche pour passer sous le linteau, il avait aperçu dans l'angle de son champ de vision une Oldsmobile noire qui venait de se garer, de l'autre côté de la rue, et avait aussitôt éteint ses phares.

8

Bienvenue au Paradise Club

Bond se retrouva dans une pièce en sous-sol, relativement vaste et éclairée par des bougies placées dans des candélabres en fer. On les conduisit à une table où étaient déjà disposées des coupelles remplies de pistaches, de mûres et de noix, une bouteille de Chivas Regal et deux carafes d'eau glacée. On ne leur présenta pas de menu. Un groupe de quatre musiciens munis d'instruments à cordes jouaient en sourdine sur une estrade basse, couverte de tapis. La salle contenait une douzaine d'autres tables – toutes occupées.

Darius poussa un soupir de satisfaction en leur servant un verre de whisky. Une jeune femme arriva avec un plateau rempli de petits bols et d'assiettes garnis de diverses variétés de pains en forme de galettes, de yoghourts, de salades et d'herbes fraîches. Elle disposa ensuite entre Bond et Darius une soupière fumante, en prononçant quelques mots en persan.

— Soupe aux pieds de mouton, traduisit Darius tandis que la serveuse remplissait le bol de Bond.

La soupe avait une saveur d'une délicatesse surprenante.

— Vous devriez y ajouter quelques *torshi*, dit Darius en lui tendant une coupelle de condiments. Voilà. Eh bien, James, qu'en pensez-vous ?

— Excellent, dit Bond en essayant de ne pas paraître trop dérouté.

— Et la serveuse ? Charmante, n'est-ce pas ?

— Tout à fait ravissante, dit Bond, qui n'exagérait pas.

— Certains visiteurs de passage en Perse s'attendent à ce que toutes les femmes soient voilées de la tête aux pieds. Dieu merci, Reza chah a mis un terme à tout ça. Il voulait un pays moderne, régi selon les critères occidentaux et non une contrée arriérée où la moitié de la population s'habille comme un troupeau de religieuses en deuil. Cela vous surprendra peut-être, mais dans les familles les plus traditionnelles certaines femmes répugnent à abandonner le symbole de leur esclavage. La police a reçu l'ordre de leur arracher leur voile en pleine rue. C'était une vraie mascarade. Le *tchador* est toujours resté un phénomène urbain. Dans les campagnes, les femmes s'habillent autrement et ne se sont d'ailleurs jamais voilé le visage. En Perse, les femmes sont aujourd'hui très… quel est le terme que j'ai découvert dans les journaux londoniens, ces derniers temps ? Ah oui, « libérées » ! Après le dîner, je vous montrerai ce que j'entends par là. À votre santé, James !

Darius leva son verre et Bond lui retourna son geste. Il repensait à son interminable congé sabbatique et aux doutes qu'il avait nourris à Rome, concernant son avenir. Tout cela paraissait bien loin désormais. La compagnie de Darius Alizadeh aurait suffi à dissiper les incertitudes qu'il aurait encore pu avoir à ce sujet. En sa compagnie, il avait l'impression d'être branché sur une pile d'énergie à haute tension. Bond songea que Darius devait être rétribué assez modestement par le Service, pour le travail qu'il fournissait à Téhéran – même si sa maison laissait à penser qu'il jouissait d'une fortune personnelle, ou du moins qu'il avait réussi quelques bonnes opérations boursières. Quoi qu'il en soit, Bond voyait en Darius un être de la même trempe que lui, prêt à mettre sa vie en jeu non pas pour de l'argent, mais pour le simple goût du risque.

Le fait d'avoir pensé à Rome lui rappela Larissa Rossi, puisqu'il l'avait d'abord connue sous ce nom. Bond ne laissait jamais ses propres sentiments interférer dans son travail, mais il aurait été ridicule de nier que le souvenir des larmes de Scarlett, lorsqu'elle lui avait raconté de quelle manière Gorner traitait sa sœur, ne faisait que renforcer à ses yeux l'urgence de la mission que M lui avait confiée, pour la sauvegarde de leur pays.

La serveuse aux cheveux noirs s'approcha à nouveau de leur table. Cette fois, elle déposa un poêlon en fer qui grésillait encore et contenait des crevettes sautées, aux herbes et au tamarin. Cela fut suivi par un plat servi dans un large récipient en terre cuite et constitué de couches concentriques de diverses couleurs – orange, verte, blanche, écarlate – qui évoquaient un volcan sur le point d'entrer en éruption. Il était surprenant qu'une préparation aussi vivement colorée émerge de l'antre obscur que devait être la cuisine de ce restaurant souterrain.

— C'est un *javaher polow*, dit Darius. Ce qui signifie : le riz et ses parures. La couleur de chaque couche provient de l'écorce d'orange, du safran, de l'épine-vinette et... j'ai oublié le reste. Mais je vous garantis que c'est aussi bon que ça en a l'air. *Nush-e Jan !*

— Pareillement, dit Bond. Mais dites-moi, Darius : y a-t-il autre chose que je doive savoir au sujet de Gorner ? Où puis-je le trouver, par exemple ?

Darius redevint sérieux.

— Vous n'aurez pas besoin de le chercher, James. C'est lui qui vous trouvera. Il dispose de plus d'espions que la Savak elle-même. Je ne serais pas surpris que la voiture qui nous suivait tout à l'heure soit à sa solde. Il possède un bureau à Téhéran, près de la place Firdousi, dans le cadre de son entreprise pharmaceutique. Je suis à peu près certain qu'il traficote aussi quelque chose du côté de la mer Caspienne, mais il est difficile de s'en assurer. L'endroit ressemble à un banal atelier de construction navale, vu de l'extérieur. Il est situé à Nochahr, une petite station balnéaire – une sorte de Chemiran-*sur-Mer*, où la frange la plus aisée de la population de Téhéran se retire pendant l'été, pour fuir la chaleur et les gaz d'échappement. Le chah lui-même possède une résidence estivale dans les environs. Mais l'endroit abrite aussi un port de commerce et c'est pour cela que nous soupçonnons Gorner de se livrer à une activité secrète. Quant à sa base principale, elle se trouve quelque part dans le désert, au sud du pays.

— Vous ne savez pas où ? demanda Bond.

Darius hocha la tête.

— Nul ne le sait, dit-il. C'est un homme difficile à suivre. Il possède au moins deux avions privés, ainsi qu'un hélicoptère. Les gens de la Savak, si vous voyez à qui je fais allusion…

— J'en ai entendu parler, dit Bond. Votre propre police secrète, entraînée par le Mossad et la CIA – c'est-à-dire à l'école de l'inflexibilité israélienne et de la perfidie américaine.

— C'est exact. Nous n'en sommes pas toujours très fiers, James, mais… En tout cas, le Mossad a expédié une équipe de quatre hommes à Bam, à la frontière sud du désert, avec pour mission principale d'inspecter les environs et de prendre des clichés d'une éventuelle cachette ou du moindre signe d'activité inhabituelle dans la région.

— Et alors ?

— Il n'en est rien sorti.

— Rien ? Et ces hommes, qu'ont-ils raconté ?

— Rien non plus. On ne les a jamais revus. Enfin, pour être tout à fait exact, un paquet est arrivé un jour au quartier général de la Savak à Téhéran. Il avait été posté à Bam et contenait deux langues et une main coupées.

— Charmant, dit Bond.

— Et très caractéristique, dit Darius.

La serveuse se pencha vers la table basse pour débarrasser les plats. Elle marchait pieds nus et portait une longue robe en lin bleu dont le corsage était orné de petits sequins dorés et de décorations en nacre. L'échancrure était tout à fait décente, mais suffisante pour permettre à Bond d'entrevoir sa peau cuivrée lorsqu'elle se penchait. Elle lui sourit d'un air naturel et sans la moindre gêne, en se redressant.

Quelques minutes plus tard, elle leur apporta une bouteille de vin français, ainsi que des coupes contenant des poivrons, des tomates et des aubergines farcis. À cela succéda un plateau ovale sur lequel trônaient six cailles farcies, accompagnées d'une sauce aigre-douce et de pétales de rose.

— J'espère que vous apprécierez ça, James, dit Darius. Leur recette est l'un des secrets les mieux gardés de Téhéran. Les oiseaux ont été entièrement désossés, vous pouvez les couper et les manger à la fourchette. Le seul plat auquel on puisse le comparer, c'est l'agnelet fourré aux pistaches. Mais entre nous…

Darius écarta les bras.

— Que savez-vous sur son acolyte ? demanda Bond, en laissant le goût de la caille rôtie imprégner son palais. L'homme au képi de légionnaire ?

— Pas grand-chose, dit Darius. Tout le monde l'appelle Chagrin, mais je doute que ce soit son véritable nom. Je pense qu'il est originaire du Nord Viêt Nam. Un vétéran de la guérilla tropicale. Dieu sait où Gorner a bien pu le dénicher… À Téhéran, vraisemblablement. Nous avons le don d'attirer ici les individus les plus bizarres. Des marginaux, des parias, des laissés-pour-compte. J'ai connu deux Américains, appelés Red et Jack, qui faisaient la tournée des cabarets de la ville. J'avais l'impression de parler avec des chauffeurs de taxi de Brooklyn, jusqu'à ce que je les entende s'exprimer dans un dialecte persan – celui de Kermanchah, ou de Khorramchahr – qu'ils maîtrisaient à la perfection. Ils l'avaient appris auprès de leurs parents, qui étaient *émigrés* à New York. Ils ont passé une semaine en ville, sans lésiner sur les femmes et le whisky, avant de s'évanouir dans la nature. Je n'ai jamais su s'ils travaillaient pour la CIA ou pour une autre organisation. C'est l'une des choses que j'aime à Téhéran. La ville ressemble un peu à ce que devait être Casablanca en 1942. Le pays lui-même n'est pas en guerre, mais il fourmille de partisans, de *francs-tireurs*, de policiers, de mouchards et d'agents secrets. On a intérêt à surveiller ses arrières, mais cela permet aussi de rencontrer des gens inattendus.

— Connaissez-vous les agents de la CIA locale ? demanda Bond.

— J'en connais un, dit Darius. Un certain J. D. Silver, qu'on appelle « Carmen » – Carmen Silver. Ne me demandez pas pourquoi.

— Vous travaillez avec lui ?

Darius hocha vigoureusement la tête.

— Non, non. D'après mon expérience, il y a deux catégories d'agents de la CIA. Ceux qui sortaient de l'OSS – et avant cela des Marines ou d'un corps équivalent. Des gens comme vous et moi, James. Ou comme Big Will George, Jimmy Ruscoe, Arthur Henry. Des soldats, des patriotes, des aventuriers.

— Ou Felix Leiter, dit Bond.

— Oui, dit Darius. Je ne l'ai jamais rencontré, mais j'ai entendu dire que c'était l'un des meilleurs. Et puis il y a la nouvelle école.

— À qui faites-vous allusion ?

— Aux technocrates, dit Darius. À tous ces types cravatés, aux visages blêmes et raides comme des piquets. Carmen Silver fait partie de ce lot. Je ne suis même pas certain qu'il sache penser tout seul.

— Peut-être se contente-t-il d'obéir aux consignes de Langley.

— Sans doute. Mais vous savez aussi bien que moi, James, qu'un agent secret garde une marge de manœuvre. Je dirais même que son métier l'oblige à en avoir une. Si vous vous contentez d'un petit bénéfice à court terme, le pire qui puisse vous arriver c'est de rester un simple rouage au sein d'une gigantesque machine. Mais si vous n'exercez pas votre jugement à bon escient dans un pays étranger, en tant qu'agent secret ayant l'autorisation de tuer...

Bond esquissa un sourire.

— Au fond, Darius, vous êtes un sentimental...

— Non, James. Je ne crois pas aux sentiments : je crois à la prestance, à ce que j'appellerais la « classe ». Il est facile pour un chirurgien d'avoir ce qu'on appelle une « âme » : vous sauvez la vie des enfants, bravo, vous êtes du côté des « bons ». Mais prenez quelqu'un comme vous, James, qui se retrouve au fond de ce restaurant paumé avec un simple Walther sous le bras...

— Vous avez...

— J'ai aperçu le contour, j'ai deviné la marque, dit Darius en haussant les épaules. Ce que je veux dire, c'est que plus vous vivez dans l'ombre, sans existence officielle, et plus vous avez besoin d'une boussole. Quand on vous pointe un pistolet sur la tempe, vous devez prendre en une fraction de seconde des décisions beaucoup plus complexes que le chirurgien auquel je faisais allusion. Lui doit simplement savoir s'il va opérer son patient ou non. Et il a tout le loisir d'y réfléchir. Mais vous, on ne vous laisse pas le temps d'hésiter entre dix nuances de gris. Vous, James, je vois bien que vous avez la classe, qu'il y a le sens de la vérité en vous. Mon père avait une expression pour désigner ça. L'homme qui possède toutes ces qualités, disait-il, est un « citoyen de l'éternité ».

— Vous avez beau dire, dit Bond, les Américains ont tout de même été à nos côtés depuis Pearl Harbor. J'opère toujours seul, mais il est rassurant de savoir qu'ils sont dans les parages.

— Bien sûr, dit Darius. Comme le grand échalas de la classe, sur lequel on peut toujours compter.

La serveuse revint une fois de plus débarrasser leur table. Lorsqu'elle eut emporté leurs assiettes, Darius lança :

— Elle vous plaît, James ? Je peux lui demander de se joindre à nous pour aller à ce cabaret, si vous voulez.

— Je m'en remets à vous pour la soirée, Darius. Faites ce qui vous semblera approprié.

Bond songeait qu'en dépit de ses discours et de sa jovialité, Darius n'avait pas cessé d'observer ce qui se passait autour de lui, que ce soit un peu plus tôt dans la voiture ou dans ce restaurant.

La fille revint avec une bouteille d'*arak*, un alcool âpre et anisé, destiné à accompagner une coupe de pêche et de melon servie avec des gâteaux au miel et aux pistaches. Le café suivit, épais et onctueux. Darius échangea ensuite quelques mots avec la serveuse.

— Zohreh sera enchantée de nous accompagner, James, dit-il. Je lui ai dit que nous la ramènerions ici dans deux heures.

— Zohreh ?

— Oui. Joli nom, n'est-ce pas ? Il signifie Vénus.

— La déesse de l'amour ?

— Il doit plutôt s'agir de la planète. Mais on ne sait jamais... Allons-y.

Farshad était debout à côté de la voiture et finissait l'assiette de riz et de kébabs qu'on lui avait apportée. Il la déposa aussitôt et se précipita pour ouvrir la portière arrière, à l'intention de Zohreh.

Lorsqu'il eut mis le moteur en route, la jeune fille s'adressa à lui en persan. Le chauffeur émit un petit gloussement et embraya pour passer la première.

— Elle lui a indiqué notre destination, expliqua Darius. Un établissement de sa connaissance, où l'Orient rencontre l'Occident, si j'ai bien compris.

— Dans la Nouvelle Ville ?

— Vous n'y pensez pas, James ! Au sud de Téhéran, certes, mais dans un cadre distingué, je vous le promets. L'endroit a ouvert récemment : il est bourré de gadgets et a visiblement bénéficié d'importants capitaux occidentaux.

Tandis qu'ils s'éloignaient, Bond aperçut les phares de l'Oldsmobile qui venait de leur emboîter le pas. Il la désigna du pouce à Darius, qui hocha la tête.

Farshad roulait à vive allure le long des rues étroites et bordées d'arbres. Il y avait moins de circulation dans cette partie de la ville et il était près de minuit, aussi les artères avaient-elles commencé à se vider.

— Accrochez-vous, James ! lança Darius.

Il aboya un ordre à Farshad, qui braqua aussitôt pour s'engouffrer dans une rue latérale. L'aile de la grosse Mercedes accrocha une poubelle au passage, l'envoyant valdinguer sur le pavé. Farshad écrasa la pédale de l'accélérateur, franchit un carrefour sans ralentir, tourna ensuite à droite pour s'enfoncer dans une ruelle obscure, au milieu d'un hurlement de pneus, et bifurqua encore à trois reprises en faisant de grandes embardées, avant de déboucher sur un vaste boulevard. Il ralentit alors l'allure et se rejeta dans son siège en poussant un rire diabolique.

— Merci, Farshad, lui dit Darius en anglais, sans trahir la moindre émotion.

Il avait posé la main sur le bras de Zohreh, pour la rassurer, mais la jeune fille ne semblait nullement effrayée. Bond songea qu'elle considérait peut-être ce petit rodéo comme la manière de conduire normale à Téhéran.

Ils finirent par s'arrêter devant un bâtiment ressemblant à un entrepôt, dont la façade se découpait au fond d'un terre-plein entouré d'un grillage, en retrait de la rue. Il n'y avait aucune enseigne. L'endroit rappelait à Bond certaines arrière-cours crasseuses de Los Angeles.

— L'établissement s'appelle le Paradise Club, dit Darius.

Le nom réveilla en Bond le lointain souvenir de l'excitation juvénile qui avait été la sienne lorsqu'il avait commencé à fréquenter les tripots. Ils passèrent l'obstacle du portier qui surveillait les entrées, auquel Darius glissa quelques billets, et s'engagèrent dans un couloir en ciment conduisant à une double porte en bois aux montants en acier. Une jeune femme en costume traditionnel les accueillit et appuya sur une pédale : les battants s'écartèrent en silence. Bond, Darius et Zohreh pénétrèrent dans une immense salle, de la taille d'un hangar d'aviation. Tout au fond, devant la paroi, une chute d'eau tombait en cascade sur des rochers nimbés d'une lueur pourpre, avant de rejoindre un bassin d'eau turquoise où nageaient une douzaine de femmes entièrement nues. Autour du bassin, installés comme dans un jardin, des clients étaient allongés sur des tapis imitant l'herbe fraîche ; d'autres étaient assis sur des chaises longues et des fauteuils capitonnés, où des serveuses plus chastement vêtues leur apportaient des boissons ou des sucreries. À gauche de ce vaste espace se dressait une estrade sur laquelle des gens se trémoussaient au rythme de la pop music occidentale. Mais dans le « jardin », un quintette d'instruments à cordes jouait des airs traditionnels persans.

Zohreh se tourna vers Bond et lui sourit, révélant des dents d'une blancheur éclatante.

— Cela vous plaît ? demanda-t-elle.

Une jeune femme s'approcha d'eux et parla à Darius en farsi. Elle portait le même uniforme que celle qui les avait accueillis à l'entrée – une longue tunique couleur crème, sur laquelle se détachait une large ceinture écarlate. Bien que la tenue en elle-même n'eût rien d'indécent, Bond remarqua – là où les deux pans de l'étoffe se rejoignaient, entre les seins de la jeune femme – que celle-ci ne portait rien en dessous. La lueur des bougies et des appliques aux globes de diverses couleurs dessinait sur sa peau d'étranges reflets, d'un rose nimbé d'or.

— Je vous présente Salma, dit Darius. Elle est ici pour s'assurer que nous passons un bon moment. Plusieurs possibilités s'offrent à nous. Je propose que nous allions d'abord faire un tour dans la fumerie d'opium, avant de visiter le célèbre hammam.

— Je ne suis pas certain d'avoir très envie d'un bain turc, dit Bond.

— Vous changerez d'avis quand vous aurez vu celui-ci, dit Darius. Il présente certaines particularités, d'après ce que j'ai cru comprendre.

Ils suivirent Salma au sommet d'une plate-forme qui se dressait sur la droite, dans l'immense salle.

— Au fait, glissa Darius à l'oreille de Bond, Salma signifie « bien aimée ».

— Ses parents ne manquaient pas de clairvoyance.

— Oubliez donc votre flegme britannique, James… Mais je lui rapporterai vos propos. Avez-vous déjà fumé de l'opium ?

Ils se retrouvèrent dans une pièce carrée : des canapés tendus de tapisserie étaient disposés le long des murs et d'énormes coussins étalés par terre. Quelques individus, allongés, tiraient sur les pipes d'opium que leur préparait l'une des consœurs de Salma, assise au centre de la pièce devant une table basse où chauffait un brasero. De la musique persane jouait en sourdine, mais il n'y avait aucun musicien en vue.

Zohreh s'assit en tailleur près de la table et invita d'un geste Darius et Bond à faire de même. L'employée saisit un bâton d'opium en forme de tube et en coupa un morceau. Elle le plaça dans le fourneau en porcelaine de la pipe ; puis, avec des pincettes en argent, elle saisit une braise dans le brasero et la maintint un moment au-dessus de l'opium. Elle tendit ensuite l'autre extrémité de la pipe à Darius, qui la saisit en faisant un clin d'œil à Bond. La fille souffla sur la braise jusqu'à ce qu'elle rougeoie et que l'opium en dessous se mette à grésiller. Un filet de fumée s'insinua par un petit trou aménagé dans le fourneau de porcelaine et Darius l'aspira. Il passa ensuite la pipe à Bond, qui la prit avec une certaine circonspection. Il ne tenait pas qu'à ce que ses capacités soient altérées, mais ne voulait pas davantage vexer son hôte. Il finit par aspirer un peu de fumée, qu'il retint dans sa bouche avant de lui repasser la pipe. Lorsqu'il estima que personne ne le voyait, il rejeta la fumée par les narines.

Autour d'eux, une demi-douzaine d'individus étaient affalés parmi les coussins, les yeux clos, et affichaient une expression de douce rêverie.

— Certains de ces types ont un sérieux problème, dit Darius. L'opium n'est pas dangereux en soi, à condition qu'on le consomme avec modération – disons, à raison d'une fois par semaine. Mais trop de gens en sont devenus les esclaves dans ce pays. Heureusement, il s'agit d'une drogue « pure », extraite du suc du pavot. Ses composés et ses dérivés, comme l'héroïne, sont beaucoup plus dangereux.

Il proposa la pipe à Zohreh, qui émit un petit rire et hocha négativement la tête.

— Nos femmes sont peut-être « libérées », dit-il avec un sourire à Bond, mais jusqu'à un certain point.

— Qui sont les filles qui nagent dans le bassin, au pied de la cascade ?

— Des vierges célestes, dit Darius.

Il fut brusquement saisi d'une quinte de toux. Bond se demanda s'il riait ou s'il s'agissait d'un effet de l'opium. En s'essuyant les yeux du revers de la main, Darius reprit :

— Elles sont payées par la direction pour s'amuser ainsi dans l'eau. J'imagine qu'une fois rhabillées, elles font office d'hôtesses, comme Salma. Le décor est censé représenter le paradis. Le Prophète a promis que tous ceux qui se seront particulièrement bien comportés sur terre seront accueillis au Ciel par une multitude de vierges. Je ne sais plus si elles doivent se contenter de leur servir à boire ou si leur rôle revêt un caractère plus intime. Il y a longtemps que je n'ai pas remis mon nez dans le Coran.

— Mais vous y avez cru jadis ? demanda Bond.

— Bien sûr, dit Darius. J'ai été élevé dans les règles, comme un bon petit musulman. Mon père avait passé une grande partie de sa vie en Amérique, mais il n'avait pas oublié ses racines pour autant. Vous-même, je suis sûr que vous croyiez au Père Noël quand vous étiez petit ?

— Oui, dit Bond. Mais les preuves étaient plus tangibles. Il y avait des paquets de toutes les couleurs au pied du sapin et des bouts de carottes rongés par les rennes sur le porche de la maison.

Darius hocha la tête.

— Quand je pense que la foi seule nous soutenait…

Il se leva en vacillant un peu.

— Je crois que Salma voudrait maintenant nous montrer le hammam, dit-il.

Ils se rendirent d'abord au bar, dans la salle principale. Zohreh commanda un gin tonic et chacun des deux hommes un whisky. Salma les invita ensuite à la suivre en emportant leurs verres. Ils descendirent un escalier intérieur et longèrent bientôt les grands panneaux vitrés, derrière lesquels les « vierges » s'ébattaient dans les eaux bleu turquoise. Bond sentit qu'on le prenait par le bras.

— Venez donc, Monsieur Bond, lui murmura Zohreh. Il y a d'autres merveilles à découvrir, ajouta-t-elle avec un petit rire cristallin.

Après avoir franchi une autre porte en bois aux montants en acier, ils débouchèrent dans une pièce au sol carrelé, où une jeune femme vêtue d'une tunique blanche les accueillit. Elle tendit à Darius, à Bond et à Zohreh deux grandes serviettes blanches par personne.

Zohreh leur montra une porte où figurait la silhouette d'un homme, avant de s'éclipser derrière celle qui était réservée aux femmes.

— C'est ici que nous devons nous déshabiller, James, dit Darius.

— Allons-nous rejoindre les vierges célestes ?

— Il faut tout de même que je vous précise deux ou trois choses, dit Darius en ôtant sa chemise, révélant une large poitrine couverte de poils grisonnants. Le hammam joue un rôle important dans la vie des Perses. Nous sommes très attachés à la propreté. Tout le monde doit notamment se laver les mains et le visage avant d'aller prier. Mais dans certaines circonstances – par exemple, après avoir pratiqué l'acte sexuel – une Grande Ablution s'avère nécessaire. Même les villages les plus reculés possèdent leur établissement de bains publics, où les gens vont ainsi se purifier. Les hommes et les femmes s'y rendent à des heures différentes. Pour les femmes, c'est généralement pendant la journée, lorsque les hommes sont censés travailler. C'est évidemment un moyen on ne peut plus commode pour se surveiller entre elles. Une jeune mariée s'y rend généralement tous les jours, jusqu'à ce qu'elle soit tombée enceinte. Après, hélas, on la voit moins souvent. Si une femme continue de s'y rendre régulièrement passé quarante ans, vous pouvez être sûr que les cancans iront bon train à son sujet.

— Nous allons donc nous rendre dans la partie réservée aux hommes ? dit Bond.

— Pas exactement, dit Darius. Nouez l'une de ces serviettes autour de vos reins et emportez l'autre avec vous. Si j'ai bien compris ce que m'a expliqué Zohreh, l'idée de l'établissement est d'offrir le paradis sur terre à ses clients. Le hammam est donc mixte. Voyons à quoi cela ressemble...

Ils franchirent une porte et se retrouvèrent sur un balcon qui surplombait deux vastes hammams. Le long des murs, plusieurs sections étaient aménagées selon la température de la vapeur. Elles étaient séparées par des petites cabines à usage privé, fermées par une porte.

L'espace entier disparaissait sous des nuages de vapeur et les lumières étaient très tamisées. On distinguait néanmoins fort bien que dans les deux principaux bassins les hommes et les femmes qui nageaient côte à côte étaient nus. Ils riaient et s'interrompaient parfois pour boire une gorgée : leurs verres étaient posés sur le bord des bassins, où des jeunes filles en tunique blanche allaient et venaient pour les servir.

Des haut-parleurs diffusaient de la musique traditionnelle et un parfum de rose et de géranium flottait dans l'atmosphère, porté par la vapeur. Les murs carrelés reproduisaient des scènes censées se dérouler dans les jardins célestes. Bond aperçut Zohreh qui laissait tomber sa serviette avant de descendre les marches menant au plus petit bassin.

— Y a-t-il des clubs de ce genre à Londres ? demanda Darius d'un air innocent.

— Oh oui, dit Bond. Pall Mall en est plein. Mais le choix n'est pas entre l'opium et le hammam.

Quelques instants plus tard, Bond se retrouva en face de Salma dans l'eau brûlante, à la surface de laquelle une employée semait des pétales de rose. Sous cet éclairage tamisé, la peau ambrée de Salma était encore plus séduisante.

— J'ai demandé à Zohreh de venir nous rejoindre, dit Darius.

Peu après, ils se retrouvèrent tous les quatre au complet. Bond s'adossa contre le bord du bassin et but une gorgée de la boisson glacée à la menthe qu'on lui avait proposée.

— Est-ce... le paradis ? lui demanda Salma dans un anglais hésitant.

— Si tel est le cas, dit Bond, je veux bien me convertir à l'Islam sitôt rentré au pays. Que se passe-t-il, dans ces cabines privées ?

— Cela dépend de l'accord conclu entre les partenaires, dit Darius.

— Moyennant finance ? dit Bond.

— Non. Il s'agit d'une commune recherche de la béatitude céleste. Mais qui ne concerne malheureusement pas les membres du personnel, ajouta-t-il en regardant Salma. Sinon, nous ne serions pas dans un club, mais dans...

— Inutile de me faire un dessin, dit Bond.

Le temps qui leur était alloué prit fin trop rapidement. Zohreh fit un geste à Darius, en lui montrant d'un air navré la montre qu'elle avait gardée à son poignet. Il fallait la ramener. Bond laissa son regard s'attarder sur le corps nu des deux jeunes femmes, qui les précédèrent pour sortir du bassin avant de se draper dans leurs serviettes.

— Vous semblez peiné de les voir partir, James, dit Darius.

— J'en ai le cœur brisé, dit Bond.

— Nous verrons ce que nous pouvons faire pour vous consoler, durant votre séjour à Téhéran. Pour l'instant, rejoignons ce pauvre Farshad, qui doit s'ennuyer à mourir.

Une fois séchés, rhabillés et réunis, les deux hommes et Zohreh dirent au revoir à Salma, à qui Bond et Darius laissèrent un généreux pourboire. Puis ils regagnèrent la salle principale, longèrent la cascade et se dirigèrent vers la sortie.

Lorsqu'ils se retrouvèrent à l'extérieur, l'atmosphère leur parut d'une chaleur étouffante et saturée de fumées, comparée aux effluves parfumés du Paradise Club. Ils s'engagèrent sur le terre-plein où la Mercedes bleue était garée.

Tandis qu'ils s'approchaient, Bond saisit le bras de Darius.

— Attendez ici, dit-il.

Il sortit son pistolet de son holster et s'avança prudemment. Il y avait quelque chose de bizarre dans la courbe que formait la silhouette de Farshad, derrière le pare-brise. Braquant son arme devant lui, Bond fit le tour de la voiture, le dos collé à la carrosserie. Sans se retourner, il ouvrit la portière du conducteur. Le corps de Farshad vacilla, avant de s'effondrer au sol. Le plancher du véhicule était couvert de sang. Farshad était mort. Dans sa main crispée apparaissait la langue qu'on y avait placée, après l'avoir tranchée.

9

La tache de vin

On lui monta le petit déjeuner dans sa chambre à 8 heures, le lendemain matin, alors que Bond n'avait laissé aucune consigne à ce sujet. Cela se résumait à une tasse de thé (sans lait), un rectangle de fromage de brebis (aux herbes) et une galette de pain à peu près aussi plate que le tapis de la salle de bains. Bond dit au garçon d'étage de remporter tout ça et de lui amener autre chose. Après deux coups de fil un peu secs, il finit par obtenir qu'on lui serve une tasse de café noir et une omelette, qu'il mangea en feuilletant le *Herald Tribune*, assis devant la fenêtre qui donnait sur le mont Demavend.

Darius allait assister aujourd'hui aux funérailles de Farshad, qui devaient avoir lieu dans les vingt-quatre heures, selon la loi islamique. Bond était un peu mal à l'aise, à l'idée que sa présence à Téhéran avait probablement causé la mort de cet homme : il s'agissait selon toute vraisemblance d'un avertissement de la bande de Gorner. Mais Farshad devait connaître les risques liés à son métier et Darius allait sans doute dédommager correctement sa famille. Le chauffeur avait été plus « Heureux » de son vivant que dans sa mort tragique, songea Bond en allant prendre sa douche.

Il décida de se rendre à Nochahr et d'y mener sa petite enquête, au cas où il pourrait recueillir quelques renseignements concernant les activités de Gorner dans le port et ses environs. Il allait avoir besoin d'un interprète qui pourrait également lui servir de chauffeur. Il était peu probable qu'il trouve à Téhéran une voiture à sa convenance. Et un autochtone serait de toute façon plus à l'aise avec le code de la route local – si jamais il en existait un – surtout pour négocier les virages et les lacets des monts Elbourz.

Mais d'abord, Bond prit l'un des taxis orange qui attendaient en file devant l'hôtel et lui demanda de le conduire à la poste centrale. La chaleur était toujours aussi accablante. Tandis que le taxi rejoignait le flot de véhicules qui remplissaient Pahlavi Street, Bond se dit qu'il trouverait peut-être davantage de fraîcheur au bord de la mer Caspienne. Le taxi finit par rejoindre Sepah Avenue, bordé d'un côté par différents ministères et de l'autre par l'ancien palais royal et le bâtiment du Sénat.

Ils s'arrêtèrent devant la façade en brique jaune de la poste centrale. Bond dit au chauffeur de l'attendre. Il avait déjà composé dans sa chambre le texte de la dépêche qu'il allait adresser au directeur de la Universal Export, à Londres. Il s'était servi d'un code extrêmement simple, basé sur le fait qu'on était le troisième jour de la semaine, ainsi que le quatrième jour du septième mois de l'année. Bond n'avait jamais été très féru de cryptographie : pour des raisons de sécurité – au cas où il aurait été capturé – il s'était abstenu de creuser la question.

Il alluma l'une de ses dernières cigarettes de chez Morland, avec leur triple anneau doré, et resta sous le ventilateur – qui tournait vainement au plafond – en attendant que le télégraphiste lui ait confirmé que son message était bien passé.

Entre-temps, il avait remarqué que quelqu'un l'épiait – un individu assez mince, aux cheveux roux et à la peau très claire, assis à une table au milieu des Persans qui remplissaient des formulaires et collaient des timbres sur leurs enveloppes. L'homme tenait une tasse en carton qu'il portait sans cesse à ses lèvres, sans boire pour autant. Son visage demeurait immobile mais ses yeux ne cessaient d'aller et venir, d'un bout à l'autre de la salle, et sa tasse en carton semblait surtout lui servir à masquer le bas de son visage.

Le télégraphiste appela les personnes dont les messages venaient d'être expédiés et Bond alla récupérer ses papiers au comptoir.

Tandis qu'il descendait les marches du perron, il entendit une voix derrière lui :

— Monsieur Bond ?

Il se retourna, sans répondre. Il s'agissait de l'individu qu'il avait remarqué à l'intérieur. L'homme lui tendit la main.

— Je m'appelle Silver, dit-il. J. D. Silver. Je travaille pour General Motors.

— Quoi de plus naturel, répondit Bond.

La main de l'homme était moite et Bond s'essuya discrètement les doigts sur l'arrière de son pantalon.

— Je me demandais si j'aurais pu vous offrir une tasse de thé ? Ou un soda ?

Silver avait une voix nasillarde. De près, avec son long nez et ses cils blonds, il n'était pas sans évoquer un fox-terrier aux aguets. Bond regarda sa montre.

— Je ne dispose que de quelques minutes, dit-il.

— Il y a un café assez calme sur Elizabeth Boulevard, dit Silver. C'est votre taxi ?

Bond acquiesça et Silver donna ses instructions au chauffeur. Assis à côté de lui, Bond eut le temps de remarquer son costume de chez Brooks Brothers, sa chemise à rayures et sa cravate de jeune diplômé. Il avait l'accent d'un type qui avait fait ses études sur la côte Est – à Boston, probablement – et affichait une attitude nonchalante.

— Où logez-vous ?

— Dans le nord de Téhéran, dit Bond sans autre précision. Comment vont les affaires, en Perse ? J'ai vu beaucoup de voitures américaines en ville, mais peu de modèles récents.

— On s'en sort, dit Silver sans paraître embarrassé. Mais nous en dirons davantage une fois arrivés, ajouta-t-il avec un coup d'œil entendu en direction du chauffeur.

Bond était ravi de rester silencieux. La formule de Darius – « un citoyen de l'éternité » – lui revint brusquement à l'esprit.

— En fait, dit Silver, nous pourrions aussi bien discuter sur le trottoir. Elizabeth Boulevard, qui tire son nom de votre reine, est un endroit charmant : il y a des bancs, des arbres et des marchands de glace.

— J'ai remarqué qu'il y avait aussi une avenue Roosevelt, dit Bond. Je me demande s'il s'agit de Franklin D. ou de Kermit ?

Silver sourit.

— En tout cas, dit-il, il est peu probable que ce soit Eleanor.

Bond régla la course et suivit Silver jusqu'à un banc ombragé. Un peu plus haut sur le boulevard, il apercevait l'entrée d'un parc ; de l'autre côté s'étendait le campus de l'université de Téhéran. Bond songea que c'était le décor rêvé pour un espion : les contacts, les rendez-vous discrets et les échanges de « marchandises » pouvaient se dérouler sans encombre dans ce quartier d'affaires également résidentiel. Au milieu de l'avenue était aménagé un étroit canal bordé de platanes. Des piquets étaient plantés à intervalles réguliers, à l'extrémité desquels étaient suspendus des gobelets métalliques : les passants assoiffés pouvaient s'en servir pour y puiser de l'eau.

— Charmant, n'est-ce pas ? dit Silver. L'eau provient des monts Elbourz. En arrivant à Chemiran, elle est encore relativement pure, mais le temps qu'elle atteigne le sud du bazar… Enfin, les gens d'ici en sont très fiers. Ces petits canaux s'appellent des *jub*. Ils sont alimentés par un réseau souterrain de canalisations – les *qanat* – qui irrigue une grande partie du pays. Ils ont ainsi réussi à alimenter en eau la moitié du désert. On les repère facilement, à la campagne, grâce à de petites éminences à la surface du sol, qui ressemblent à des taupinières.

— Et qui correspondent à des points d'accès ? demanda Bond.

— Oui. C'est la contribution majeure du pays à la technologie moderne, dit Silver en s'asseyant sur le banc. Vous voulez une glace ?

Bond hocha négativement la tête. Il alluma sa toute dernière cigarette de chez Morland, tandis que Silver se dirigeait vers un marchand ambulant, quelques mètres plus loin. Une fois de retour, il se rassit sur le banc et déplia sur ses genoux un mouchoir immaculé, avant de se mettre à lécher sa glace à la pistache.

— Que vouliez-vous me dire ? demanda Bond.

Silver sourit.

— Rien de particulier, dit-il. Simplement tâter le terrain. Beaucoup de gens débarquent ici, sans avoir idée de la complexité de la situation à laquelle nous sommes confrontés. De prime abord, bien sûr, on aperçoit ces gens du désert, ces sortes de bédouins pouilleux dans leurs voitures déglinguées... Eh, regardez-moi ça !

Un bus rouge à deux étages – un Routemaster londonien – passa lentement devant eux en lâchant un nuage de fumée noire.

— On a parfois l'impression de se trouver au fin fond de l'Afrique, reprit Silver. Et toutes ces platées de riz aux kébabs ! (Il éclata de rire.) Je mourrai heureux si j'avais la certitude de ne plus jamais revoir une seule brochette de viande de mon vivant. Ni un seul de vos compatriotes anglais.

— Britanniques, corrigea Bond.

— Si vous voulez. Nous sommes ici sur le boulevard de votre reine Elizabeth. Apparemment, le chah vous a à la bonne. Les Alliés l'avaient mis à la porte pendant la Seconde Guerre mondiale parce qu'il faisait les yeux doux aux Allemands. Pour notre part, nous n'avions pas vu arriver d'un mauvais œil le type qui avait pris sa place – ce Mossadegh et ses pyjamas. Mais quand il a décidé de nationaliser le pétrole et de chasser les représentants de la British Petroleum, ce n'était plus la même affaire... Vous êtes venus pleurer dans notre giron en disant : « Débarrassons-nous de Mossy, ressortons le chah du placard et laissons la BP garder la mainmise sur le pétrole. »

— Et vous nous avez suivis, dit Bond.

Silver s'essuya soigneusement la bouche avec son mouchoir, avant de l'étaler à nouveau sur ses genoux.

— Le fait est que les choses commençaient à mal tourner, dit-il. Mossy se rapprochait dangereusement des Soviets. Ils ont une frontière commune, vous savez. En dehors de l'Afghanistan, ce pays est celui que nous surveillons avec le plus d'attention. Nous avons donc décidé d'avancer un pion.

Bond acquiesça.

— Merci pour cette leçon d'histoire, dit-il.

La langue de Silver surgit au coin de ses lèvres, effaçant une ultime trace de glace.

— Ce que j'essaie de vous dire, c'est que ce pays se trouve dans un état d'ébullition permanente. Il n'y a pas seulement deux camps face à face : eux et nous. Les Perses le savent mieux que quiconque. C'est pour cela qu'ils s'accommodent de notre présence. Mieux encore : ils s'en servent pour se protéger. Ils ont des armes américaines et plusieurs milliers de nos concitoyens travaillent à leurs côtés. Savez-vous pourquoi ? Il y a trois ans, ils ont voté une loi établissant une immunité judiciaire absolue pour tous les Américains résidant en Perse.

— Sans exception ? dit Bond.

— Absolument. Si le chah écrasait mon chien par mégarde, je pourrais lui demander des comptes. Mais si j'écrasais le chah, on ne pourrait pas lever le petit doigt sur moi.

— Si j'étais à votre place, dit Bond, je continuerais néanmoins à me déplacer en taxi.

Silver s'essuya encore une fois les lèvres, après avoir fini sa glace. Puis il replia son mouchoir et le remit dans la poche de sa veste.

Son regard se porta vers la rue, par-delà les platanes et la cohorte des taxis orange. Il se tourna vers Bond en souriant.

— La situation n'est pas facile, Monsieur Bond. Nous devons travailler ensemble. Tout est sur le fil du rasoir, dans ce pays. L'Amérique s'est lancée dans un combat solitaire pour la liberté au Viêt Nam, et malgré tout ce que nous avons fait pour vous pendant la Seconde Guerre mondiale, vous n'avez pas envoyé un seul de vos soldats à nos côtés. Nos responsables à Washington – je ne dis pas que je partage forcément leurs points de vue – se demandent parfois si vous avez réellement envie de combattre le communisme.

— Nous prenons la guerre froide très au sérieux, dit Bond.

Son corps portait assez de marques et de cicatrices démontrant la réalité de son propre engagement.

— Je suis heureux de vous l'entendre dire, dit Silver. Mais n'agitez pas trop la barque pour autant.

— Je ferai ce que j'ai à faire, dit Bond. Et je n'ai jamais eu de problèmes jusqu'ici avec vos compatriotes.

Il pensait à Felix Leiter, son grand ami texan mutilé par les requins. La première fois qu'il l'avait rencontré, Bond avait compris que Felix plaçait les intérêts de son organisation – la CIA – bien au-dessus des préoccupations des forces alliées de l'OTAN. Bond comprenait son attitude. Lui aussi faisait passer avant toute chose sa loyauté à l'égard du Service.

Il partageait également la méfiance de Leiter à l'égard des Français, qui étaient à ses yeux infiltrés par des sympathisants communistes, à tous les niveaux.

— Très bien.

Silver se leva et s'apprêta à partir. Il héla un taxi orange, dans le flot des véhicules qui défilaient à toute allure.

— Une dernière chose, dit-il. Concernant ce Julius Gorner. Il est impliqué dans une affaire beaucoup plus importante que vous ne l'imaginez.

Silver s'engouffra dans le taxi. Une fois assis, il baissa la vitre de sa portière.

— Ne vous frottez pas à lui, Monsieur Bond. Suivez mon conseil et tenez-vous à distance. Laissez toujours une bonne centaine de kilomètres entre vous deux et vous ne vous en porterez que mieux.

Le taxi démarra et rejoignit le flot des autres véhicules sans mettre son clignotant, ce qui déclencha un concert de klaxons. Bond leva la main pour en héler un à son tour.

*

* *

Darius étant indisponible en raison des funérailles de Farshad, Bond fut contraint de s'en remettre à la réception de l'hôtel pour dénicher une voiture et un chauffeur susceptible de le conduire au bord de la mer Caspienne. On lui apprit que le meilleur employé de la firme, qui parlait couramment l'anglais, serait disponible à partir de 8 heures le lendemain matin. Bond estima préférable de l'attendre.

Il commanda un déjeuner composé de caviar et de kébabs au poulet, qu'il fit monter dans sa chambre avec un pichet de vodka-martini glacée et deux citrons. Après avoir mangé, il déplia sur le lit les cartes qu'il avait achetées à la boutique de l'hôtel et étudia le plan des quais de Nochahr, du bazar de la ville

– situé sur Azadi Square – ainsi que du port de plaisance et des plages environnantes.

Il examina ensuite la carte de la Perse. Le pays était pris entre la Turquie à l'ouest et l'Afghanistan à l'est. Au sud, il était bordé par le golfe Persique et au nord par la mer Caspienne. Il possédait également une frontière au nord-ouest avec l'Union soviétique, à travers l'Azerbaïdjan, même si les voies de communication y étaient apparemment rudimentaires. Mais à partir d'Astrakhan, au nord de la mer Caspienne, on rejoignait rapidement Stalingrad.

Bond réfléchit aux diverses implications de ce contexte géographique. À supposer que Gorner trafiquât de la drogue avec des gens basés en Union soviétique, comment parvenait-il à faire sortir la marchandise de Perse à partir d'un terrain d'aviation de fortune, perdu dans le désert du Sud ? De petits avions privés n'auraient pas disposé d'assez de carburant pour faire un tel voyage et de plus gros appareils auraient été rapidement détectés par les radars soviétiques.

Son regard revenait sans cesse à la mer Caspienne. Le problème, c'est que la ville soviétique d'Astrakhan se trouvait tout de même à plus de 900 kilomètres au nord, par rapport à la côte de la Perse. Quel navire pouvait couvrir une telle distance en un temps record ?

À part ça, l'intérieur du pays était essentiellement occupé par deux vastes déserts. Au nord, dans les abords de Téhéran, se trouvait le Dacht-e Kavir, le désert de sel. Au sud-est, beaucoup plus loin, s'étendait le Dacht-e Lut, le désert de sable. Il n'y avait apparemment pas la moindre implantation humaine dans ce secteur : pourtant, c'était à son extrémité sud, à Bam très précisément, que la Savak avait envoyé une équipe à la recherche de Gorner.

Selon toute vraisemblance, la Savak était au courant de quelque chose. Même s'il était d'accès malaisé depuis Téhéran ou la mer Caspienne, le désert du

Dacht-e Lut était longé sur sa partie sud par un chemin de fer qui reliait les villes de Kerman et de Yazd, deux agglomérations relativement importantes et disposant de surcroît de pistes d'atterrissage – même s'il était difficile d'en estimer les capacités à partir des indications de la carte. Des routes traversaient aussi cette partie sud du Dacht-e Lut, de Zahedan à la frontière afghane – située plus au nord, au niveau d'une ville appelée Zâbol.

Ce nom semblait désigner le bout du monde. À quoi pouvait bien ressembler cette ville frontière ? se demanda Bond. Sa curiosité était éveillée...

Le téléphone installé sur sa table de nuit émit son étrange carillon électronique.

— Monsieur Bond ? Ici la réception. Une dame vous attend en bas. Elle n'a pas dit son nom.

— Dites-lui que je descends.

Il était décidément impossible de rester seul cinq minutes à Téhéran, songea Bond en fronçant les sourcils, avant de s'engouffrer dans l'ascenseur. Il devait s'agir de quelqu'un que lui adressait Darius, puisque nul n'était au courant de sa présence dans cet hôtel – hormis trois personnes tout au plus, du côté de Regent's Park.

À l'autre extrémité du hall en marbre blanc se tenait une femme dont les cheveux noirs étaient noués en arrière, en queue-de-cheval. Elle regardait la vitrine de la boutique de l'hôtel et tournait le dos à Bond. Elle portait un chemisier blanc sans manches et une jupe bleu marine qui lui arrivait aux genoux. Les lanières argentées de ses sandales tranchaient sur ses jambes nues.

Bond sentit son pouls s'accélérer imperceptiblement, tandis qu'il s'approchait d'elle. Au bruit de ses pas, la femme se retourna. Lorsqu'il aperçut son visage, Bond ne parvint pas à refréner une exclamation de joie.

— Scarlett ! Que diable faites-vous...

La jeune femme sourit et posa un doigt sur les lèvres de Bond.

— Pas ici, dit-elle. Nous ferions mieux d'aller dans votre chambre.

Bond n'était pas troublé par la présence de Scarlett au point d'en oublier les précautions les plus élémentaires.

— Il vaudrait mieux sortir, dit-il.

— Je ne dispose que de cinq minutes.

— Il y a un petit parc, à deux pas d'ici.

Une fois à l'extérieur, au milieu du brouhaha de la circulation, Bond reprit :

— Maintenant, Scarlett, dites-moi...

— Je ne suis pas Scarlett.

— Quoi ?

— Je suis Poppy.

— Mais Scarlett m'avait dit...

— Que j'étais plus jeune qu'elle ? C'est ce qu'elle prétend toujours, dit Poppy avec un sourire. Du reste, c'est la vérité : je suis née vingt-cinq minutes après elle. Nous sommes jumelles. Même si nous sommes dizygotes.

— Vous êtes... quoi ?

— Nous ne sommes pas issues du même œuf, si vous préférez.

— Je m'y serais laissé prendre, dit Bond. Venez, ne restons pas là.

Une centaine de mètres plus loin, un espace vert était aménagé entre les maisons, avec des bancs en bois et des portiques de jeux pour les enfants. Ils s'assirent sur un banc, serrés l'un contre l'autre. Si jamais on les observait, songea Bond, on les prendrait pour un couple d'amoureux.

— Je suis à Téhéran avec Gorner, dit Poppy. Il sait que vous êtes ici. Il m'a autorisée à sortir de son bureau pour aller poster une lettre. Chagrin me tuerait s'ils découvraient que je suis venue vous voir. J'ai quelque chose à vous remettre.

Après avoir regardé autour d'elle, elle lui tendit un bout de papier plié en quatre. Bond sentit le poids du désespoir dans le regard qu'elle lui adressait.

— Avez-vous l'intention de vous rendre à Nochahr ? demanda-t-elle.

Bond acquiesça.

— Bien, dit-elle. Ce papier vous sera utile.

— Où Gorner a-t-il établi son quartier général, dans le désert ?

— Je l'ignore, dit Poppy.

— Vous y êtes pourtant allée.

— Je vis là-bas, la plupart du temps. Mais nous nous y rendons en hélicoptère et Gorner m'endort avant chaque voyage, pour que je ne puisse rien voir. Seul le pilote connaît le chemin.

— Est-ce dans les environs de Bam ? demanda Bond.

— Peut-être, mais à mon avis c'est plus proche de Kerman. Nous faisons toujours escale à Yazd. C'est là qu'il me fait absorber son somnifère.

Bond regardait fixement les yeux grands ouverts et implorants de Poppy. Elle ressemblait tellement à sa sœur que c'en était presque effrayant. Était-elle légèrement plus mince ? Ses pommettes un peu plus colorées trahissaient-elles son addiction ? Son intonation penchait-elle davantage du côté de Chelsea que des milieux cosmopolites et francophiles ? En tout cas, elles avaient exactement la même bouche. Leur seule différence apparente, c'est que Scarlett avait des yeux d'un brun profond alors que ceux de Poppy étaient plus clairs, légèrement noisette, avec une touche de vert.

— Qu'attendez-vous de moi, Poppy ? dit-il doucement.

Il posa la main sur la sienne, qui se crispa aussitôt. La jeune fille le fixa, droit dans les yeux.

— Que vous éliminiez Gorner, dit-elle. C'est la seule chose que vous puissiez faire. Tuez-le.

— Vous me demandez d'aller le trouver, comme ça, et...

— Tuez-le, répéta-t-elle. C'est trop tard, il n'y a plus rien d'autre à faire. Vous savez, Monsieur Bond, ce n'est...

— Appelez-moi James.

— Ce n'est pas seulement pour moi, James. J'ai besoin de vous, c'est exact – désespérément besoin de vous, même... (Elle hésita un instant, mais se ressaisit aussitôt.) Mais l'enjeu est bien plus important. Gorner s'apprête à faire quelque chose de terrible. Cela fait des mois qu'il prépare son coup. Il est prêt, maintenant, et il peut déclencher l'opération d'un jour à l'autre. Ni moi ni personne ne sommes en mesure de l'arrêter. Si je pouvais me procurer un pistolet, je me tuerais.

— Je ne suis pas un assassin, Poppy. Je suis ici pour découvrir ce que fabrique ce type. Et je dois ensuite faire mon rapport à mes supérieurs londoniens.

Poppy poussa un juron d'une vulgarité stupéfiante, que Bond n'avait jamais entendu dans la bouche d'une femme.

— Oubliez ces bêtises, dit-elle. Oubliez votre fichu rapport. Le temps presse. Vous ne comprenez donc pas, James ?

— Tous les gens que je croise me conseillent d'être prudent ou de me tenir à l'écart de Gorner. Et vous, vous me poussez à aller le trouver – et à l'abattre, sans me poser la moindre question.

— J'en sais plus à son sujet que personne au monde, dit Poppy. Je le connais mieux que quiconque.

Bond ressentit un léger malaise, le même qu'il avait eu en présence de Scarlett dans sa chambre d'hôtel, à Paris.

— Comment puis-je avoir la certitude que vous êtes bien celle que vous prétendez être ? dit-il.

— Et que je ne suis pas Scarlett, c'est ça ?

— Notamment, dit Bond en évitant délibérément de faire allusion à la couleur de leurs yeux.

— Avez-vous déjà vu Scarlett sans ses vêtements ? demanda Poppy.

— Les banquières sont-elles censées se déshabiller dès leur premier rendez-vous d'affaires ?

Poppy se leva et désigna le haut de sa cuisse.

— J'ai une petite tache de vin ici, dit-elle. Scarlett n'en a pas. Elle est la seule de nous deux à être absolument sans défaut. Venez...

Elle saisit Bond par la main et l'entraîna dans un petit bosquet, le long de la muraille qui jouxtait le terrain de jeux. Adossée à la paroi, elle dénoua sa ceinture, libéra la fermeture Éclair de sa jupe et, après avoir jeté un coup d'œil de part et d'autre, baissa celle-ci d'une vingtaine de centimètres. Au sommet de sa cuisse, sous la ligne de sa petite culotte en coton, se trouvait une tache qui avait à peu près la taille et la couleur d'une fraise.

— Voilà, dit-elle en s'empressant de se rhabiller.

— Charmant, dit Bond. Mais comme je n'ai pas vu Scar...

— Je sais, l'interrompit Poppy. Mais c'est tout ce que je peux faire pour l'instant.

Bond opina. Poppy prit ses mains dans les siennes.

— S'il vous plaît, James, ne me laissez pas tomber. Je vous en supplie. Il ne s'agit pas seulement de moi, l'enjeu est d'une telle importance...

— Je sais, dit Bond.

— Il faut que j'y aille. J'espère vous revoir bientôt.

Bond regarda la frêle silhouette de la jeune femme traverser en courant le terrain de jeux, puis les six voies de l'avenue où les voitures défilaient dans les deux sens, jusqu'à ce qu'elle ait rejoint le trottoir opposé. Contrairement à Scarlett, elle ne se retourna pas pour lui faire signe, mais s'engouffra dans le premier taxi qui s'arrêta.

*

* *

De retour dans sa chambre d'hôtel, Bond sortit sur le balcon qui surplombait la ville vers le sud avant de déplier le papier que Poppy lui avait remis. C'était un plan des quais de Nochahr, dessiné au crayon, probablement par la jeune femme elle-même. Elle avait marqué d'une croix un hôtel, le Jalal's Five Star, en précisant qu'il était « au-dessus de la moyenne ».

Elle avait écrit en marge « Atelier de construction navale des frères Isfahani ». Un trait de crayon reliait ces mots à un bâtiment qu'elle avait entouré d'un cercle, au milieu d'une rue du port. Elle avait également écrit le nom et l'adresse en farsi.

10

Un navire avec des ailes

Ce fut avec un sentiment de soulagement et d'excitation que Bond grimpa à l'arrière de la Cadillac grise qui l'attendait devant son hôtel, le lendemain matin.

— Je m'appelle Hamid, lui dit le chauffeur à l'allure plutôt solennelle, avec ses cheveux gris et sa moustache noire impeccablement lustrée. C'est moi qui vous emmène au bord de la mer. Vous avez pris votre maillot de bain ?

Hamid jeta un coup d'œil intrigué au petit attaché-case que Bond avait posé à côté de lui, sur la banquette.

— Oui, dit Bond. J'y ai pensé.

La mallette contenait un drap de bain en éponge, des cartes, une chemise et des sous-vêtements de rechange. Bond ne pensait pas passer plus d'une journée à Nochahr. Dans un compartiment secret de la mallette, derrière l'armature du couvercle, se trouvaient le silencieux du Walther, une réserve de cartouches et ce que l'armurier du Service, le major Boothroyd, avait appelé « un petit supplément, au cas où les affaires se corsent », en posant sur Bond ses étranges yeux gris qui ne cillaient jamais.

Bond, qui n'aimait pas les gadgets, ne s'était pas donné la peine de l'examiner de près. Il ne s'était laissé convaincre qu'avec la plus extrême réticence de porter constamment sur lui un briquet Ronson Varaflame qui, sous son apparence anodine, lui permettait par une simple pression de la molette d'expédier une minuscule aiguille empoisonnée, capable de paralyser pendant six heures un individu de constitution ordinaire. Pour le reste, il préférait voyager sans s'encombrer de bagages inutiles, en faisant confiance à ses réflexes et – en cas de nécessité – à la puissance de son Walther PPK. Le silencieux lui-même lui paraissait encombrant : le fait de devoir le fixer pouvait lui coûter de précieuses secondes ; ou, s'il était déjà en place, il risquait de s'accrocher à ses vêtements au moment où il le sortait de son étui.

Une fois calé dans son siège, et en regardant défiler la banlieue nord de Téhéran, il ouvrit un paquet de Chesterfield, la meilleure marque de cigarettes américaines qu'il avait pu trouver à la boutique de l'hôtel. L'odeur du tabac se répandit dans le véhicule et Bond tendit le paquet à Hamid. Après trois refus successifs – c'était la moyenne à Téhéran, d'après ce que Bond avait pu observer – Hamid accepta avec enthousiasme.

Bond sentait sa chemise en coton léger lui coller à la peau, dans la chaleur croissante de la matinée. La voiture n'ayant pas l'air conditionné, il baissa la vitre de sa portière, laissant du même coup pénétrer l'atmosphère pestilentielle de la rue. Jadis, avant que la ville ne s'étende vers le nord, Chemiran était considéré comme un havre de paix, lors des pires chaleurs de l'été. Puis, à en croire Darius, l'endroit s'était urbanisé et toutes les familles aisées l'avaient quitté pour acquérir des *bagh* – des sortes de vergers sauvages – dans les vertes vallées du mont Demavend. Les gens y passaient chaque année deux mois idylliques, menant au bord d'un torrent la vie simple de leurs ancêtres : ils partageaient la nourriture des villageois, faisaient de longues promenades dans les montagnes et récitaient des poèmes jusque tard dans la nuit.

Finalement, pour trouver un climat supportable et échapper à la population croissante, ils s'étaient vus contraints d'aller établir leurs quartiers d'été de l'autre côté des monts Elbourz. L'air humide et frais de la côte en faisait un lieu de résidence enviable, mais le voyage n'était pas sans risque, étant donné le mode de conduite local.

— Le passage des Mille Abîmes, lança Hamid en faisant un geste vers la droite.

Tandis qu'ils entamaient leur ascension, la route se mit à sinuer et à faire de nombreux lacets. Hamid avait toujours le pied sur l'accélérateur, quelles que soient les variations du terrain. Il tenait son volant de la main gauche, la droite lui servant essentiellement à gesticuler.

— La vallée du Destin, commentait-il. La colline des Vierges... Le repaire des Lions... Le pont du Grand Péril...

Au fond des gouffres et des ravins qu'ils surplombaient, Bond apercevait parfois les carcasses rouillées de voitures ou d'autocars qui y avaient achevé leur trajectoire. Lorsque Hamid s'apprêtait à négocier un virage en épingle à cheveux particulièrement serré, il lançait avec conviction : « *Allah Akbar* », préférant s'en remettre à la mansuétude de Dieu, alors que le simple fait de lever le pied aurait déjà notablement réduit les risques.

La brume se dissipait lentement. Au bout de deux heures de route, Hamid s'arrêta devant une baraque en bois où l'on servait du thé, à flanc de colline, et fit signe à Bond de le suivre. Ils s'assirent sur la véranda et burent du thé noir sucré en regardant la grande tache de Téhéran qui s'étalait au sud, à peine visible sous son halo de chaleur et de fumées – symbole de l'effort des hommes au milieu du désert.

Hamid alla régler une affaire avec le propriétaire de l'établissement, qui était apparemment un parent à lui, avant de rejoindre Bond dans la Cadillac. Environ une heure plus tard, ils franchirent le plus haut versant de la chaîne montagneuse et entamèrent leur descente vers la mer Caspienne. L'humidité et la fraîcheur imprégnaient déjà l'atmosphère. À l'horizon, tremblantes comme un mirage, se profilaient les eaux turquoise de la plus vaste mer intérieure du monde.

À leurs pieds, beaucoup plus bas, Bond apercevait la route poudreuse qui sinuait dans la vallée, au milieu d'une végétation luxuriante. Des ânes et des chameaux se mêlaient aux voitures qui se dirigeaient vers la côte, le toit chargé de valises et de cartons. Les animaux avançaient lentement, dans la cohue des véhicules : Bond aperçut quelques Coccinelles et des minibus Volkswagen qui se distinguaient des voitures de fabrication locale, beaucoup plus massives.

Bond inspira profondément tandis qu'ils passaient au milieu des orangeraies – autant pour profiter de la senteur des agrumes qui imprégnait l'atmosphère tropicale que pour se préparer à ce qui l'attendait. Quelque chose lui disait que ses vacances venaient de prendre fin. Après à peine trente-six heures d'acclimatation, il approchait de ce que Felix Leiter aurait appelé la « pointe acérée » de son expédition.

C'était l'heure de la sieste lorsqu'ils arrivèrent à Nochahr. Bond demanda à Hamid de le promener un moment à travers la ville, pour s'imprégner des lieux. Les plus belles demeures – y compris la résidence du chah – étaient construites en retrait du rivage, le long d'artères bordées de palmiers. Mais il y avait aussi de bons hôtels sur le front de mer, parmi lesquels le Jalal's Five Star, recommandé par Poppy. Ce fut là qu'ils firent halte, pour le déjeuner.

— Hamid, dit Bond tandis que le chauffeur attaquait la pile de kébabs au mouton et l'assiette de riz qu'on avait posées devant lui, dans la salle à manger déserte, nous allons passer un accord. Vous voyez ce que je veux dire ? Vous allez me déposer là où je dois me rendre, dans le quartier des docks. Si je ne suis pas revenu à l'hôtel ce soir à 20 heures, vous téléphonerez à M. Darius Alizadeh, à Téhéran. Voici son numéro. Il saura ce qu'il convient de faire.

Bond tendit une liasse de rials au chauffeur.

— Cela devrait couvrir vos frais, dit-il. Nous sommes d'accord ?

— Que la volonté d'Allah soit faite, dit Hamid sans grand enthousiasme. Je peux aussi vous servir de boîte aux lettres, Monsieur James.

— Me servir de quoi ? dit Bond avec un petit rire.

— J'ai conduit un jour un Américain, M. Silver, qui avait lui aussi besoin d'un interprète. Autre chose, Monsieur James : j'aime le caviar. Et ici, il est très bon.

— Je m'en doute, dit Bond, vu la proximité de la mer. Vous savez pourquoi le caviar est si rare ?

Hamid acquiesça.

— Ce sont des œufs d'esturgeon, dit-il, mais qui ne doivent pas avoir été fécondés.

— C'est exact, dit Bond. « Et le jeune esturgeon n'a nullement besoin d'être encouragé... », comme dit le poème. Mais peu importe, Hamid, car je doute que l'auteur soit persan. (Il fouilla à nouveau dans sa poche pistolet.) Tenez, cela devrait suffire. En retour, soyez sur vos gardes.

— Ne craignez rien, dit Hamid en empochant les billets supplémentaires avant de se diriger vers la porte du restaurant.

— Attendez-moi un instant, dit Bond, je vais changer de l'argent à la réception.

Deux minutes plus tard, ils s'engouffrèrent à nouveau dans la Cadillac et se mirent à rouler lentement dans les parages du port. Bond essayait de se repérer à partir du plan de Poppy et Hamid lui traduisait le nom des rues qu'ils empruntaient. Il y avait deux ou trois gros cargos à quai, ainsi qu'une flottille de petits bateaux de pêche. La taille du port était impressionnante. Bien qu'étant situés près des plages où les touristes se baignaient, ses quais qui s'étendaient à l'infini, bordés d'entrepôts et d'ateliers de construction, auraient aisément pu accueillir deux ou trois torpilleurs.

— Nous y sommes, dit Bond. Prenez cette rue et lisez-moi les noms qui figurent sur les pancartes, devant les façades des bâtiments.

Hamid déchiffra à voix haute toute une litanie de noms inscrits en farsi et tomba enfin sur l'« Atelier de construction navale des frères Isfahani ».

— Brave Poppy, murmura Bond en émergeant du véhicule. Vous vous souvenez de notre accord, Hamid ?

— Ce soir à 8 heures, Monsieur James.

— Avant d'appeler M. Alizadeh, venez d'abord jeter un coup d'œil là-dedans, dit Bond en désignant un poteau rouillé qui devait supporter jadis un panneau de circulation. Et vérifiez s'il n'y a pas un message à l'intérieur.

Pour la première fois de la journée, une lueur d'animation éclaira le visage solennel de Hamid. Ses yeux étincelèrent et sa grosse moustache se plissa, déformée par un sourire.

— La boîte aux lettres, dit-il.

— Plus ou moins, dit Bond.

Il était lui-même surpris par l'excès de précaution dont il faisait preuve. Mais son instinct lui disait de se méfier.

Il regarda Hamid qui faisait faire demi-tour à la Cadillac et s'éloigna rapidement. Il s'approcha alors du bâtiment.

Un escalier extérieur grimpait le long de la façade : c'était apparemment la seule voie d'accès, de ce côté. Bond remonta la chaussée, pour voir s'il n'y avait pas un moyen plus discret de pénétrer à l'intérieur. Il s'aperçut que le bâtiment, vu sous cet angle, offrait un aspect fort différent. Il était en effet prolongé sur l'arrière par une sorte de hangar, de moindre hauteur et de deux cents mètres de longueur environ. Contrairement à l'édifice principal, déjà ancien, dont le bois était injecté à la créosote, cette annexe était constituée de panneaux d'acier flambant neufs. D'après ce que Bond pouvait voir, le hangar empiétait sur la mer d'une cinquantaine de mètres et les eaux du quai qu'il abritait devaient être plus profondes que dans le reste du port.

Sa curiosité éveillée, Bond longea le hangar pour voir s'il ne disposait pas d'une entrée du côté du rivage. Mais la paroi ne présentait pas la moindre faille – ni porte, ni fenêtre, ni ouverture d'aucune sorte. Le seul moyen d'accès était apparemment une passerelle qui partait de l'ancien bâtiment en bois et rejoignait une porte close.

Après avoir remonté et descendu le quai à plusieurs reprises, afin de s'assurer que personne ne l'épiait, Bond alla se cacher derrière un camion Fiat et se déshabilla pour enfiler son maillot de bain. Il plia ses vêtements et les dissimula derrière une benne remplie de vieux débris, en compagnie du Walther PPK qu'il abandonna à regret. En s'habillant, à l'hôtel, il avait fixé un couteau de commando le long de son mollet gauche, attaché juste en dessous du genou. Il jeta un coup d'œil de droite à gauche et se hâta de gagner l'extrémité du quai, avant de s'accroupir et de plonger les pieds dans l'eau. La surface était huileuse, constellée de nappes d'essence qui reflétaient les couleurs de l'arc-en-ciel et dégageaient l'odeur écœurante et douce du diesel.

Bond vida ses poumons, plongea la tête la première et s'enfonça dans les profondeurs de l'eau.

En ouvrant les yeux, il aperçut les grands piliers métalliques qui soutenaient la paroi du hangar. Il y en avait une dizaine de chaque côté, fixés dans des blocs de ciment sur le sol marin. Ce qu'il n'avait pas prévu, c'est que les parois descendaient elles aussi jusqu'en bas et reposaient sur le fond. Celui qui avait conçu cet édifice avait fait preuve d'une prudence remarquable. Bond continua à nager en longeant le bas de la paroi, à la recherche d'un éventuel passage. Le fond marin était irrégulier, près du rivage ; il ne pouvait manquer d'y avoir un interstice quelque part, par où se faufiler. Le hangar était vraisemblablement ouvert du côté de la mer, mais il ne pourrait pas nager jusque-là sans remonter au moins une fois à la surface.

Cela faisait près d'une minute qu'il était sous l'eau. Il avait beau être un plongeur expérimenté et jouir d'une endurance respiratoire exceptionnelle, il savait qu'il n'allait plus pouvoir tenir très longtemps. Au-dessus de lui, la paroi métallique s'élevait à la verticale, disparaissant dans un mélange d'algues et d'eau saumâtre. Il sentait sous ses doigts les rivets et les écrous qui maintenaient entre eux les panneaux métalliques, mais ceux-ci formaient une surface infranchissable, d'un seul tenant. Celui qui avait fait construire ce hangar – quelle que soit son identité – avait disposé de l'expertise, de la puissance industrielle et de tous les moyens financiers nécessaires.

Bond sentait décroître la force de ses jambes, en même temps que l'oxygène commençait à lui manquer. La structure même de ce hangar était à ses yeux la preuve qu'il avait déniché quelque chose d'important. Sa détermination lui permit d'imposer à ses jambes douloureuses une ultime traction, tandis qu'il ouvrait grands les yeux dans l'eau boueuse.

À quelques mètres, la paroi d'acier avait été découpée, en raison de la présence d'un rocher. Entre ce rocher et le bord dentelé du panneau, se profilait un interstice juste assez large pour qu'il puisse s'y glisser. Il s'approcha et se mit à plat ventre, préférant que les tranchants acérés lui entaillent le dos. Il pourrait également se retenir au rocher, pour résister à la poussée naturelle de l'eau. Ses poumons le brûlaient : il avait l'impression d'avoir un marteau-pilon dans la poitrine, qui lui arrachait les côtes et le sternum. Il poussa pour passer en force, sentant les dents d'acier lui labourer le dos et le rocher vaseux lui racler l'abdomen. Un ultime effort lui permit enfin de franchir l'obstacle. En trois brasses puissantes, il rejoignit une eau plus claire et se laissa alors remonter, la tête penchée en arrière et les mains tendues devant lui pour se protéger. Au bout de quelques instants, ses doigts rencontrèrent une surface métallique. Il se remit sur le dos et aperçut le contour d'une gigantesque coque, de forme vaguement arrondie. Bien que privé d'oxygène, son cerveau lui rappela qu'une coque rejoignait forcément la surface et qu'il suffisait de la suivre.

Alors qu'il remontait rapidement le flanc du navire, ses mains rencontrèrent brusquement une autre structure, qui se dressait à angle droit à partir de la coque, comme une aile sur le fuselage d'un avion.

Un navire avec des ailes… Ce n'était pas possible, songea Bond tout en contournant la partie inférieure de cette étrange structure, avec les dernières forces dont il disposait. Peut-être ne s'agissait-il ni d'un bateau ni d'un avion, mais d'un plancher sous lequel il allait rester coincé et périr noyé d'une seconde à l'autre. Il se frayait désespérément un chemin le long de la coque, tandis que l'engourdissement commençait à gagner ses membres et son cerveau. Et puis, tout à coup, l'eau devint claire et sa tête creva la surface, en même temps qu'il émettait un gémissement plaintif.

Pendant une bonne minute, il laissa l'air regarnir correctement ses poumons et lui redonner la force de se déplacer dans l'eau. Lorsque sa respiration et le rythme de ses pulsations revinrent peu à peu à la normale, il entreprit d'observer l'endroit où il se trouvait.

Le décor qu'il découvrit était l'un des plus étranges qu'il lui ait été donné de voir. Le vaste édifice aux parois d'acier était bien une sorte de hangar, mais il n'abritait qu'un seul appareil. Quant à la nature exacte de celui-ci, Bond n'en avait pas la moindre idée.

Avec précaution, l'eau salée avivant les blessures qu'il s'était faites au dos, et le plus silencieusement possible pour éviter d'attirer l'attention, Bond s'écarta du monstrueux engin afin de s'en faire une idée plus précise. S'agrippant à une poignée fixée sur la paroi du hangar, il laissa son regard s'imprégner de cet étonnant spectacle.

L'appareil devait bien mesurer une centaine de mètres de long, depuis sa queue – qui touchait l'extrémité de l'édifice, côté terrestre – jusqu'à son nez, dirigé vers la mer Caspienne et protégé par des filets de camouflage. La queue était effectivement munie de deux dériveurs – comme un avion – toutefois ses ailes semblaient avoir été tranchées net, amputées avant de s'effiler. Le nez était identique à celui d'un avion de ligne. Mais juste derrière, installé au sommet du fuselage, se dressait un ensemble de huit réacteurs.

L'engin était visiblement à son aise dans l'eau, à ceci près qu'il n'y avait pas de propulseurs sous sa ligne de flottaison et qu'il devait donc se déplacer dans l'air. D'un autre côté, ses ailes atrophiées ne lui permettaient vraisemblablement pas de s'élever et moins encore de voler à très haute altitude. Mais peut-être était-ce justement là l'idée, songea Bond : un véhicule amphibie, volant à très basse altitude et à grande vitesse, capable de couvrir de longues distances sans être détecté par les radars.

S'il fonctionnait sur le même principe qu'un aéroglisseur – ou qu'un appareil de ce genre – peut-être même pouvait-il se déplacer sur terre, à condition que le sol soit suffisamment plat. Bond repensa aux cartes qu'il avait dépliées, dans sa chambre d'hôtel. Il revoyait les plaines soviétiques de la province d'Astrakhan, qui s'étendaient au nord-ouest de la mer Caspienne. Était-il possible que cette monstrueuse machine puisse couvrir d'une seule traite la distance qui séparait le port de Nochahr en Perse et la ville de Stalingrad ?

Une soute destinée au chargement se découpait sur le flanc de l'appareil, reliée par une passerelle amovible en acier à la galerie qui faisait le tour du hangar. Au fond, des caisses de marchandises étaient empilées, fixées sur des palettes en bois. Bond aperçut deux ou trois monte-charges, abandonnés là de guingois.

Lorsqu'il fut certain de s'être remis de sa longue immersion, il se mit à nager pour traverser le bassin, en restant sous l'eau. Il voulait s'assurer qu'il était vraiment seul dans le hangar et trouver le moyen de prendre pied sur la galerie, puisqu'il serait de toute évidence impossible d'escalader les flancs convexes du fuselage. Il refit surface hors de l'eau trouble, non loin de la queue du grand appareil amphibie, et aperçut devant lui une échelle métallique, fixée à la paroi du quai. Il la rejoignit en quelques brasses silencieuses.

S'accordant une minute de répit pour récupérer, après s'être hissé sur la galerie, Bond en profita pour examiner rapidement le hangar. Il aurait eu besoin d'un appareil photo. Il allait falloir qu'il revienne, songea-t-il, avec le Minox B étanche qu'on avait conçu pour lui à Londres. Il s'en servait généralement pour la macrophotographie, mais on pouvait lui adapter un grand-angle Zeiss qu'il avait fait fabriquer spécialement pour disposer d'une plus grande profondeur de champ.

En attendant, il franchit les quelques marches qui permettaient d'accéder au niveau supérieur et se dirigea vers la caisse la plus proche. Il en souleva le couvercle à l'aide d'un démonte-pneu abandonné sur l'un des monte-charge. La caisse avait à peu près la taille d'une balle de thé mais était remplie jusqu'à ras bord de paquets en polystyrène expansé, comme celui qu'on utilise dans le bâtiment pour l'isolation des parois. Bond en souleva un. Il pesait bien deux kilos. L'emballage était si épais qu'il était difficile de savoir ce qu'il y avait à l'intérieur. Les paquets étaient tous de la même taille et avaient de toute évidence été fabriqués en série.

Tandis que Bond se demandait ce qu'il allait faire, il entendit un grincement métallique, comme celui d'une porte qu'on aurait ouverte, donnant sur la galerie. Il se jeta au sol, en se cachant derrière les piles de caisses. Il entendit une voix d'homme, puis une autre qui lui répondait. En se collant au sol, Bond remarqua la présence d'un objet qui ressemblait à une motte de terre brune.

Il jura intérieurement. Pas étonnant qu'on l'ait entendu… Cette motte de terre était en fait un DSI – un détecteur sismique d'intrusion – l'un des gadgets les plus sophistiqués mis au point par les services de surveillance au cours de la dernière décennie. Il était capable de détecter les déplacements des hommes, des animaux et des objets dans un rayon de trois cents mètres. Il fonctionnait grâce à trois cellules de mercure et était équipé d'une antenne bipolaire intégrée, munie d'un émetteur de

150 mégahertz qui transmettait ses découvertes grâce à un système d'impulsions codées – tout cela sous l'insignifiante apparence d'une bouse de vache ou d'un petit tas de terre.

Bond perçut des cris et le bruit de quelqu'un qui courait. S'il replongeait dans l'eau, il faudrait qu'il remonte à la surface avant d'avoir atteint la relative sécurité du large. Et s'il se cachait sous le fuselage de l'appareil, il faudrait bien qu'il revienne respirer de temps à autre : il finirait forcément par se faire prendre. Il semblait improbable qu'il retrouve la fissure dentelée dans la paroi d'acier par laquelle il était arrivé. La seule issue était donc du côté de la terre ferme.

Plus vite il serait sur le garde et lui arracherait son arme, plus ses chances seraient grandes. Inutile d'attendre que le DSI signale à nouveau sa présence et n'alerte d'autres gardiens.

Avec précaution, conscient que sa quasi-nudité le rendait d'autant plus vulnérable, Bond émergea de sa cachette. Le garde était descendu sur le portique inférieur, sans doute pour s'assurer que l'appareil n'avait pas été endommagé. Il se trouvait à cinq mètres sous la galerie où se tenait Bond, qui jugea la distance trop importante pour prendre le risque de sauter sur lui.

Après avoir libéré son couteau, il saisit le démonte-pneu, s'approcha de la rambarde métallique qui bordait la galerie et le lança aussi loin qu'il pouvait. Tandis que le garde se précipitait vers l'endroit où l'engin avait atterri avec fracas, Bond sauta sur le portique inférieur et courut à toute allure vers la queue de l'appareil. Il bondit et réussit à se cacher derrière l'empennage juste avant que le garde ne revienne sur ses pas.

Son visage se trouvant à un mètre ou deux de la queue de l'appareil, Bond remarqua alors un détail étrange : celui-ci arborait le drapeau britannique.

Il entendit les pas du garde qui revenait. Lorsqu'il arriva à sa hauteur, Bond, qui se trouvait à un mètre cinquante au-dessus de lui, se jeta sur le garde et le plaqua au sol. L'homme poussa un grognement, immobilisé à plat ventre sous le poids de son assaillant.

— Ton arme, dit Bond en appuyant l'extrémité de son couteau de commando contre la jugulaire du garde. Lâche ton arme.

L'homme se mit à gigoter. Bond enfonça légèrement la pointe du couteau dans son cou, faisant gicler un peu de sang. À contrecœur, le garde laissa tomber son pistolet et Bond le repoussa du genou, à un mètre de la rambarde métallique.

Plutôt que de lui trancher la gorge, Bond préféra lui faire le coup de la carotide. Il suffit d'une pression de onze livres exercée sur cette artère pour interrompre la circulation du sang qui remonte au cerveau. Dès que la circulation cesse, un individu normalement constitué perd connaissance en moins de dix secondes. Tout en resserrant son étreinte sur le cou en sueur du garde, Bond savait que l'homme reviendrait à lui au bout d'une quinzaine de secondes. Mais il serait affaibli et désorienté – et c'était un délai suffisant pour la retraite précipitée que Bond envisageait.

Lorsqu'il sentit que le corps massif du garde se relâchait sous sa pression, Bond agrippa le pistolet et escalada quatre à quatre les marches qui rejoignaient le niveau supérieur, récupérant au passage le paquet enveloppé de polystyrène. Tandis qu'il se dirigeait vers la porte, il entendit l'homme un peu plus bas qui avait repris connaissance et appelait à l'aide.

Bond n'eut pas le temps de se demander ce qui l'attendait de l'autre côté de la porte. Il se précipita et bondit à travers l'embrasure.

11

Un pantalon neuf

Il lui fallut quelques instants pour accoutumer son regard au nouveau décor qui l'entourait. Il venait de déboucher dans un atelier de construction navale, où un bateau était en cours de montage. Le grincement aigu du métal découpé couvrait le bruit des scies et des marteaux. Bond s'immobilisa un instant. Puis il se remit lentement en marche, longeant la galerie à l'extrémité de laquelle il venait d'apercevoir un escalier en bois menant à une plate-forme qui devait déboucher sur l'extérieur – et la liberté. Il avait atteint le sommet des marches lorsqu'il entendit la voix du garde qui venait de surgir du hangar et hurlait depuis l'embrasure de la porte. Bond fit volte-face et tira, avant de se précipiter sur la plate-forme pour rejoindre la sortie. Il entendit des coups de feu claquer, puis le gémissement d'une balle qui se fichait dans la paroi en bois, juste au-dessus de sa tête. Il courut en zigzags jusqu'à la porte, esquivant trois autres coups de feu qui ricochèrent sur la plate-forme.

Devant lui, dans l'embrasure de la porte, un deuxième garde avait surgi et s'apprêtait à tirer, les jambes écartées. Avec le pistolet de son acolyte, Bond fit feu à deux reprises et le toucha en pleine poitrine. Il enjamba son corps avant d'émerger à l'air libre, dans la lueur du soleil couchant.

Il y a certains moments dans la vie où il faut aller de l'avant – c'est-à-dire attaquer – et d'autres où il s'avère préférable de prendre la fuite. Le tout, si l'on tient à survivre, est de prendre la bonne décision. Le voyage du Prophète lui-même, sa célèbre *hejira* vers la Ville sainte, était en fait une retraite stratégique, d'après ce que Darius lui avait expliqué. Ce fut le mot arabe que Bond se murmura – *hejira* – tout en courant pour rejoindre la route, sans se retourner. Il avait déjà franchi une centaine de mètres lorsqu'il entendit un coup de klaxon retentissant, en provenance d'une rue adjacente.

Une Cadillac grise jaillit alors, à toute allure. Bond ne distinguait pas les traits du conducteur derrière le pare-brise, en dehors de son énorme moustache.

— Montez, Monsieur James ! Vous n'irez pas bien loin, avec votre maillot de bain !

Hamid avait ouvert la portière, à l'arrière, et Bond se jeta sur le siège.

— Filez, Hamid ! s'écria-t-il.

Celui-ci n'avait nullement besoin d'encouragements. Il démarra en trombe, laissant de longues traînées de gomme sur la route qui longeait le quai, braqua dans un hurlement de pneus pour s'engager dans une ruelle, derrière le petit bazar d'Azadi Square, et fila comme une flèche. La Cadillac rejoignit bientôt les allées bordées de palmiers qui desservaient les résidences des millionnaires, à la périphérie de la ville.

— C'est bon, lui dit Bond après s'être assuré qu'ils n'étaient pas suivis. Vous pouvez ralentir.

Hamid eut l'air déçu, mais obéit à l'injonction. Puis il se retourna, esquissant un sourire amusé qui plissa sa moustache.

— Qu'y a-t-il là-dedans ? demanda-t-il en montrant le paquet.

— Je l'ignore, dit Bond. Je verrai cela une fois à l'hôtel. Lorsque vous m'aurez déposé, vous irez m'acheter une chemise et un pantalon neufs.

— Vous aimez le style américain ?

— Oui, répondit prudemment Bond. Mais prenez des tissus unis : évitez les rayures et les carreaux. Et dites-moi, Hamid : comment se fait-il que vous m'ayez attendu ?

Hamid haussa les épaules.

— Je n'avais rien d'autre à faire, dit-il. J'ai jeté un coup d'œil dans les parages et je n'ai pas trouvé l'endroit très... rassurant. J'ai eu un mauvais pressentiment. Je me suis dit que vous auriez peut-être besoin de mes services.

— Et vous n'aviez pas tort, mon ami.

Une fois à l'hôtel, Bond demanda leur meilleure chambre. L'employé à la réception lui tendit la clef, en contemplant d'un air suspicieux la silhouette à demi nue et ensanglantée de Bond.

— Mes bagages vont suivre, expliqua Bond. Vous n'aurez qu'à donner au chauffeur le numéro de ma chambre.

Celle-ci était située au deuxième étage. Elle disposait d'un balcon et d'une vue splendide sur un jardin tropical qui s'étendait jusqu'à la mer. Le décor était simple et il n'y avait ni radio, ni frigidaire, ni autres babioles de ce genre. Mais la salle de bains était spacieuse et propre. Bond ne se donna même pas la peine de procéder à ses contrôles habituels. Personne ne pouvait l'avoir précédé, puisqu'il venait de décider de passer la nuit ici. Il alla prendre une douche et, pour une fois, ne régla pas le débit au maximum. Il grimaça en présentant son dos sous le jet.

Tandis qu'il se séchait, il entendit frapper à la porte. Il alla ouvrir et aperçut l'employé de la réception, qui tenait un petit plateau en argent.

— Une dame vous fait monter cette carte, dit l'homme. Elle aimerait vous voir. Elle vous attend en bas.

— Merci.

Bond prit la carte de visite et lut : « Miss Scarlett Papava. Responsable des placements. Diamond & Standard Bank. 14 bis, rue du Faubourg-Saint-Honoré. »

Il poussa un juron, davantage sous l'effet de l'incrédulité que de la colère.

— Que dois-je dire à la dame ?

Bond sourit.

— Vous lui direz que M. Bond ne peut pas descendre, parce qu'il n'a pas de pantalon. Mais que si elle veut bien se donner la peine de monter, en compagnie d'une bouteille de champagne bien frais et de deux verres, il la recevra avec grand plaisir.

Tandis que l'employé éberlué s'éclipsait, Bond laissa échapper un petit rire incrédule. C'était une chose que Scarlett l'ait déniché pour requérir ses services – d'abord à Rome, puis à Paris – mais débarquer ici, alors qu'il était dans le feu de l'action… Cela équivalait pratiquement à remettre ses talents en cause. Poppy avait dû lui téléphoner de Téhéran et lui donner le nom du Jalal's Five Star. Mais tout de même…

On frappa de nouveau à la porte. Bond alla jeter un coup d'œil dans le miroir de la salle de bains. Ses cheveux noirs encore mouillés étaient collés sur son front. La cicatrice sur sa joue était moins visible que d'habitude, sa peau ayant bruni sous le soleil de Perse. Ses yeux étaient injectés de sang, à cause de son séjour prolongé dans l'eau salée : mais ils dégageaient toujours la même volonté implacable, d'une froideur presque cruelle.

Bond haussa les épaules. Il lui était impossible d'être plus présentable, aussi alla-t-il ouvrir la porte.

— James ! Mon Dieu ! Que vous est-il arrivé ?

— Rien de bien grave, Scarlett. Quelques égratignures. Mais je suis toujours d'attaque – quoique extrêmement surpris de vous voir…

Scarlett pénétra dans la chambre avec un plateau sur lequel trônaient deux verres et une bouteille de champagne.

— Surpris, dit-elle, je le conçois aisément. Mais cela ne vous a-t-il pas fait plaisir ? Ne serait-ce qu'un instant ?

— Une fraction de seconde, concéda Bond.

— J'arrive pratiquement de Paris.

— C'est ce que je constate, dit Bond.

Scarlett portait sa tenue de femme d'affaires : un tailleur gris anthracite et un chemisier blanc. Elle suivit le regard amusé de Bond.

— Oui, je… je n'ai pas eu le temps d'acheter des vêtements appropriés. Dieu merci, il fait un peu plus frais ici qu'à Téhéran. Demain, j'irai faire quelques emplettes.

— Attendons d'abord de voir ce que Hamid va me rapporter. La mode locale ne va peut-être pas vous convenir.

— Hamid ?

— Mon chauffeur. Qui est devenu mon tailleur. Un peu de champagne ?

— Volontiers. Quel cadre enchanteur !

Bond se tourna du côté de la fenêtre pour déboucher la bouteille.

— Oh, mon Dieu ! Votre dos ! s'exclama Scarlett. C'est affreux. Il faut vous mettre de la teinture d'iode. Comment vous êtes-vous fait ça ?

— J'ai beaucoup de choses à vous raconter, dit Bond. Tout d'abord, j'ai rencontré votre sœur.

— Vraiment ? Où donc ?

Le visage de Scarlett, qui hésitait jusque-là entre l'amusement et l'embarras, redevint brusquement sérieux.

— À Téhéran, dit Bond. Elle s'est présentée à mon hôtel. Je dois reconnaître que je n'ai encore jamais rencontré quelqu'un qui ait ce don de surgir à l'improviste, comme un diable de sa boîte, que vous partagez avec elle. Je commence à me demander s'il n'y aura pas un message pour moi, lorsque je regagnerai mon appartement de Chelsea, de la part d'une troisième sœur Papava.

Scarlett baissa les yeux, un peu honteuse.

— Vous savez donc que c'est ma sœur jumelle, dit-elle.

— Oui.

— Je suis désolée, James. J'aurais dû vous le dire plus tôt. Bien que cela ne fasse pas une grande différence – je veux dire, en ce qui vous concerne. Pour moi, cela rend la situation plus douloureuse que si c'était une sœur ordinaire.

— Peut-être.

— Mais comment était-elle, James ? Paraissait-elle en bonne santé ?

— J'ignore comment elle est d'ordinaire. Pendant pratiquement toute la durée de notre rencontre, j'avais l'impression de me trouver devant vous. À un ou deux détails près, cependant...

— Je sais, dit Scarlett. Vous a-t-elle dit laquelle de nous deux était la plus âgée ?

— Oui. Et elle m'a également montré un moyen infaillible de vous distinguer.

— Quoi ? Elle vous a montré... ça ? (Scarlett paraissait stupéfaite.) À cet endroit ? ajouta-t-elle en désignant le haut de sa cuisse.

— Oui, dit Bond. Nous étions dans un parc. Votre sœur est un peu sauvage.

— Et vous voulez que je vous le montre à mon tour ? demanda Scarlett. Pour vous prouver que nous sommes bien deux personnes différentes ?

Bond esquissa un sourire.

— Non, dit-il. Je ne crois pas que ce soit nécessaire. Il y a un côté Scarlett qui n'appartient qu'à vous. Même si vous le partagez avec une certaine Larissa Rossi, je vous le concède.

Il s'abstint de faire allusion à la différence de couleur de leurs yeux.

— Bon, dit Scarlett. Dans ce cas, je vais aller chercher de la teinture d'iode et nettoyer ces plaies.

Elle se dirigea vers la porte.

— Et quand vous reviendrez, dit Bond, vous m'expliquerez peut-être ce qu'une banquière parisienne fabrique au bord de la mer Caspienne, en plein mois de juillet.

— Marché conclu, dit Scarlett en refermant la porte derrière elle.

Bond termina son verre de champagne et s'en servit un autre. Il devait admettre qu'il était heureux de revoir Scarlett, mais il allait devoir se montrer ferme avec elle. À ce stade de l'enquête, il ne pouvait pas se laisser distraire en ayant à se préoccuper de sa sécurité.

Une dizaine de minutes plus tard, Scarlett réapparut avec un flacon en verre et un sachet de coton.

— J'espère que cela correspond bien à ce que j'ai demandé, dit-elle. Mon farsi est un peu approximatif.

— Contrairement à celui de Poppy, dit Bond. En tout cas, elle sait l'écrire.

— Elle a eu le temps de l'apprendre, la pauvre ! Maintenant, ne bougez plus.

Bond regarda la mer à travers la fenêtre pendant que Scarlett nettoyait les entailles qu'il s'était faites dans le dos.

— Vous êtes censé hurler de douleur, dit-elle. Du moins à en croire les westerns.

— Ça ne fait pas si mal que ça, dit Bond.

— Si ça trouve, dit Scarlett, il ne s'agit même pas d'un antiseptique, mais d'un simple placebo. J'ai remarqué que vous aviez aussi des éraflures sur la poitrine.

Scarlett changea de côté et vint se placer devant Bond. Comme elle se penchait, il contempla la masse brillante de ses cheveux impeccablement coiffés et perçut le discret parfum de muguet qui s'en dégageait. En dépit d'un voyage qui avait dû être éprouvant, la jeune femme paraissait aussi fraîche que si elle sortait de sa salle de bains.

Scarlett s'immobilisa, montrant ainsi qu'elle avait senti le regard que Bond portait sur elle. Elle releva son visage vers le sien. Ils n'étaient séparés que de quelques centimètres.

— J'en ai seulement une ici dit Bond en désignant la cicatrice qui lui barrait la joue.

— Pauvre petit... dit Scarlett.

Les yeux de la jeune femme s'étaient étrécis et Bond y perçut pour la première fois depuis Rome une expression différente, presque féline.

Elle tamponna la cicatrice avec son coton, avant d'y déposer un petit baiser.

— Ça va mieux, maintenant ?

— Oui, dit Bond en faisant mine de grincer des dents.

— Et ici ? dit-elle en effleurant du doigt une autre éraflure sur son cou, qu'elle embrassa à son tour.

— Et là ? dit Bond en montrant sa lèvre inférieure.

— Bien sûr. Pauvre chéri...

Alors que les lèvres de Scarlett frôlaient légèrement les siennes, Bond l'empoigna par les hanches et inséra sa langue dans sa bouche. La jeune femme rejeta la tête en arrière, mais Bond la saisit par le cou et l'obligea à coller ses lèvres aux siennes. Cette fois, elle s'abandonna et mêla fougueusement sa langue à la sienne, pendant que Bond lui caressait les hanches. Il sentit les bras de Scarlett lui enlacer le cou, tandis qu'elle l'embrassait avec avidité.

Bond finit par s'écarter.

— Maintenant, dit-il, j'aimerais avoir la preuve que vous êtes bien celle que vous prétendez être.

Le visage empourpré et le souffle court, Scarlett releva le bas de sa jupe gris anthracite au-dessus de ses bas couleur miel, révélant la bande de chair qui s'étendait entre le nylon qui moulait étroitement sa cuisse et le bord de sa petite culotte rose. Aucune tache de vin n'y apparaissait.

— Pas le moindre défaut, dit Bond avec un sourire.

Il empoigna la main de la jeune femme qui tenait toujours sa jupe relevée, embrassa ses cheveux et lui murmura à l'oreille :

— Mais qui aurait cru qu'une banquière portait des sous-vêtements roses ?

Il se souvenait aussi que Poppy, censée avoir mené une vie de bohème, avait dénoué sa ceinture et baissé sa jupe avec une certaine pudeur, dans le simple but de lui prouver qu'elle disait la vérité, alors que sa sœur aînée – la romantique de la famille – avait retroussé la sienne avec autant d'empressement que de fébrilité.

Bond caressa du bout des doigts la partie dénudée de sa cuisse, avant de se pencher pour l'embrasser.

— Sans défaut, et d'une grande douceur, dit-il.

Il sentit les mains de Scarlett courir dans ses cheveux encore mouillés, tandis qu'il déposait un nouveau baiser. Puis il se releva et la prit dans ses bras.

— Vous pouvez vous débarrasser de cette jupe, si vous voulez.

Scarlett suivit sa suggestion et en profita pour ôter sa veste et son chemisier, avant d'aller s'asseoir au bord du lit, n'ayant plus sur elle que ses sous-vêtements. Bond s'approcha, dénouant déjà la serviette qui lui ceignait les reins. Mais au même instant, on frappa violemment à la porte de la chambre.

— Hé, Monsieur James ! C'est Hamid ! Je vous apporte un pantalon neuf.

— C'est exactement ce qu'il me fallait, dit Bond en renouant sa serviette. Vous ne pouviez pas mieux tomber.

Il regarda le visage empourpré et incertain de Scarlett.

— Je suis désolé, lui dit-il.

La jeune femme prit une profonde inspiration, comme si elle avait de la peine à retrouver son souffle. Puis elle opina brièvement et ramassa ses vêtements éparpillés sur le sol.

— C'est le travail qui veut ça, dit Bond.

— Ou le destin, dit Scarlett en poussant un soupir.

*

* *

Ils prirent leur repas dans la salle à manger de l'hôtel. Bond avait invité Hamid à se joindre à eux.

— J'imagine que vous n'avez pas eu le temps de manger votre caviar cet après-midi, lui dit-il.

— Non, Monsieur James. Je vous ai attendu.

— Voyons ce qu'ils ont à nous proposer.

Bond portait une chemise blanche de fortune et un pantalon de toile bleu marine qui lui flottait un peu à la taille, mais d'une coupe relativement élégante, comparée à la manière dont la plupart des gens s'habillaient, à Nochahr.

Scarlett avait eu le temps de s'acheter une robe légère dans une boutique pour touristes. Elle avait beau se plaindre et prétendre qu'elle avait été taillée pour une grand-mère, son tissu bleu clair s'harmonisait à merveille avec ses grands yeux bruns. Elle avait pris une chambre au même étage que Bond, mais à l'autre extrémité du couloir.

Le caviar leur fut servi dans une vasque dont le couvercle, une fois ôté, révéla un pot en verre de belle taille, posé sur un lit de glace. Hamid avait les yeux exorbités. Il se servit une généreuse cuillerée dans son assiette, puis porta le caviar à sa bouche, utilisant un morceau de pain plat en guise de truelle. À la consternation de Bond, il avait commandé du Coca-Cola pour accompagner le tout. Bond quant à lui était passé au whisky et Scarlett continuait au champagne, l'hôtel n'ayant pas d'autres vins à leur proposer.

Au fil du dîner, Bond raconta à Scarlett ce qu'il avait fait à Téhéran et lui décrivit le navire-avion qu'il avait découvert dans le hangar.

— Si je réussis à prendre quelques photos, dit-il, nous les enverrons par câble à Londres.

— Cet appareil paraît bizarre, dit Scarlett. On dirait un engin de science-fiction.

— Il est pourtant bien réel, dit Bond. Je le soupçonne d'être de fabrication soviétique. Mais j'aimerais bien savoir à quoi il sert au juste. Et pourquoi il est orné du drapeau britannique.

— Cela désigne Gorner, dit Scarlett. Je vous ai déjà parlé de son obsession antibritannique.

— Moi, ça me fait penser au Monstre de la mer Caspienne, dit Hamid.

Bond avait presque oublié la présence du chauffeur, qui n'avait plus dit un mot depuis un bon moment, le nez plongé dans son assiette.

Hamid venait de relever la tête, chassant deux ou trois grains de riz et quelques débris de fèves qui s'étaient pris dans sa moustache.

— Le Monstre de la mer Caspienne, répéta-t-il. On l'a répété deux ou trois fois cette année.

— Vous voulez dire : repéré ?

— Oui. Des gens l'ont aperçu en survolant la mer, à bord d'un avion. Ils ont eu très peur. Il est beaucoup plus gros qu'un navire ou que n'importe quel avion. Et il va bien plus vite qu'une voiture. Les gens ont pensé qu'il s'agissait d'un énorme animal. Comme votre célèbre monstre.

— Celui du Loch Ness ?

— Oui.

— Je puis vous assurer que cet appareil est autrement plus tangible que la brave Nessie, dit Bond. Mais ce que j'aimerais savoir, c'est s'il sert seulement au transport des marchandises ou s'il n'aurait pas aussi une fonction militaire.

Le serveur leur apporta un plat de canard rôti aux graines de grenade, accompagné d'une salade verte qui n'était plus de la première fraîcheur.

— Pensez-vous que nous serions plus en sécurité si nous retournions là-bas de nuit ? demanda Scarlett. On nous repérerait moins facilement.

— Nous ? dit Bond, un peu surpris.

— Je pourrais surveiller les parages, dit Scarlett.

— Moi aussi, dit Hamid. Je vous accompagnerai.

Bond considéra la question en se calant dans son siège, après avoir vidé son verre de whisky.

— Il faut d'abord que je récupère mon arme, dit-il. Le pistolet américain que j'ai laissé dans votre voiture, Hamid, est beaucoup trop encombrant. Scarlett peut éventuellement le prendre. Savez-vous vous servir d'une arme à feu ?

— Je travaille dans une banque, James, comme vous ne perdez pas une occasion de le rappeler.

— Vous vous tenez debout, les pieds bien plantés dans le sol et les jambes légèrement écartées. Vous tenez le pistolet à deux mains, braqué devant vous, de telle sorte que vos bras forment avec votre buste un triangle isocèle dont le pistolet serait le sommet. Contentez-vous de presser la détente – n'appuyez pas trop fort dessus. Essayez de prendre votre temps. Visez à l'intérieur de cette zone, ajouta Bond en dessinant un cercle sur sa poitrine. Plus bas, cela ne sert à rien. Et plus haut, vous risqueriez de manquer votre cible. Vous avez compris ?

— À peu près, dit Scarlett. C'est nettement plus simple que les fusions et les acquisitions.

— Très bien. Nous essaierons d'entrer en passant par le bâtiment principal. Je n'ai pas envie de repartir en plongée.

Une fois dans sa chambre, à l'étage, Bond fixa à nouveau le couteau de commando contre son mollet et enfila ses mocassins aux renforts métalliques. Il glissa dans sa poche quelques cartouches de rechange pour le Walther, ainsi que le Minox B muni de son grand-angle. Il l'avait chargé avec une pellicule ultrasensible et calcula qu'avec le clair de lune – dont le halo devait tomber par l'extrémité du hangar, du côté de la mer – la luminosité serait tout juste suffisante. Le résultat ne lui permettrait sans doute pas de remporter un concours de photos, mais les binoclards de la section Q auraient au moins quelque chose à se mettre sous la dent.

Il tendit ensuite le paquet emballé de polystyrène à Hamid, en lui demandant de le remettre à Darius Alizadeh afin que celui-ci le fasse analyser à Téhéran, au cas où il rencontrerait des problèmes ce soir dans l'entrepôt.

Lorsqu'ils eurent regagné la voiture, Bond s'aperçut qu'il ne restait que deux cartouches dans le Colt du garde.

— C'est mieux que rien, dit-il en tendant le pistolet à Scarlett.

— Et où vais-je le mettre ? demanda-t-elle.

— Je regrette de ne pas avoir emmené mon Beretta, dit Bond. L'armurier me dit toujours que c'est une arme de femme. Vous auriez pu le glisser dans vos sous-vêtements. Vous ne pouvez pas mettre celui-ci dans votre sac à main ?

Scarlett farfouilla un moment, tandis que Hamid mettait la voiture en marche.

— Il va falloir que je renonce à ma trousse de maquillage, dit-elle.

— Il faut savoir faire des sacrifices pour son pays, dit Bond. En route, Hamid.

La Cadillac grise s'éloigna en silence dans la nuit semi-tropicale, Bond ayant recommandé à Hamid de rouler à une allure réduite. Les vitres ouvertes laissaient passer le bruit confus des vagues, sur leur gauche, et celui des cigales qui chantaient dans les palmiers sur leur droite. Le parfum puissant qui montait des orangeraies imprégnait l'air immobile.

— Zut, s'exclama Bond. Je viens seulement d'y penser, mais il doit y avoir des chiens.

— Des chiens ? dit Hamid.

— Oui. La nuit, il y a forcément des chiens de garde.

Hamid hocha la tête.

— En Perse, nous n'avons pas de chiens domestiques. C'est une lubie d'Européens. Et d'ailleurs ce n'est pas propre. Ici, les chiens errent librement dans les rues, comme les chats.

À mesure qu'ils quittaient la partie résidentielle de la ville, les lampadaires se firent moins fréquents. Lorsqu'ils atteignirent les abords des quais, ils roulaient dans une obscurité complète. Il n'y avait pas une seule voiture, pas le moindre phare en vue. On n'entendait aucun bruit. On aurait dit que les ténèbres avaient effacé tous les signes de vie, au bord de la mer intérieure.

Les trois passagers ne pipaient pas un mot. Bond appréciait tout particulièrement les instants de ce genre, qui précèdent l'action. Cela lui permettait de se concentrer et de vérifier l'ensemble des réflexes que le temps et l'expérience avaient inscrits dans son système interne.

Il aimait le silence qui régnait sur cette terre étrangère et sentait la crispation familière qui lui nouait l'estomac, signe avant-coureur du danger. Il inspira profondément et revit durant une fraction de seconde le visage de Julian Burton, le médecin qu'il avait rencontré lors de son dernier passage au quartier général, à Londres. Était-ce le genre d'exercice respiratoire que celui-ci avait en tête ?

— Arrêtez-vous ici, lança-t-il.

Le temps de la réflexion était terminé.

— Hamid, vous resterez dans la voiture. Ne vous approchez pas du hangar. Quoi qu'il advienne, il faut que vous puissiez décamper d'ici au plus vite. Nous serons de retour dans une demi-heure, si tout va bien. Scarlett, venez avec moi.

Ils poursuivirent leur chemin à pied sur la route principale, avant de bifurquer dans la cour où se dressait l'atelier de construction navale des frères Isfahani. Quelques lumières étaient allumées, mais pas de quoi inquiéter Bond.

— Attendez-moi derrière ce camion, dit-il à Scarlett. Et couvrez-moi, le temps que j'aille jusque là-bas.

Bond longea le bâtiment en restant dans l'ombre, mais il lui fallut bien se mettre à découvert à un moment donné. Il courut dans la direction du hangar métallique et s'accroupit sitôt son but atteint. Il fouilla dans le tas de vêtements qu'il avait laissés derrière la benne de débris et sentit au bout de quelques instants le contact rassurant du Walther dans le creux de sa main.

Il regarda en arrière, du côté de la rue, et aperçut à l'autre bout de la cour le camion derrière lequel Scarlett s'était dissimulée, en s'arrangeant pour ne projeter aucune ombre. Brave fille, songea Bond.

Il progressa jusqu'à l'angle du bâtiment et finit par atteindre la porte par laquelle il avait pris la fuite, un peu plus tôt dans la journée. Elle était cadenassée. Avec son couteau de poche, il entreprit d'enfoncer les bascules à l'intérieur. Le cadenas finit par céder et il poussa le battant en bois. Scarlett le suivit à l'intérieur du vieux bâtiment et Bond l'entraîna rapidement du côté de l'escalier en bois. Il était surpris – et à vrai dire un peu préoccupé – par cette absence de sécurité. Même l'entreprise la plus honnête embauche un gardien de nuit, songea-t-il. Ils franchirent la passerelle qui permettait d'accéder au hangar métallique.

Bond agrippa le poignet de Scarlett.

— C'est trop facile, dit-il. Ça ressemble à un guet-apens. Il vaut mieux que vous restiez ici. Vous avez le pistolet ? Bon, couvrez-moi. Le clair de lune devrait vous permettre de distinguer ma silhouette. Débloquez le cran de sûreté. Voilà. Il y a une deuxième sûreté, à cet endroit : vous voyez cette lame métallique, à l'arrière du déclencheur ? Elle se libérera automatiquement si vous pressez la gâchette suffisamment fort. Parfait.

Bond ouvrit la porte qui donnait sur le vaste hangar. Les contours du Monstre de la mer Caspienne se profilèrent aussitôt devant ses yeux. Cette prouesse technique inspirait une certaine inquiétude, à défaut de respect. Bond songea que l'appareil n'avait pu être construit qu'en Union soviétique. Il rappelait l'époque encore récente où l'Occident s'était laissé distancer – l'ère des Spoutnik, de Youri Gagarine et des exploits du génie militaire soviétique.

Apparemment, les Russes venaient une fois encore de reprendre la main, en terme de puissance et d'invention technologiques.

Bond entreprit de photographier le monstre. Le bruit du déclencheur du Minox était à peine audible, après le travail auquel s'étaient livrés les techniciens du labo. Bond ne se donnait même pas la peine de regarder dans le viseur : il se contentait de lever l'appareil et d'appuyer sur le déclencheur.

Il descendit ensuite sur le portique inférieur pour se rapprocher du navire. Tandis qu'il brandissait une fois encore son Minox, une voix s'éleva et résonna dans le hangar baigné par le clair de lune.

— Un peu plus de lumière, Monsieur Bond ?

La voix, à l'accent persan, lui était inconnue.

Une lumière aveuglante envahit brusquement le hangar. Bond leva le bras pour se protéger les yeux. Il entendit le bruit d'innombrables bottes qui martelaient les passerelles métalliques autour de lui.

La voix retentit à nouveau, amplifiée par un mégaphone.

— Posez votre pistolet, Monsieur Bond, et mettez les mains sur la tête. La récréation est finie.

Le regard de Bond remonta le long du fuselage de l'appareil. Il aperçut alors la partie supérieure du cockpit qui coulissait en arrière, animée par un système hydraulique. De cette ouverture émergea un képi de la Légion étrangère, suivi par les épaules et le torse de Chagrin. Après s'être extrait du cockpit, celui-ci longea le fuselage et s'approcha, un fusil à la main.

Le canon de l'arme était braqué sur la tête de Bond. L'homme était suffisamment proche à présent pour que Bond distingue les traits sans expression de son visage cadavérique.

Un unique coup de feu retentit et le hangar fut à nouveau plongé dans les ténèbres. Bond s'élança aussitôt. Il n'avait pas le temps de chercher à comprendre ce qui s'était passé, mais savait qu'il devait mettre cette obscurité à profit. Il s'avança le plus discrètement possible le long du portique pour rejoindre l'échelle métallique. Mais son pied ne s'était pas posé sur le premier barreau qu'un coup violent s'abattit derrière son oreille et il plongea aussitôt dans des ténèbres plus épaisses que celles des nuits orientales.

12

Le ventre de la bête

Lorsque Bond reprit connaissance, on le traînait sur une piste en tarmac vers un hélicoptère dont les hélices tournoyaient dans la nuit. Le contact de l'air sur sa peau lui fit comprendre qu'on lui avait ôté son pantalon. Il avait les mains attachées dans le dos et son couteau de commando avait été subtilisé. Seule l'atroce douleur qui lui vrillait le crâne l'empêchait de vomir, tandis qu'on le poussait vers l'appareil. L'intérieur était aménagé comme un avion militaire : six sièges rudimentaires occupaient l'habitacle, perpendiculairement au poste de pilotage. Bond fut jeté au sol. On ligota ensuite ses chevilles avec un cordage en nylon. Le corps d'une femme – sans doute celui de Scarlett – fut alors plaqué contre le sien, avant qu'on ne les attache dos à dos. Bond sentait le contact de sa peau nue contre la sienne.

Malgré la nausée qui le gagnait, il essaya de se rappeler ce qui s'était passé. Il revoyait une lumière aveuglante… et plus rien. Les rotors de l'hélicoptère mugirent à ses oreilles, puis l'appareil s'éleva et vira aussitôt, penchant brutalement sur la gauche. Bond bascula et écrasa Scarlett, qui poussa un petit gémissement. Il reconnut aussitôt sa voix, bien qu'elle n'eût pas prononcé un mot.

— Scarlett ? dit-il.

Une botte vint s'écraser sur son visage, lui brisant une dent.

— Silence.

Bond releva les yeux et vit que les six sièges étaient occupés par des hommes en armes. Six pistolets dont le cran de sûreté avait été ôté étaient braqués sur Scarlett et lui, et six paires d'yeux les fixaient sans aménité. Malgré la douleur croissante qui lui vrillait le crâne, le souvenir des derniers événements lui revint peu à peu, à mesure que les minutes s'écoulaient. L'apparition de Chagrin prouvait à elle seule que Bond avait bien mis le doigt sur le trafic de Gorner autour de la mer Caspienne. Et il était à peu près certain qu'on le conduisait en ce moment même à son quartier général, au cœur du désert.

Bond cracha du sang. Il voyait tout de même un point positif à sa situation : jamais il n'aurait pu trouver à lui tout seul le repaire de Gorner. La montagne n'était pas venue à Mahomet, mais on était visiblement en train d'héliporter Mahomet jusqu'à elle. Parfait.

Au bout d'une demi-heure environ, l'appareil perdit de l'altitude et Bond sentit une certaine inquiétude gagner les hommes armés. Ils se posèrent sans incident, tandis qu'on aboyait des ordres. Les six gardes ne bougèrent pas d'un pouce et leurs armes restèrent pointées sur les deux prisonniers. Bond perçut le vrombissement d'un moteur Diesel à l'extérieur : il devait s'agir d'un camion-citerne qui venait les ravitailler en essence. Le sable s'engouffrait à travers l'ouverture béante de l'hélicoptère.

Au bout d'un moment, la portière se referma et ils se remirent en route. Il était inutile de chercher à deviner la direction qu'ils avaient prise, aussi Bond relâcha-t-il son attention et laissa vagabonder ses pensées. Il essayait de trouver le moyen de rassurer Scarlett, mais il ne pouvait pas communiquer avec elle par le seul contact de leur épiderme.

Après un voyage qui lui sembla durer toute la nuit, Bond sentit que l'hélicoptère descendait à nouveau. Cette fois, les six gardes se levèrent, alors que l'appareil oscillait doucement sur son coussin d'air et se posait sur le sable. Sans ménagement, à coups de bottes et de poings, ils traînèrent Bond et Scarlett jusqu'à l'ouverture. Les rotors s'étant arrêtés, ils déplièrent le marchepied et y poussèrent leurs prisonniers, qui atterrirent brutalement sur le sol. On les traîna ensuite sur le sable jusqu'à une piste goudronnée de trois mètres de large environ, sur laquelle se trouvait un fourgon électrique qui ressemblait vaguement à un monte-charge. Les deux prisonniers furent hissés sur une petite plate-forme, à l'arrière du véhicule. Le canon des armes était toujours braqué sur leurs têtes.

Le fourgon prit la direction d'une colline de sable brun, haute d'une vingtaine de mètres, qui se dressait telle l'enceinte d'une forteresse dans le désert. Tandis qu'ils approchaient, d'immenses portes coulissèrent pour leur permettre de pénétrer dans le ventre de la bête. Les portes se refermèrent ensuite silencieusement derrière eux.

Le fourgon se dirigea vers une plate-forme circulaire et s'immobilisa. On entendit le sifflement d'un appareil hydraulique et ils s'enfoncèrent dans le sol. La plate-forme télescopique descendit à l'intérieur d'un large cylindre et finit par s'immobiliser à une centaine de mètres de profondeur. Le fourgon s'engagea alors dans un tunnel obscur, avant de s'arrêter devant une porte massive. Bond et Scarlett, toujours ligotés l'un à l'autre, furent extraits du véhicule. Les gardes ouvrirent la porte qui donnait sur une sorte de cellule et les poussèrent à l'intérieur.

Chagrin apparut dans l'embrasure.

— Vous attendre ici, dit-il. Impossible sortir. Si vous bougez, nous tuons vous. Nous verrons vous plus tard, ajouta-t-il en montrant le plafond.

La porte se referma violemment et les verrous furent tirés. La pièce était une cellule de 1 m 20 de côté. Le sol était en sable et les murs taillés dans la roche.

— Ça va ? demanda Bond.

— À peu près. Et vous ?

Scarlett parlait d'une voix faible. Elle paraissait au bord des larmes.

— J'ai un léger mal de tête, dit Bond. Mais j'ai connu pire, après une partie de cartes qui avait duré toute la nuit, accompagnée d'un léger abus de champagne et de benzédrine. Qu'est-ce que vous portez, comme vêtements ?

— Rien, en dehors de ça, dit Scarlett en agitant ses hanches.

— Votre petite culotte rose…

— Celle-ci est blanche, si vous voulez tout savoir. Je m'étais changée avant le dîner.

— Que s'est-il passé, dans le hangar ? Je me souviens que les lumières se sont brusquement allumées. Et puis…

— Chagrin est descendu du cockpit, dit Scarlett. J'ai pensé qu'il voulait vous tuer et j'ai tiré.

— Sur lui ?

— Non. Sur le câble qui alimentait l'éclairage. Il était à quelques mètres de moi.

— Un sacré tir, dit Bond.

— Le pistolet a eu un recul terrible. Mais j'ai fait comme vous m'aviez dit : j'ai pressé la détente, sans appuyer trop fort dessus. Je pensais que vous arriveriez peut-être à vous enfuir dans l'obscurité.

— Ils étaient trop nombreux, dit Bond.

— Et maintenant, James ?

Bond réfléchit quelques instants.

— Je suppose que Gorner ne nous a pas trimballés au beau milieu du désert sans raison, dit-il. S'ils avaient voulu me tuer – ou vous éliminer – ils l'auraient déjà fait.

— Ce qui signifie ?

— Qu'il doit avoir un plan nous concernant.

— À moins qu'il ne veuille nous tirer les vers du nez.

— Peut-être, dit Bond. En attendant, nous devrions essayer de nous reposer. Au fait, Scarlett, vous ne m'avez toujours pas expliqué les raisons de votre présence en Perse.

— Cela va vous paraître un peu futile à présent, dit Scarlett. Promettez-moi de ne pas vous moquer de moi.

— Je ne me sens pas d'humeur particulièrement badine, dit Bond.

— Je suis en vacances.

— Quoi ?

— Les banquières se reposent parfois. J'ai droit à trois semaines de congés annuels et j'avais décidé de prendre dix jours de repos. Je voulais être sur place, au moment où Poppy échapperait aux griffes de Gorner. J'étais incapable de me concentrer sur mon travail en vous sachant ici, de toute façon. Et j'avais envie de connaître la Perse.

Malgré ce qu'il venait de dire, Bond ne put retenir un éclat de rire caustique, qu'il regretta d'ailleurs aussitôt : les cicatrices de son dos se rappelaient à son bon souvenir.

— Eh bien, vous la connaissez à présent, dit-il en regardant le sable et la paroi rocheuse. Et même d'assez près.

*

* *

La lumière du tunnel s'infiltra dans la cellule tandis qu'on tirait les verrous. Bond grommela, en se redressant tant bien que mal sur le sable.

Deux gardes armés pénétrèrent dans la cellule. L'un d'eux se pencha et trancha avec un couteau le cordage qui retenait les deux prisonniers, mais sans libérer leurs poignets. Le deuxième garde leur tendit de l'eau, qu'ils burent les mains dans le dos.

— En route, ordonna le garde.

Ils s'engagèrent dans le passage, sous la menace des armes, et rejoignirent une salle de bains rudimentaire où on les autorisa à se laver et à se servir des toilettes, installées au fond d'un réduit.

— Puis-je avoir une chemise ? demanda Scarlett qui était toujours torse nu.

Le garde hocha négativement la tête. Il leur ordonna ensuite de sortir et les conduisit dans un autre couloir, qui débouchait sur une porte d'acier.

— Attendez.

L'homme composa un code et présenta son visage à une caméra invisible, afin de s'identifier. La porte s'ouvrit en coulissant. Bond et Scarlett pénétrèrent dans une pièce spacieuse, à l'air conditionné, dont le sol, les murs et le plafond étaient dans les tons pourpres. Tout y avait visiblement été conçu pour rappeler la couleur du pavot. Derrière un bureau, dans une chaise pivotante en cuir marron de style ancien, était assis un homme qui arborait à la main gauche un gant d'une taille démesurée.

— Bon sang, faites donc enfiler une chemise à cette femme, lança le Dr Julius Gorner.

Son intonation trahissait un tel dégoût que Bond se demanda un instant si le corps des femmes lui inspirait toujours autant de répulsion.

Gorner se leva et fit le tour du bureau. Il portait un costume en lin crème, une chemise bleue et une cravate rouge. Ses cheveux jaune paille, coiffés en arrière, dégageaient son large front et retombaient dans sa nuque, presque sur son col. Il se rapprocha de Bond, qui reconnut ses pommettes saillantes, typiquement slaves, et l'expression d'impatience arrogante qu'il lui avait déjà vue sur le port de Marseille.

Plus inquiétant encore était l'espèce de détachement avec lequel Gorner évitait le regard de son interlocuteur, comme si le fait de s'exposer aux interrogations ou aux exigences des autres risquait d'altérer la pureté du dessein qui l'animait. Cette réserve le rendait quasiment invulnérable, songea Bond – puisque cela le privait du talon d'Achille que constituent la pitié, le désir ou l'orgueil.

— Vous voici donc de nouveau mon invité, commandant Bond. Il ne faudrait tout de même pas que vous abusiez de mon hospitalité. Ce ne serait pas très « sport ».

Bond ne répondit pas. Un homme arriva, muni d'une chemise militaire grise qu'il tendit à Scarlett. Bond remarqua que même après s'être débarbouillée, la jeune femme avait encore quelques taches de sang sur la poitrine – mais peut-être s'agissait-il du sien. L'homme passa également à Bond une chemise et un pantalon taillés sur le même modèle. Il les enfila le plus rapidement possible.

— Asseyez-vous donc, dit Gorner en désignant une paire de chaises en bois. Écoutez-moi avec attention et ne m'interrompez pas. Je n'ai nullement l'esprit « sportif ». Et nous ne jouons plus au tennis. Finies les politesses et les amabilités de façade. Vous êtes ici pour travailler. Je vais vous montrer mon usine, Bond, et je vous donnerai ensuite mes instructions, concernant le rôle que je vous destine. Vous allez m'aider à enclencher l'une des interventions militaires les plus audacieuses de ce siècle. Et qui va changer le cours de l'Histoire, j'en ai la conviction. Vous me suivez ?

Bond acquiesça.

— Au fait, cela ne vous dérange pas que je vous appelle « Bond », plutôt que « M. Bond » ou « Commandant Bond » ? La coutume des gentlemen anglais est bien d'appeler leurs « copains » par leur nom de famille, n'est-ce pas ? Je tiens à ce que les règles soient respectées.

— Quel rôle joue Scarlett dans cette affaire ? demanda Bond.

— La fille ? Elle ne m'intéresse pas. Mais j'imagine que mes hommes seront d'un autre avis.

— Qu'avez-vous fait à ma sœur ? intervint Scarlett. Où est Poppy ?

Gorner traversa la pièce et vint se planter devant Scarlett. De sa main gantée, il lui saisit fermement le menton et secoua de gauche à droite le visage de la jeune femme. Bond entrevit sa peau couverte de poils, à la jonction du gant et du poignet de sa chemise.

— J'ignore à quoi vous faites allusion, dit Gorner. Vous avez dû entendre des ragots. Savez-vous comment nous traitons ceux qui colportent les ragots ?

— Où est ma sœur ? Qu'avez-vous…

Du revers de sa main de singe, Gorner frappa avec un bruit sourd la bouche de la jeune femme, avant de porter l'index à ses lèvres.

— Chut… dit-il. On se tait.

Un filet de sang s'était mis à couler le long du menton de Scarlett. Gorner se tourna vers un garde et lança :

— Reconduisez la fille dans sa cellule jusqu'à ce soir. On l'enverra ensuite distraire l'équipe de jour.

L'homme emmena Scarlett, dont les lèvres saignaient toujours. Gorner se tourna vers Bond.

— Suivez-moi, dit-il.

Il pressa une touche invisible sur le mur pourpre, faisant ainsi coulisser un panneau. Bond le suivit sur une sorte de mezzanine dont le sol et les parois étaient en verre. À leurs pieds s'étendait une immense salle qui ressemblait à une usine de produits pharmaceutiques.

— C'est sur le front de l'Est que j'ai entendu parler de l'analgésie, dit Gorner en s'avançant sur la mezzanine. Comment supprimer la douleur… On raconte beaucoup de bêtises au sujet des prétendues horreurs de la guerre chimique : celles de la guerre « conventionnelle » sont largement pires. Aucun des soldats ayant combattu à Stalingrad ne vous dira le contraire.

La taille des ateliers était impressionnante. Bond calcula qu'il y avait au moins cinq cents personnes, entre les gens qui travaillaient sur les chaînes de montage et ceux qui transportaient des matières premières en direction des alambics et des centrifugeuses.

— Quand on a vu des hommes dont le visage a été littéralement arraché par les explosifs, poursuivait Gorner, et dont la boîte crânienne est à nu… Ou d'autres en train de retenir leurs tripes à pleines mains… On comprend que le soulagement rapide de la douleur soit un objectif de première nécessité.

Ils parvinrent à un endroit où la mezzanine se scindait en deux.

— De ce côté, ces grandes cuves d'acier transforment les extraits du pavot en produits destinés à calmer la douleur et en anesthésiques : codéine, déhydrocodéine, pethidine, morphine, etc. Une partie de ces produits est destinée à l'Extrême-Orient ou à l'Australie et transite par le golfe Persique et Bombay. D'autres rejoignent l'Amérique et l'Occident par la voie des airs, après être passés par mon laboratoire parisien. D'autres encore, que vous le croyiez ou non, partent en Union soviétique et en Estonie. À Paris comme à Bombay, certains de ces produits subissent un nouveau traitement afin d'être conditionnés en poudre, en cachets ou en solutions liquides, selon la demande du marché local. Les marques et les emballages sous lesquels ils sont vendus diffèrent, de Paris à Bombay. Les services de santé publique et les cliniques privées qui constituent notre clientèle nous paient sur des comptes bancaires situés à l'étranger et nul n'est en mesure de faire le lien entre l'ensemble de ces opérations. Sinon, on pourrait m'accuser de diriger un monopole. Il n'empêche que le malade traité dans un hôpital de brousse au fin fond du Nigeria consomme exactement le même médicament que la cliente d'une clinique privée de Los Angeles. Seuls la boîte et le nom du produit ont changé. Mais ils sont tous les deux fabriqués ici.

— Et que dit la concurrence ? demanda Bond.

— Je suis en mesure de rivaliser avec les grands laboratoires pharmaceutiques déjà établis parce que le coût de ma main-d'œuvre est extrêmement bas. À vrai dire, mes employés travaillent gratuitement.

— Gratuitement ?

— Je ne les paie pas, du moins pas en argent liquide. Ce sont des drogués. Nous les ramassons dans les rues de Téhéran, de Kaboul et d'Ispahan. À Bagdad parfois, et même jusqu'en Turquie. Ils travaillent douze heures par jour et reçoivent en retour de l'eau, du riz et de l'héroïne. Ils dorment sur le sable. Ils ne tentent jamais de s'enfuir.

— Vous leur donnez de l'héroïne ? demanda Bond.

— C'est moins onéreux et plus puissant que l'opium. Quand ils arrivent ici, ils sont souvent opiomanes, mais nous modifions rapidement leur accoutumance. Nous leur administrons une seule piqûre, une fois par jour : ils font la queue comme des enfants pour attendre leur injection. Vous devriez voir leurs visages : de vrais petits anges.

Gorner fit quelques pas et se tourna de l'autre côté.

— Dans cette partie du laboratoire, nous fabriquons de l'héroïne. La différence ne saute pas aux yeux, n'est-ce pas ? C'est parce que je suis le seul producteur d'héroïne au monde à avoir adopté une technique de production industrielle. Cette fabrication à grande échelle, parallèle à celle de mes produits plus conventionnels, m'a permis de faire des économies gigantesques en termes de coûts de production. La poudre qui sort de ces machines est produite avec la même efficacité que les comprimés et les flacons fabriqués dans l'autre partie de mon usine. Les seconds aboutissent dans les salles d'urgence des hôpitaux de Chicago ou de Madrid – et la première dans les ruelles de la *banlieue* parisienne ou du ghetto de Watts, à Los Angeles. Mais aussi, de plus en plus – et je suis particulièrement fier de vous l'apprendre, Bond – dans les rues les plus typiques de votre belle Angleterre, de Soho à Manchester. Je vous concède qu'ensuite elle est souvent coupée avec des amphétamines, du désherbant ou de la mort-aux-rats. Mais qu'y puis-je ? Une fois que Chagrin a effectué la livraison, je cesse de m'intéresser au destin de mes produits – même si je reste très attentif aux conséquences de leur consommation.

Les ouvriers travaillaient quelques mètres à peine en-dessous d'eux. Ils portaient des chemises et des pantalons gris, du genre de ceux qu'on avait donnés à Bond. Tous étaient penchés sur leur tâche avec une concentration mêlée d'inquiétude, surtout lorsqu'ils sentaient s'approcher l'un des surveillants qui arpentaient leurs rangs, un nerf de bœuf à la ceinture, précédé d'un berger allemand qui tirait sur sa laisse en haletant.

— Savez-vous ce qu'est au juste l'héroïne ? demanda Gorner. Laissez-moi vous offrir une petite leçon de chimie, Bond. Tout commence par une remarquable espèce végétale : le pavot, ou *Papaver somniferum*. Un nom charmant pour une fleur charmante : « le pavot porteur de sommeil ». Le suc qu'on extrait de ses graines nous fournit l'opium – la reine des drogues, vénérée par les poètes, d'Homère à nos jours. Je suis sûr qu'il vous est déjà arrivé de croiser sa route.

— Très brièvement, dit Bond.

— L'opium est cher, poursuivit Gorner, mais particulièrement prisé. Le plus important cartel de trafiquants que le monde ait jamais connu – avant ma modeste entreprise – est bien sûr celui que l'Empire britannique avait mis en place. Vous avez mené deux guerres de l'opium contre la Chine, pour essayer de lui rafler le monopole du trafic, et vous les avez perdues l'une après l'autre. Par le traité de Nankin, en 1842, les Anglais ont mis la main sur Hong Kong et ouvert cinq nouveaux ports au trafic de l'opium, transformant du même coup des millions de Chinois en drogués hébétés. Il n'est donc pas déraisonnable que quelqu'un cherche à leur rendre la monnaie de leur pièce, vous ne croyez pas ? Je ne fais rien d'autre aujourd'hui que les Anglais n'aient déjà fait avant moi.

Bond ne répondit pas.

— Mais cela prend du temps, dit Gorner d'un air contrit. Mon Dieu, que cela prend du temps…

Tandis qu'il parlait, Bond observait en contrebas les rangées de travailleurs esclaves dans leurs uniformes maculés de sueur. L'un d'eux, qui avait apparemment perdu connaissance – ou qui venait de mourir – était traîné par les gardes hors de la salle. Ceux qui se trouvaient à ses côtés étaient trop terrifiés pour interrompre leur travail.

— Entre l'opium et l'héroïne, reprit Gorner, nous avons la morphine. Elle a été isolée pour la première fois par un Allemand en 1805, l'année de votre célèbre bataille de Trafalgar. Puis, en 1874, un Anglais du nom de Wright a réussi à fabriquer de la diacétylmorphine – une poudre cristalline, blanche, inodore et légèrement amère, produite par acétylation de la morphine : l'héroïne était née.

Gorner se mit à tousser.

— C'est ce que ces gens font ici même : de l'acétylation. D'où l'odeur que vous percevez. Vous devez connaître ma réputation, Bond. J'ai décroché un certain nombre de diplômes dans différentes universités à travers le monde. Peut-être ce long discours vous paraît-il un peu ennuyeux, mais il sonne à mes oreilles comme un poème d'amour. « Mon amour est semblable à une rose rouge », écrit votre célèbre Écossais. Mon amour à moi est un pavot rouge – aussi surprenant qu'éclatant. Je tire un grand plaisir du fait que le pavot soit en quelque sorte l'emblème sentimental du vain sacrifice que votre armée impériale a consenti face aux Allemands, pendant la Grande Guerre. Je veille à ce que chacun des hommes qui constituent les maillons de ma chaîne de distribution apprenne le début de ce poème ridicule : « Les pavots fleurissent dans les plaines de Flandres ». La phrase leur tient lieu de mot de passe. Le mot de passe de la mort.

Gorner toussa à nouveau et reprit ses esprits, comme s'il émergeait d'un songe.

— Quoi qu'il en soit, votre chimiste anglais, le dénommé Wright, ne trouva pas de débouchés financiers à sa découverte – ce qui est d'ailleurs étonnant de la part d'un Anglais. Ce fut un Allemand, Heinrich Dreser, à la tête du laboratoire pharmaceutique Bayer, qui entrevit le premier les retombées commerciales que présentait l'héroïne. Il l'avait testée sur ses employés, qui la baptisèrent ainsi parce que le produit leur donnait l'impression d'être devenus des héros. Sous un angle pharmacologique, l'héroïne présentait les mêmes caractéristiques que la morphine, à ceci près qu'il en fallait quatre fois moins pour produire le même effet. Elle était également moins coûteuse, plus rapide et plus facile à utiliser : une vraie panacée. En peu de temps, tous les pharmaciens américains se mirent à fabriquer leur propre décoction, à partir d'héroïne importée. « Ce fut un pur miracle que l'aube nous trouve encore en vie », pour citer un autre de vos poètes.

Bond éprouvait une certaine difficulté à regarder cet homme aux cheveux jaunes et à la volonté démoniaque. Il semblait hors d'atteinte, enfermé dans un monde où l'ordinaire des préoccupations humaines ne pouvait ni le toucher, ni entamer ses forces.

— Nous avons deux équipes, travaillant douze heures chacune, disait Gorner, ce qui signifie que la production ne s'interrompt jamais. C'est encore une économie que mes concurrents ne peuvent pas se permettre.

— Vos hommes ne font jamais de pause ? demanda Bond.

— Si, deux minutes toutes les trois heures. Même si cela constitue une perte de temps, il faut bien tenir compte de leurs besoins naturels. Quand ils meurent à leur poste, on les évacue. Vous avez peut-être remarqué qu'on en emmenait un tout à l'heure. Mais nous ne sommes jamais à court pour les remplacer. Le gouvernement du chah reconnaît lui-même qu'il y a deux millions de drogués en Perse et que la drogue fait chaque jour de nouveaux adeptes parmi la jeunesse. Chagrin a une équipe de recrutement qui lui livre quotidiennement une vingtaine d'hommes, en passant par Yazd et Kerman. C'est un véritable puits sans fond.

— C'est abject, dit Bond.

— C'est en tout cas une excellente façon de faire des affaires, dit Gorner. Tout ce que je sais en matière d'esclavage, je l'ai appris de l'Empire britannique et des méthodes qu'il a employées dans ses colonies : en Afrique, en Inde, aux Caraïbes. J'ai été un étudiant extrêmement appliqué dans ce domaine, Bond. Quant à ces hommes… Ce sont des déchets. Ils mourront sous peu, de toute façon. Nous prolongeons leur existence. Et à chaque relève d'équipe, ils ont droit à une petite distraction : vous verrez cela tout à l'heure. Pour l'instant, regagnons mon bureau.

De retour dans la pièce aux murs pourpres, Gorner alla s'asseoir à son bureau. Il appuya sur un bouton placé sous le plateau et un panneau coulissa derrière lui, révélant une fenêtre qui lui permettait de surveiller l'usine.

— J'aime parfois les regarder, dit-il. Et à d'autres moments, leurs efforts me fatiguent. Vous avez entendu parler de l'anomie, Bond ? Il m'arrive d'en éprouver les effets. L'ennui qui ronge l'âme – l'ennemi des grandes réalisations.

Il referma le panneau coulissant et pivota sur son fauteuil.

— Un jour, Bond, j'aurai fait naître dans votre pays autant de drogués à l'héroïne que l'Angleterre a produit jadis d'opiomanes en Chine. Ce jour est proche. Vous perdrez alors votre statut privilégié aux Nations unies. Vous perdrez aussi la guerre froide. Vous retomberez au niveau de la misérable nation du tiers-monde que vous méritez d'être.

— Dites-moi une chose, dit Bond. Comment avez-vous réussi à vous battre à la fois aux côtés de l'Armée rouge et des nazis, avec votre handicap ? Je veux parler de votre main.

Bond venait de prendre un risque calculé.

Pendant une fraction de seconde, les yeux bleus au regard d'acier de Gorner s'étrécirent, tandis que ses dents se mettaient à grincer de manière audible. Puis il lâcha un soupir qui ressemblait à un ronflement.

— Vous n'avez pas la moindre idée de ce qui se passait sur le front de l'Est, pauvre imbécile ! Les gens qui combattaient là-bas n'étaient pas des Anglais couperosés, buvant leur tasse de thé en fin d'après-midi pour mieux vous planter un couteau dans le dos à la tombée de la nuit. C'étaient des bêtes sauvages, qui mouraient de froid et se tuaient à mains nues – violant, torturant et éventrant tout ce qui se trouvait sur leur passage. Tout le monde était accueilli à bras ouverts – les mutilés et les idiots, les sourds comme les syphilitiques... Du moment que vous saviez appuyer sur une gâchette et que vous réussissiez à vous emparer d'un fusil, vous étiez engagé. Chacun mettait la main à la pâte, comme on dirait chez vous.

Gorner s'était ressaisi. Il esquissa presque un sourire.

— Je crois que je viens de faire un bon jeu de mots, dit-il. Chacun mettait la main à la pâte, oui... y compris celle-ci.

Il brandit son gant blanc et fixa Bond droit dans les yeux.

— Vous voulez la voir ? dit-il.

— Non.

— Allons, Bond... Je sais que cela vous intrigue. On ne devient pas agent secret si l'on manque de curiosité. Laissez-moi vous la montrer.

Gorner retira son gant et tendit sa main, tout près du visage de Bond. La paume était longue et plate, d'une blancheur rosâtre à l'intérieur, noire et ridée sur le dos. La première phalange de chaque doigt était exceptionnellement longue et les ongles noircis avaient une forme triangulaire. La peau était sèche et creusée de lignes simiesques. Le pouce était court et situé si bas par rapport au poignet qu'il était impossible de l'opposer aux autres doigts. À partir de la jointure supérieure, l'ensemble était recouvert d'un pelage épais, noirâtre, pareil à celui d'un chimpanzé. À mi-chemin entre le coude et le poignet, le bras redevenait semblable à celui d'un homme.

Gorner renfila son gant. Bond ne manifesta aucune réaction.

Les deux hommes restèrent ainsi quelques instants, à vingt centimètres l'un de l'autre, en se fixant dans les yeux. Aucun d'eux ne cilla.

— Pourquoi avez-vous changé de camp pendant la guerre ? demanda Bond.

— Parce que les nazis ne pouvaient plus gagner. La guerre était finie pour eux. En 1944, la guerre froide avait déjà commencé en Europe de l'Est. Je voulais être du côté de ceux qui allaient peut-être battre les Anglais. Je me suis donc engagé dans l'armée soviétique.

Bond n'ajouta rien. L'essentiel de ce que Gorner venait de lui dire confirmait les propos de M. Tout ce que Bond avait appris, c'était que les allusions à sa main étaient encore susceptibles de le déstabiliser, ne serait-ce que pendant quelques instants.

— Revenons à nos affaires, dit Gorner. Mon opium – qui est ma matière première – doit bien venir de quelque part. Je n'arrive pas à obtenir des quantités suffisantes à partir de la Turquie. Je mets actuellement à profit les relations de Chagrin pour m'implanter en Extrême-Orient. Le Laos est un bon fournisseur et l'aide des Américains s'est avérée étonnamment précieuse dans ce secteur. Savez-vous que la CIA possède sa propre compagnie aérienne, Air America, qui lui sert notamment à transporter des cargaisons d'opium ?

— C'est absurde, dit Bond.

— C'est la politique, au contraire. Les avions d'Air America livrent des armes aux seigneurs de la guerre qui se battent contre le communisme et, au retour, leurs soutes sont pleines de caisses d'opium. À quoi pourrait-on s'attendre, du reste, de la part d'une compagnie dont le slogan est : « N'importe quoi, n'importe quand, n'importe où » ? Des milliers de GIs sont d'ores et déjà drogués. Le quartier général de la CIA au Laos possède un laboratoire où l'on raffine de l'héroïne. Cette région de l'Asie produit soixante-dix pour cent de l'opium vendu illégalement dans le monde et elle est le principal fournisseur du marché américain, en expansion constante.

— Et vous êtes aussi impliqué là-dedans ?

— Oui. Chagrin s'en charge tout particulièrement. Pour l'instant, cela me coûte pas mal d'argent, mais c'est un investissement à moyen terme. Cela ne me plaît qu'à moitié, parce que mon argent participe directement à l'effort de guerre américain. Mais cette stratégie possède un avantage capital : elle oblige la CIA – de manière non officielle, évidemment – à considérer l'ensemble de mes activités d'un œil relativement indulgent. Je suis certain que vous voyez l'intérêt d'une telle situation.

— La Russie, l'Amérique... Vous êtes décidément couvert de tous les côtés, dit Bond.

— Telle était bien mon intention, dit Gorner. Et c'est ainsi que l'on fait des affaires. Un jour prochain, j'achèterai ma marchandise à meilleur prix en Extrême-Orient. Pour l'instant, l'essentiel de ma matière première provient de la province de Helmand, en Afghanistan. Et c'est là que vous intervenez, Bond. Nous rencontrons quelques problèmes à la frontière en ce moment. Il y a des bandits de partout, certains disposent même de grenades et de lance-roquettes, en plus de leurs armes de poing. Mes hommes doivent emprunter un défilé, après avoir chargé leur cargaison d'opium à Zâbol. L'endroit est surnommé la gorge de l'Enfer. Savez-vous pourquoi ?

Bond hocha négativement la tête.

— Ce nom avait été donné à une portion du chemin de fer birman construit par des prisonniers de guerre des bataillons de l'Anzac, du temps de l'occupation japonaise. On raconte que chaque mètre de voie ferrée a coûté la vie à un homme. Ils étaient courageux, ces soldats de l'Anzac qui ont combattu à vos côtés.

— Je sais, dit Bond. Ils faisaient partie de nos meilleurs guerriers.

— Quoi qu'il en soit, nous avons perdu de nombreux hommes dans ce défilé – peut-être pas un par mètre, mais beaucoup trop en tout cas. Et je ne peux pas envoyer des drogués là-bas, j'ai besoin de vrais combattants. Je veux donc que vous accompagniez Chagrin à Zâbol. Vous partirez demain matin.

— Pourquoi ?

— Je pense que cela complétera utilement votre éducation.

Gorner se leva et le panneau coulissa derrière lui.

— Mais c'est l'heure de notre divertissement du soir, dit-il. Venez par ici, Bond.

L'un des gardes enfonça le canon de son fusil automatique dans les reins de Bond.

Une porte s'ouvrit à l'extrémité de la mezzanine en verre, au-dessus du secteur du laboratoire où l'on traitait l'héroïne. Une femme fut poussée par un garde et s'immobilisa, tandis que la porte se refermait derrière elle. Elle n'avait pas de vêtements.

— Nous avons surnommé notre spectacle la Promenade de Lambeth, dit Gorner. Un bon vieux divertissement cockney.

Trois autres femmes, également nues, furent poussées à leur tour sur la mezzanine.

— Elles doivent faire le tour complet, dit Gorner. Les hommes se tiennent en dessous et contemplent le spectacle.

— Qui sont ces femmes ?

— Des moins que rien. Des traînées, des prostituées. La plupart sont droguées. Nous les ramassons en même temps que les hommes. Lorsqu'elles ont perdu un peu de leur charme, disons au bout de deux ou trois jours, je laisse les hommes s'amuser avec elles.

— Vous les… quoi ?

— Les gardes les font descendre dans l'usine, au niveau du sol, et les hommes les emmènent à l'extérieur. C'est une distraction gratuite et qui ne peut pas nuire au moral des troupes.

— Et que faites-vous des filles, après ça ?

Gorner regarda Bond, l'air surpris.

— Nous les enterrons, évidemment.

Il se tourna ensuite vers la porte par laquelle les filles apparaissaient et esquissa ce qui, de sa part, pouvait passer pour un sourire.

— Regardez, Bond. En voici une que vous allez sans doute reconnaître. Je suis sûr que les hommes vont l'adorer.

13

Le monde est petit

À Paris, pendant ce temps – même si cela semblait à des années-lumière – René Mathis feuilletait *Le Figaro* en finissant de déjeuner, dans un *café* qui jouxtait l'immeuble du Deuxième Bureau. Un Vickers VC-10 flambant neuf, parti de Grande-Bretagne pour être livré à la compagnie Gulf Air, au Bahreïn, s'était évaporé quelque part au-dessus de la zone frontalière entre l'Irak et l'Iran. L'appareil avait tout simplement disparu des écrans de radar.

Mathis haussa les épaules. Ce genre d'incident arrivait parfois. À une époque, si sa mémoire était bonne, le Comet britannique avait une fâcheuse tendance au crash. Il avait commandé son menu habituel, pour une journée de travail : un *steak tartare* avec des *frites*, accompagné d'un demi-pichet de côtes-du-rhône puis d'un double café express. La journée était calme, à Paris, et c'était souvent dans ce genre de situation que Mathis avait ses meilleures intuitions.

L'enquête concernant l'assassinat de Youssouf Hashim n'avait rien donné. Il y avait des quartiers de la banlieue parisienne où la police se risquait à peine, soit parce que cela se serait avéré dangereux pour ses agents, soit parce que les habitants des grands ensembles n'auraient pas coopéré avec eux, même s'ils parlaient français. La Courneuve était du nombre, avec sa tristement célèbre *Cité des 4 000*, mais également Sarcelles, siège d'un ghetto régi par la violence et la loi de la jungle – fort éloignée de celles de la République. La plupart des gens considéraient ces quartiers comme le prix que la France avait à payer, suite à ses mésaventures coloniales.

Le départ des Français d'Indochine, aussi humiliant ait-il été, n'avait eu que des répercussions limitées en métropole, si l'on exceptait une brusque floraison de restaurants vietnamiens plus ou moins interchangeables. La guerre d'Algérie, en revanche, avait provoqué l'exil et l'installation dans les grandes villes de France – en particulier à Paris – de milliers d'immigrants musulmans, qu'on avait effectivement chassés des centres-villes pour les entasser dans les grands ensembles des banlieues. Mathis estimait que ces quartiers étaient un véritable terreau pour le crime et la délinquance et qu'ils finiraient tôt ou tard par exploser.

Youssouf Hashim avait été l'un des nombreux maillons d'une longue chaîne de trafiquants d'héroïne. La police avait trouvé la drogue sur les lieux du crime, aussi remarquable pour sa qualité que sa quantité : rien à voir avec les mélanges douteux consommés par les milieux huppés qui fréquentaient Le Bœuf sur le Toit et autres cabarets de ce genre, du temps de la jeunesse de Mathis. La drogue était de toute évidence destinée à circuler sur l'ensemble du territoire et le réseau de distribution était organisé de main de maître, avec un tel nombre d'intermédiaires qu'il était impossible de remonter à sa source.

À Marseille, des collègues de Mathis qui travaillaient avec la police américaine avaient réussi à démanteler un réseau dont les livraisons étaient destinées à l'Amérique, à travers ce que le FBI appelait la « French Connection », la filière française. Ils avaient ensuite découvert que, même si la France achetait de l'héroïne en quantité croissante, l'essentiel de la drogue ne faisait qu'y transiter, avant de repartir vers Londres.

D'après la police française, on aurait dit qu'un individu disposant de moyens illimités venait de se lancer dans une croisade démesurée contre l'Angleterre.

Mathis regarda sa montre. Il avait encore quelques minutes devant lui et commanda un autre café, accompagné d'un petit cognac. Depuis plusieurs jours, un vague souvenir cherchait à affleurer dans sa mémoire. Tandis qu'il regardait la portion de trottoir qui s'étendait devant le café, sous les pans du rideau écarlate tendu à travers la vitre, cela lui revint brusquement.

La langue arrachée avec des tenailles... Il se souvenait à présent où il avait entendu parler de cette méthode de « punition ». Son frère, officier d'infanterie, avait combattu dans les rangs de l'armée française en Indochine et avait fait un jour allusion devant lui à un criminel de guerre Viêt-minh particulièrement redoutable, qu'ils avaient tenté de capturer pour le traduire en justice. Ce type avait supervisé la torture des soldats français capturés par l'ennemi, mais avait également été un farouche propagandiste de la doctrine communiste, exerçant notamment ses talents à l'encontre des écoles catholiques dirigées par les missionnaires. Sa spécialité était la répression et souvent la torture des enfants. Nombre de ceux qui étaient passés entre ses mains en étaient restés marqués pour la vie.

De retour à son bureau, Mathis demanda à sa secrétaire de rechercher dans les archives l'ensemble des photographies relatives aux criminels de guerre indochinois.

Après son déjeuner avec Bond, Mathis avait chargé l'un de ses subordonnés de surveiller l'usine parisienne de Julius Gorner et de photographier son propriétaire. Cela avait donné lieu à plusieurs clichés représentant un individu de grande taille, de type slave, dont la main gauche était recouverte d'un gant blanc d'une taille démesurée et qui affichait une expression de dédaigneuse arrogance. Sur deux de ces photos, il était accompagné par un homme coiffé d'un képi dont les traits trahissaient l'origine orientale – peut-être vietnamienne.

Lorsque sa secrétaire lui eut apporté le dossier demandé, dans une boîte en carton, il ne lui fallut que quelques minutes pour trouver ce qu'il cherchait. Il plaça côte à côte le récent cliché pelliculé montrant l'homme au képi à côté d'une Mercedes 300 D Cabriolet noire – et une photo défraîchie, parue onze ans plus tôt dans un journal local, représentant Pham Sinh Quoc, dont l'avis de recherche avait été placardé sur tous les murs de Saigon du temps de la présence française. Il s'agissait indéniablement du même homme.

Toutefois, Mathis ne décrocha pas immédiatement son téléphone, pas plus qu'il n'appela une voiture pour le conduire sur-le-champ au laboratoire de Gorner. Il se demandait au contraire si les liens de ce dernier avec l'Extrême-Orient pouvaient impliquer autre chose que la présence à ses côtés de cet *aide de camp* psychopathe.

Allumant une *Gauloise filtre*, il se cala dans son siège, croisa les pieds sur son bureau et s'interrogea sur les bénéfices commerciaux que pouvait représenter pour Gorner une telle *entrée* dans le redoutable triangle du Laos, du Viêt Nam et du Cambodge.

*

*   *

À neuf fuseaux horaires de Paris, il était 9 heures du matin en Californie. Le soleil brillait déjà sur Santa Monica et Felix Leiter s'apprêtait à effectuer une visite de routine dans une maison de style espagnol, sur Georgina Avenue. Il traversa la pelouse et se dirigea vers la porte d'entrée.

Le Texan aux cheveux grisonnants qui avait été aux côtés de James Bond lors des plus périlleuses enquêtes de sa carrière travaillait à présent pour l'agence de détectives privés Pinkerton et ce n'était un secret pour personne qu'il s'y ennuyait à mourir. Il avait été engagé récemment par un producteur d'un studio d'Hollywood pour faire des recherches concernant la disparition d'une jeune femme. Elle s'appelait Trixie Rocket, était apparue dans deux films de série B et s'était évanouie dans la nature, sans laisser d'adresse ni de numéro où l'on puisse la joindre. Ses parents, originaires de l'Idaho, proféraient des menaces à peine voilées à l'encontre du studio. Les soupçons s'étaient portés sur le producteur qui avait engagé Trixie et qui souhaitait à présent la retrouver, de manière à tirer son épingle du jeu avant que le bruit ne remonte aux oreilles de sa femme.

C'était un travail bien peu reluisant pour un homme de la trempe de Leiter, mais depuis qu'il avait laissé sa jambe et son bras droits dans la mâchoire d'un requin en allant porter secours à Bond dans les eaux de Miami, ses capacités d'action étaient un peu limitées.

Des aboiements furieux retentirent derrière la porte d'entrée du 1614 Georgina, puis une jolie brune passa la tête dans l'embrasure. Elle était au téléphone et fit signe à Felix d'attendre. Il alla s'asseoir sur l'herbe du talus et ouvrit le *Los Angeles Times*.

Au bout de vingt minutes de communication téléphonique, la brune, qui s'appelait Louisa Shirer, refit son apparition et invita Felix à la suivre dans le petit jardin qui donnait sur l'arrière de la maison, avant de lui proposer une tasse de café. Mme Shirer s'avéra aussi volubile que charmante. Trixie Rocket avait effectivement été sa locataire et elle se souvenait fort bien d'elle, mais cela faisait trois mois qu'elle n'habitait plus ici. Elle n'avait pas laissé d'adresse mais... À cet instant, le téléphone se remit à sonner et Felix passa encore une quinzaine de minutes à contempler sa tasse.

La visite avait été aussi agréable qu'inutile. Lorsqu'il regagna sa chambre, dans un hôtel bon marché de West Hollywood, il se sentait lessivé. Dans le hall, un ventilateur brassait mollement de l'air au-dessus des palmiers en pots et l'ascenseur était bloqué au dixième étage. Mais il y avait un message pour lui à la réception, lui demandant de rappeler un numéro à Washington. Felix reconnut l'indicatif et sentit un brusque frisson le parcourir.

La dernière fois qu'il avait participé à une action digne de ce nom, c'était à bord d'un train, aux côtés de Bond, à la Jamaïque. Avant cela, la CIA l'avait envoyé aux Bahamas, un jour où ils étaient à court de personnel. Une fois qu'on était sur la touche, on y restait toute sa vie.

Lorsque l'ascenseur se décida enfin à fonctionner et l'eut emmené dans sa chambre, Felix composa le numéro qui figurait sur le bout de papier. Après avoir franchi plusieurs barrages de contrôle, il obtint la personne qu'il demandait et qui lui parla pendant deux minutes, d'une voix aussi neutre que précise.

Leiter était près du lit et fumait une cigarette, acquiesçant de temps à autre.

— Mmm... Mmm... Je vois.

La voix finit par s'interrompre et Leiter demanda :

— Mais où diable se trouve Téhéran ?

*

* *

Au même moment, le soir tombait dans la ville en question et Darius Alizadeh rejoignait l'étage supérieur de l'*andaroon* – le pavillon réservé aux femmes – de sa maison traditionnelle. Il avait l'esprit trop moderne et trop séculier pour observer la séparation rituelle des sexes dans sa propre demeure, mais utilisait cette répartition des bâtiments pour séparer ses activités professionnelles de sa vie privée. Darius avait été marié à trois reprises et chacune de ses épouses lui avait donné un fils. Il avait respecté la clause de la *mut'a* chiite qui permet à un couple de contracter un mariage temporaire et de se séparer ensuite d'un commun accord, sans avoir à divorcer. Il aimait citer les vers bien inspirés du Coran : « Si tu redoutes d'être injuste à l'égard des orphelins, épouse autant de femmes que tu le souhaiteras : deux, trois ou quatre ; mais si tu redoutes de ne pas être équitable, n'en épouse qu'une… »

Darius ne redoutait rien de tel et s'était toujours montré d'une grande générosité, tant à l'égard de ses fils que de leurs mères respectives. Il se souvenait que le Prophète lui avait accordé la possibilité d'un quatrième mariage et se livrait parfois à un petit galop d'essai avec une candidate potentielle. Il devait justement en recevoir une dans la soirée : Zohreh, la serveuse du restaurant où il avait emmené Bond.

Darius avait installé son bureau dans une pièce d'un seul tenant, à l'air conditionné, qui occupait l'étage supérieur de l'*andaroon*. Il y avait des persiennes en bois « à l'américaine » aux fenêtres, un parquet où se découpait un très vieux tapis d'Ispahan et une cage dorée dans laquelle il gardait une perruche blanche. Chaque jour, à 18 heures, il transmettait son rapport à Londres. Si la communication n'était pas établie à cette heure précise, il était censé recevoir au bout d'une demi-heure un « appel bleu » de Regent's Park, suivi à 19 heures d'un « appel rouge ». S'il ne réagissait toujours pas, Londres chercherait immédiatement à savoir ce qui lui était arrivé.

Darius n'avait jamais reçu de tels rappels à l'ordre et il mit un soin tout particulier à respecter l'horaire ce soir-là. Il chaussa les écouteurs et s'installa devant le poste émetteur. Ses doigts exercés pianotèrent sur les touches, composant son signal d'appel – « PXN appelle WWW » – sur la bande de 14 mégacycles. Il perçut le brusque blanc dans la communication, indiquant que Londres s'apprêtait à l'identifier.

Il avait beaucoup de choses à leur dire, mais il fallait d'abord qu'il garde son calme. Dans la salle de contrôle de Regent's Park, il y avait une paroi en verre derrière laquelle les aiguilles frémissantes des cadrans mesuraient – entre autres choses – le poids émis par chaque vibration et la vitesse de chaque signal chiffré. Ces appareils enregistraient aussi les caractéristiques de chaque lettre que frappait Darius – la pression légèrement plus faible de son index gauche lorsqu'il composait un « s », par exemple. S'ils ne reconnaissaient pas sa « frappe » personnelle, une brève sonnerie retentirait et il serait immédiatement déconnecté.

Il avait entendu parler d'un agent en poste aux Caraïbes qui, lorsqu'il était excité, transmettait ses messages en les tapant trop vite et se voyait immanquablement coupé à la suite de ces contrôles électroniques. Il existait des méthodes subtiles permettant aux agents qui avaient été capturés de faire savoir qu'ils émettaient sous la contrainte, grâce à d'infimes signaux – soit par l'intermédiaire de leur « frappe », soit en glissant des groupes de mots convenus à l'avance dans leur message. Mais Darius se méfiait un peu de ce genre de procédés. Pendant la guerre, l'ensemble du Bureau britannique en Hollande, après avoir été capturé, avait agi de la sorte en émettant sous le contrôle des nazis, pour que leurs supérieurs à Baker Street se méfient et évitent de venir fourrer leur nez dans leurs affaires.

En code, Darius informa Londres qu'il n'avait toujours pas de nouvelles de 007 et demanda s'il devait envisager de se rendre lui-même à Nochahr. Il transmit également les maigres détails qu'il avait pu récolter à Téhéran – de la bouche de Hamid, essentiellement – concernant le Monstre de la mer Caspienne. À l'heure du déjeuner, il s'était rendu dans le bâtiment de l'élégant Cercle français et avait offert quelques cocktails à de vieux briscards d'Indochine, qui se vantaient sans cesse d'être au courant de tout. Devant des *côtelettes d'agneau* et une bouteille de bourgogne, ceux-ci lui avaient dit qu'ils avaient entendu parler de ces « apparitions » et que, d'après les photographies qu'on leur avait montrées, le Monstre avait été modifié de manière à pouvoir tirer des missiles. Sur le chemin du retour, Darius avait fait halte dans un club qu'on désignait sous le sigle de CRC – l'un des cercles les plus fermés de Téhéran, où les citadins les plus en vue jouaient au bowling à dix quilles sur des pistes en marbre, en écoutant des chansons de Dave Brubeck et de Frank Sinatra.

Dans cet endroit, Darius apprit de la bouche d'un Américain qui avait bu trop de bourbon un détail encore plus intéressant. Deux semaines plus tôt, un Vickers VC-10 qui devait être livré à la compagnie Gulf Air du Bahreïn – appartenant en fait à la BOAC – n'avait jamais rejoint sa destination et avait mystérieusement disparu. L'Américain avait entendu dire par un ami dont le fils travaillait sur une base de l'US Air Force que le VC-10 avait bien pénétré dans l'espace aérien de la Perse, mais n'en était jamais ressorti. Soit il s'était crashé, soit il s'était posé dans le Dacht-e Lut, le désert de sable, quelque part du côté de Kerman. On n'en avait pas retrouvé la moindre trace.

Les doigts de Darius pianotaient sur les touches à une vitesse mesurée. Il savait que M comprendrait les implications et le danger potentiel de son message avec autant de précision que s'il l'avait transmis *en clair*.

*
*   *

Une heure plus tard – c'était le milieu de l'après-midi à Londres – la veine qui saillait sur la tempe de M avait doublé de volume, comme chaque fois qu'il était sous pression. Il gratta une allumette et l'approcha du fourneau de sa pipe, en aspirant bruyamment. Sur son bureau étaient posées les dépêches qu'on lui avait adressées de Paris et de Washington, ainsi que celle que Darius venait d'expédier de Téhéran. En les rassemblant, peut-être arriverait-on à en tirer une image cohérente : mais pour l'instant, il s'agissait de simples fragments – hâtifs, inaboutis, incomplets. Sur le toit de l'immeuble, à quelques mètres seulement de la tête de M, se dressaient les trois antennes discrètes du plus puissant émetteur radio de toute l'Angleterre. Le neuvième étage était presque entièrement occupé par un groupe d'experts en télécommunications hautement qualifiés, qui parlaient entre eux une langue étrangère où il était question de « macules » solaires et de la « couche de Heaviside ». Mais comme ils l'avaient patiemment expliqué à M, en réponse à ses questions réitérées, ils ne pouvaient pas faire grand-chose d'autre tant qu'ils n'auraient pas reçu de nouveaux signaux.

M alla se planter devant la fenêtre et son regard se porta sur Regent's Park. Deux semaines plus tôt, il avait passé la matinée quelques rues plus haut, sur le terrain de cricket du Lord's, et avait vu l'Angleterre l'emporter sur ses challengers indiens par un tour de batte et 124 points. Mais l'heure n'était plus à de telles frivolités.

Il appuya sur le bouton de l'interphone.

— Moneypenny ? Appelez-moi le chef d'état-major.

Ce dernier emprunta le couloir feutré et couvert de tapis menant à la porte capitonnée de cuir qui isolait

M du reste du monde. Sa démarche était souple, élancée, et il avait à peu près le même âge que James Bond.

Miss Moneypenny haussa le sourcil en le voyant arriver.

— Entrez, Bill, dit-elle. Mais accrochez votre ceinture.

La porte du bureau de M s'ouvrit, puis se referma, et une lumière verte s'alluma au-dessus du montant.

— Asseyez-vous, dit M. Qu'avez-vous récolté comme informations depuis le rapport de Pistache ?

— Je viens de recevoir un dossier du ministère de l'Aviation, dit le chef d'état-major. Il est difficile d'en être sûr à cent pour cent, à partir des informations contenues dans la dépêche, mais ils estiment que nous pourrions avoir affaire à un Ekranoplan.

— Diantre ! s'exclama M. De quoi s'agit-il ?

— D'une sorte d'avion dont on aurait rogné les ailes, mais qui fonctionne comme un aéroglisseur, sur le principe de ce qu'on appelle l'« effet de masse ». Il est deux fois plus lourd qu'un appareil conventionnel, mesure plus de cent mètres de long et a une trentaine de mètres d'envergure. Vous savez que les oiseaux – des oies qui se posent sur un lac, par exemple – atterrissent en se laissant glisser, sans fournir le moindre effort. Et vous avez dû ressentir la pression vers le haut qu'on éprouve au moment où un avion s'apprête à atterrir. C'est cela, l'effet de masse. Un coussin d'air vient se caler entre l'aile et la piste d'atterrissage et provoque une poussée verticale. Les Soviétiques ont trouvé le moyen de maîtriser cette poussée. Les appareils équipés de ce système sont appelés des « AEM » – c'est-à-dire des avions aux « ailes à effet de masse ». Cette technologie est à des années-lumière de ce dont nous sommes capables. Les détails figurent dans ce rapport.

Le chef d'état-major tendit un dossier à M.

— S'il s'agit bien de ça, dit M, nous avons un sérieux problème.

— Oui. Ces prototypes sont encore en cours d'expérimentation. Il n'en existe que quatre pour l'instant, à notre connaissance. Mais les Russes projettent d'en construire une centaine dans leurs chantiers de la Volga. Nous disposons de plusieurs clichés de mauvaise qualité, pris par des satellites américains au-dessus de la mer Caspienne. Un autre a été pris par un avion espion U2. La rumeur a pris naissance au sein d'une petite colonie de pêcheurs qui ont aperçu l'un de ces appareils. Ils l'ont surnommé le Monstre de la mer Caspienne.

— Quel tort peut-il causer ? demanda M.

— Nous pensons qu'il a été conçu pour le transport des troupes et du matériel de combat. Mais il peut également charger une cargaison d'environ 25 tonnes, en se déplaçant à quelques mètres seulement de la surface de la mer.

— À quelle vitesse ? demanda M.

— Cramponnez-vous à votre siège, dit le chef d'état-major. Il peut atteindre les 400 km/h.

— Quoi ?

— Oui. Cela correspond en gros à 250 miles par…

— Je suis parfaitement capable de faire le calcul, dit M. Mais que fabrique-t-il en Perse ?

— Le rapport de Pistache s'appuie en tout et pour tout sur les déclarations du chauffeur de taxi qui a conduit 007 sur les quais, aussi convient-il de rester prudent. Mais il y a de quoi être inquiet. Surtout si l'appareil a été modifié.

M tira avec force sur sa pipe.

— Je fais confiance à Pistache, dit-il. Avez-vous fait analyser l'échantillon qu'il nous a envoyé ? Le sachet en provenance de Nochahr qui est arrivé ce matin ?

— Oui. Il contient de l'héroïne pure – à supposer que celle-ci puisse jamais être « pure ». Quant à sa destination… Ma foi, il semble que la drogue devait être livrée en Russie. À bord de l'Ekranoplan.

— Ce qui signifie que Gorner a conclu un marché avec les Russes. Ce sont eux qui vont écouler l'héroïne en Occident, par le biais de l'Europe de l'Est. Peut-être par les pays Baltes. L'Estonie, sans doute.

— Je crains que vous n'ayez raison, Monsieur.

M se leva et se dirigea à nouveau vers la fenêtre. Tournant le dos au chef d'état-major, il reprit :

— Mais je ne crois pas que l'affaire s'en tienne là. Ni qu'elle se résume à un simple trafic de drogue, à visée purement commerciale – même sur une telle échelle. Les Américains ont envoyé beaucoup d'hommes en Perse, ces derniers temps.

— Ils sont coutumiers du fait.

— Oui. Mais jamais dans de telles proportions. Je n'ai pas vu une panique pareille au Moyen-Orient depuis le jour où Philby avait refait surface à Beyrouth. Les gens de Langley savent sûrement qu'une grosse opération se prépare.

— Nos rapports avec la CIA ne se sont pas réchauffés ? demanda le chef d'état-major.

M secoua la tête.

— Je crains que non. C'est à cause du Viêt Nam. Tant que les politiciens ne se seront pas mis d'accord sur cette question ou que nous n'aurons pas envoyé de troupes à Saigon, nos relations resteront empreintes de la même… réserve.

— Vous voulez dire que dans cette affaire, nous sommes à bord du même avion qui tombe en chute libre, eux et nous, mais que nous continuons à ne pas nous adresser la parole ?

M poussa un profond soupir.

— C'est à peu près ça, Bill. Et c'est pourquoi il est impératif que nous ayons des nouvelles de 007.

— Aucune nouvelle de 004 non plus ?

— Pas la moindre, dit M. Ce qui m'inquiète le plus, ce sont les échos qui me parviennent de Washington. Ils ont rappelé pratiquement tous leurs agents de réserve pour les envoyer à Téhéran. Y compris ceux qui étaient déjà quasiment à la retraite. On dirait qu'il y a panique à bord.

— Et nous ne savons pas exactement pourquoi. Il y a quelque chose qu'ils ne nous disent pas.

M opina en silence. Au bout de plusieurs secondes, le chef d'état-major reprit :

— Si Gorner a conclu un marché avec les Russes afin de pouvoir utiliser leur Ekranoplan pour transporter son héroïne, cela implique qu'il les paie en retour, d'une manière ou d'une autre.

— Mais pas forcément en argent liquide, dit M. Vous pensez à la même chose que moi ?

— C'est mon métier, Monsieur, répondit le chef d'état-major.

M posa sa pipe sur le bureau et pressa un bouton sur l'interphone.

— Moneypenny, dit-il. Mettez-moi en rapport avec le Premier ministre.

14

Le bout du monde

— Vous avez de la veine que j'aie les mains liées, Gorner, cracha Bond.

— Inutile de faire le fanfaron, Bond. Je ne pense pas que mes hommes vous laisseraient la moindre chance. (Gorner désigna du menton les deux gardes armés plantés devant la porte.) Vous ne voulez donc pas regarder votre petite amie ? Tout le monde profite pourtant du spectacle. Et à en juger par les réactions, elle remporte un certain succès.

Bond jeta un coup d'œil à travers le panneau vitré. Scarlett affrontait l'épreuve du mieux qu'elle pouvait et traversait la mezzanine en verre, entièrement nue, en essayant tant bien que mal de se protéger. Un garde armé l'obligeait à avancer, de la crosse de son fusil, et les ouvriers esclaves manifestaient leur approbation un peu plus bas en poussant des hurlements.

« Tuez Gorner », lui avait lancé Poppy. Pour l'instant, Bond devait ronger son frein et attendre le moment opportun. Mais lorsque l'occasion se présenterait, il ne la laisserait pas passer.

— Ne vous inquiétez donc pas pour ces filles, reprit Gorner. Ce sont des loques humaines – le genre de personnes qu'on jette après usage, selon les bonnes vieilles méthodes de votre empire britannique.

Bond poussa un bref juron.

— Et si le spectacle vous dégoûte à ce point, dit Gorner qui était à nouveau totalement maître de lui et semblait jouir de la scène, vous pouvez regagner votre cellule.

Il se tourna vers le garde et lui donna un ordre en farsi.

— Votre petite amie vous rejoindra plus tard, Bond. Je ne laisserai pas mes hommes s'amuser avec elle ce soir. Je veux juste leur ouvrir l'appétit.

*
*   *

Dans la solitude de sa cellule, Bond essaya de mettre au point un plan d'évasion. Il pouvait attaquer un garde et s'emparer de son arme, mais il fallait pour cela qu'il se débarrasse du cordage en nylon qui lui sciait les poignets. Et même ainsi, il ne voulait rien entreprendre avant d'avoir au moins ébauché un plan leur permettant – à Scarlett, Poppy et lui – de s'enfuir du repaire de Gorner.

D'ici là, il songea qu'il était préférable de faire ce que Gorner lui dirait. Tôt ou tard, ce dernier finirait par lui révéler les détails de l'intervention militaire qu'il projetait. Avec un peu de chance, Bond parviendrait peut-être à faire passer un message à Londres, ou tout au moins à Darius, à Téhéran. Il y avait de fortes chances pour que cela lui coûte la vie : mais s'il réussissait à transmettre suffisamment de données pour que la contre-attaque puisse s'organiser, il aurait rempli son contrat.

Huit heures s'écoulèrent, sans qu'on lui ait apporté à boire ou à manger, ni que Scarlett ait refait son apparition. Bond somnolait vaguement lorsqu'on vint le chercher pour le conduire à nouveau, à la pointe du fusil, dans le bureau de Gorner. Cette fois-ci, Chagrin se tenait aux côtés de son maître.

— Vous allez faire un peu d'exercice, Bond, lui annonça Gorner. Considérez cette balade comme un petit échauffement, avant que ne débute l'action principale. Mais il arrive que ces préliminaires s'avèrent aussi dangereux que l'opération elle-même. Vous n'y survivrez peut-être pas, mais cela m'amusera de voir de quelle étoffe vous êtes fait. Je suis sûr que cela vous sera profitable – et riche d'enseignement. Je vais vous remettre entre les mains de Chagrin, mon fidèle lieutenant.

L'homme au képi s'avança d'un pas, à l'énoncé de son nom. Il murmura ensuite quelques mots à l'oreille du garde, qui claqua des talons et quitta la pièce.

— Il est sans doute temps que vous en sachiez un peu plus au sujet de Chagrin, dit Gorner. Il s'appelle de son vrai nom Pham Sinh Quoc et a combattu au sein du Viêt-minh. C'était un ardent défenseur de la cause communiste. Lorsque les Français colonisèrent l'Indochine, ils embarquèrent avec eux un grand nombre de religieuses et de missionnaires. La religion n'avait plus le vent en poupe au sein de la grande République laïque française – où la séparation de l'Église et de l'État date de 1905 – mais cela ne les empêchait pas d'exporter le catholicisme parmi les malheureuses peuplades de couleur qu'ils avaient dépossédées de leurs terres. J'imagine que cela apaisait leur conscience.

Le garde était revenu, accompagné de trois de ses acolytes et d'un ouvrier bégayant, dans son uniforme gris. L'homme tomba à genoux, visiblement terrifié à l'idée de ce qui l'attendait.

— Lorsque Chagrin et ses camarades débarquaient dans une bourgade du Nord Viêt Nam où les enfants recevaient une éducation religieuse, ils arrachaient avec une paire de tenailles la langue du prêtre qui leur enseignait la Bible : de la sorte, il n'était plus en mesure de prêcher la parole divine. Nous procédons encore ainsi avec ceux de nos collaborateurs qui ont la langue un peu trop bien pendue.

Gorner fit un signe à Chagrin, qui sortit de sa poche une paire de baguettes. Deux des gardes plaquèrent dans son dos les bras de l'ouvrier et le maintinrent fermement, tandis que Chagrin insérait une baguette dans chacune de ses oreilles.

— Et voici comment Chagrin traitait les enfants qui avaient écouté l'enseignement de la Bible, dit Gorner.

Maintenant l'homme agenouillé entre ses jambes, Chagrin frappa violemment du plat de la main l'extrémité des baguettes, les enfonçant ainsi dans la tête de sa victime. L'homme poussa un hurlement et s'écroula au sol, tandis que le sang se mettait à gicler de ses oreilles.

— Il n'entendra plus grand-chose pendant un certain temps, commenta Gorner. Jusqu'à ce que ses tympans se soient reformés. Certaines victimes, notamment parmi les plus jeunes, n'ont jamais recouvré l'ouïe.

Deux des gardes traînèrent hors du bureau l'homme qui hurlait toujours, tandis que les deux autres restaient dans la pièce.

— J'imagine que vous aimeriez savoir d'où Chagrin tire son surnom, reprit Gorner. Le mot signifie à la fois « peine » et « douleur » en français. Il est remarquable que le même terme serve à désigner ces deux concepts, vous ne trouvez pas ? Mais Chagrin possède une autre caractéristique, qui fait de lui un soldat d'une espèce supérieure, plus implacable que la plupart des combattants. Quand les Russes ont libéré les camps de concentration, ils se sont emparés des documents relatifs aux expériences médicales auxquelles s'étaient livrés les nazis. Dans le secret le plus absolu, une antenne du ministère de la Santé soviétique a poursuivi des expériences de ce genre pendant de nombreuses années. Contrairement aux nazis, ils ne les pratiquaient que sur des volontaires, auxquels ils payaient le voyage et offraient une récompense substantielle. L'information parvint jusqu'à la cellule du parti communiste dont dépendait Chagrin, au Nord Viêt Nam. Il se porta volontaire et se rendit dans une clinique, à Omsk. Les médecins militaires s'intéressaient aux fondements neurologiques du trouble dont souffrent les psychopathes – terme sous lequel nous désignons les individus n'ayant pas la faculté de se représenter les sentiments des êtres qui les entourent. Ils sont incapables de se projeter en eux et ne possèdent même pas le concept de « l'autre ». Ces médecins estimaient qu'une telle capacité – ou absence de capacité – aurait pu s'avérer utile à l'armée, et notamment au KGB. Pour résumer les choses, Chagrin fut l'un des douze volontaires qui subirent alors une opération cérébrale. Les autopsies pratiquées sur certains psychopathes avaient en effet révélé chez eux une anomalie du cerveau, au niveau du lobe temporal. Vous me suivez, Bond ?

— Oui.

— Dans le cas de Chagrin, l'opération fut un succès. Les chirurgiens cautérisèrent une zone de son lobe temporal de la taille d'un ongle. J'ai de la peine à imaginer que Chagrin ait eu le cœur sensible avant cela, mais à la suite de cette intervention son indifférence à l'égard des autres êtres humains s'est avérée totale. Le résultat est assez fascinant. Malheureusement, il a entraîné un léger effet secondaire. Les chirurgiens ont endommagé, dans la même région du cerveau, un important faisceau de neurones dont la fonction est de capter la douleur : ils sont à vrai dire situés tout près de ceux qui réagissent à la morphine. Le cerveau enregistre la douleur dans des zones qui régissent aussi l'émotion. Si vous essayez d'empêcher quelqu'un d'éprouver de la compassion, vous avez de fortes chances de le priver du même coup de plusieurs autres sentiments. Bref, la capacité de

Chagrin à ressentir la douleur s'en est trouvée très atténuée, pour ne pas dire inexistante. Ce qui implique qu'il doit faire très attention. Il pourrait sauter d'un mur de six mètres de haut et se briser la cheville sans s'en rendre compte. Dans certaines circonstances, bien sûr, cela peut s'avérer précieux : dans le combat, notamment, c'est un adversaire redoutable.

— Je vois, dit Bond.

Cela expliquait pourquoi le visage de Chagrin rappellait celui d'un homme victime d'une attaque cardiaque.

— Mais pourquoi porte-t-il ce chapeau ?

— Les chirurgiens pratiquent ce qu'ils appellent une manchette ostéoplastique. Ils forent de petits trous dans la paroi crânienne, puis insèrent une scie très fine entre l'os et les membranes internes avant de la découper, de l'intérieur vers l'extérieur. Quand ils ont ainsi tracé les trois quarts d'un cercle, ils soulèvent la boîte crânienne et la referment à la fin de l'intervention. Mais les praticiens d'Omsk étaient sans doute un peu pressés et n'ont pas achevé leur travail proprement : les bords de la manchette ne coïncident pas. Chagrin préfère dissimuler ce léger handicap.

— D'accord, dit Bond. Mais pourquoi avoir choisi le képi de la Légion étrangère, après avoir lutté avec tant d'âpreté contre les Français ?

Gorner haussa les épaules.

— Peut-être les neurochirurgiens russes l'ont-ils également privé de son sens de l'humour.

Bond devait prendre sur lui pour contenir la haine que lui inspirait cet homme. Quel étudiant sans cervelle, se demandait-il, quel esprit aussi facétieux qu'irresponsable avait bien pu se moquer le premier de sa main difforme, à l'université d'Oxford, modifiant du même coup le cours du destin de Gorner pour l'amener à se lancer dans cette croisade dénaturée ?

— Vous devez commencer à avoir faim, Bond, reprit Gorner. Mais aujourd'hui, comme je vous l'ai dit, nous avons entrepris votre formation. Le manque de nourriture vous rappellera la manière dont les Britanniques ont systématiquement affamé les Irlandais, pendant la Grande Famine de 1846. Les petites crampes que vous devez ressentir sont sans commune mesure avec la souffrance et l'agonie de ces millions d'innocents, vous ne croyez pas ?

— Quand vais-je accomplir la « mission » que vous me réservez ? demanda Bond.

Gorner contemplait les esclaves de son usine, à travers la paroi vitrée, et ne semblait pas l'avoir entendu.

— J'avais envisagé d'autres méthodes pour mettre l'Angleterre à genoux, dit-il d'un air rêveur. J'aurais pu investir dans la presse les bénéfices de mon entreprise pharmaceutique. Imaginez que j'aie acheté le quotidien le plus distingué de votre hypocrite *establishment* – je veux parler du *Times*. J'aurais ensuite placé à sa tête un rédacteur en chef dévoué à ma cause et partageant ma haine de l'Angleterre, qui aurait attaqué le pays de l'intérieur. J'aurais pu acheter des chaînes de télévision, d'autres journaux... Diffuser par leur biais de la pornographie et de la propagande jusqu'à... Mais le problème, Bond, c'est que cela aurait pris trop de temps. Sans compter que vos satanées lois limitant par « fair play » la possession d'entreprises de ce genre auraient pu entraver mes efforts. J'ai donc préféré injecter directement de la mort dans les veines de votre jeunesse. Le résultat est le même, et cela va plus vite.

Gorner se leva.

— Assez rêvé, lança-t-il. Chagrin, emmenez Bond. Et assurez-vous qu'il ne chôme pas. Souvenez-vous du sort que les Anglais ont réservé aux Kikuyu, lors de la révolte des Mau Mau. En route !

Chagrin ouvrit la marche, suivi de Bond et de deux gardes armés. Ils prirent l'ascenseur, qui les ramena au niveau du sol, puis suivirent un long tunnel à bord du fourgon électrique qui les conduisit jusqu'à une lourde porte en fer. Chagrin se dirigea vers un clavier installé sur le côté et composa un code à cinq chiffres.

Bond mémorisa la séquence, car chacun des chiffres composés par Chagrin émettait un son différent.

La porte coulissa et Bond fut poussé sans ménagement à l'extérieur, au beau milieu du désert. La petite troupe se dirigea ensuite vers un appareil que Bond identifia au premier coup d'œil : il s'agissait d'un Mi-8 Hip, le classique bimoteur soviétique. Il possédait un rotor principal à cinq lames et pouvait transporter trente-six hommes armés.

Le soleil était d'une chaleur accablante, pendant qu'ils franchissaient la courte distance les séparant de l'hélicoptère. Dix autres hommes de Gorner se trouvaient déjà à bord, armés jusqu'aux dents. Ils étaient vêtus de tee-shirts militaires et de pantalons de combat et chargés de lourdes ceintures de munitions. La porte se referma, les rotors s'accélérèrent et l'appareil s'éleva dans les airs, à une vitesse stupéfiante et sans effort apparent. Puis il bascula vers la gauche et s'éloigna au-dessus du désert.

D'après la position du soleil, Bond comprit qu'ils avaient pris la direction de l'est et de l'Afghanistan. Il faisait repasser dans son esprit la séquence sonore du clavier électronique que Chagrin avait actionné, afin de l'imprimer dans sa mémoire, comme une mélodie. Il se la récita mentalement à de multiples reprises jusqu'à ce qu'elle s'y soit inscrite, à l'image des fastidieuses rengaines populaires que diffusait la radio.

L'hélicoptère se posa enfin à côté d'un modeste caravansérail, un rectangle de bâtiments improvisés, alimentés en eau à partir de la fonte des neiges dans les montagnes qui se profilaient à l'horizon, grâce à l'un de ces systèmes d'irrigation souterrains – les fameux *qanat* que lui avait décrits J. D. Silver. On distinguait fort bien les éminences qui indiquaient leurs points d'accès à intervalles réguliers, avant qu'ils ne rejoignent le caravansérail, comme si une taupe avait frénétiquement creusé son chemin à travers le sable du désert. Les hommes descendirent de l'hélicoptère. De l'eau et de la nourriture étaient disposées à leur intention sur une table en plein air, dans la cour du bâtiment.

Bond sentit les effluves de kébabs et de riz, salivant malgré lui. Il n'avait pas mangé depuis ce dîner à Nochahr, en compagnie de Scarlett et d'Hamid. Mais il avait les mains liées dans le dos et lorsque le cuisinier voulut lui proposer de la nourriture, Chagrin secoua la tête.

— Irlandais, dit-il. Pas manger.

— De l'eau ? demanda Bond.

Chagrin en versa dans un bol.

— Comme un chien, dit-il. Comme Anglais faire avec esclaves.

Bond dut s'agenouiller pour laper un peu d'eau tiède.

Il y avait une douzaine de chameaux dans le caravansérail. Les autochtones avaient placé des échelles contre leurs flancs : ils les escaladaient et plongeaient leurs mains dans les plaies cicatrisées qui entaillaient les bosses des animaux. Ils extrayaient ensuite leurs bras sanguinolents de ces cachettes de fortune, après en avoir retiré des paquets enveloppés de polystyrène, du même genre que ceux que Bond avait vus à Nochahr. Il en déduisit que les chameaux devaient avoir l'habitude de suivre cet itinéraire à travers le désert, après avoir fait d'abondantes réserves d'eau.

— Allez ! dit Chagrin en poussant Bond vers un véhicule tout-terrain de l'armée qui les attendait et dont le moteur tournait déjà.

Il leur fallut bien six heures de route sur les pistes approximatives du désert, puis des premiers contreforts montagneux, avant d'apercevoir les signes d'une présence humaine. Ayant étudié les cartes de la région, Bond se souvenait que des routes plus praticables longeaient le sud du Dacht-e Lut, de Bam à Zahedan, avant de remonter jusqu'à Zâbol, situé à la frontière : mais elles étaient sans doute émaillées de barrages et de postes de contrôle. Ce parcours à l'intérieur du désert correspondait davantage aux desseins secrets de Gorner.

Le paysage devint un peu plus verdoyant une fois qu'ils eurent franchi les montagnes et s'engagèrent dans la plaine qui menait à Zâbol. Au bout d'une quinzaine de kilomètres, le véhicule tout-terrain s'arrêta et les hommes prirent place à bord d'une dizaine de Jeep décapotables qui les attendaient là. En comptant les conducteurs des Jeep, Chagrin et Bond, leur petite troupe se composait à présent de vingt-deux hommes. Les véhicules partirent les uns après les autres, à trois minutes d'intervalle, sans doute pour éviter qu'on ne les repère en raison de leur nombre. Le camion militaire lui-même, assez volumineux pour transporter au retour une importante cargaison d'opium, était évidemment trop voyant pour être utilisé en ville.

Quelques minutes plus tard, Bond se retrouva dans la ville qu'il s'était représentée comme le bout du monde, dans sa chambre d'hôtel à Téhéran. Elle était formée d'un ensemble de maisons basses, construites en briques de boue, sans l'ombre d'un arbre et couvertes de poussière. Les rues s'étendaient à l'intérieur d'une vaste enceinte grillagée, ce qui donnait un côté un peu concentrationnaire au décor. Il régnait une chaleur et une sécheresse épouvantables, qu'aucun édifice de haute taille ne venait tempérer. Bond aperçut quelques Perses identiques à ceux qu'il avait vus à Téhéran, habillés à l'occidentale. Mais la plupart des habitants avaient la peau plus foncée : ils arboraient des barbes noires, mal taillées, et portaient le turban des tribus afghanes. Malgré son étendue,

Zâbol faisait l'effet d'une ancienne ville frontière, plus ou moins hors la loi.

On ordonna à Bond de descendre de sa Jeep, qui s'éloigna aussitôt pour ne pas être aperçue en ville. Bond s'engagea dans le bazar, le canon du pistolet de Chagrin planté contre ses vertèbres lombaires. Le marché était plutôt pouilleux. Au lieu des traditionnels rouleaux de soie, les échoppes vendaient des cigarettes de contrebande et des contrefaçons d'articles occidentaux – disques, parfums, objets en plastique – en provenance de Chine. Côté nourriture, on apercevait des melons, des raisins couleur rubis, des boîtes de dattes de Bami et des épices aux tons orangés. Mais par-dessus tout, planait l'odeur un peu écœurante de l'opium et du *Papaver somniferum*.

— *Tahak*... lança un vieillard en apercevant Bond et en lui faisant signe de le suivre derrière un rideau.

Sa barbe grise était jaunie tant il avait fumé de *tahak* – l'opium qu'il espérait lui vendre.

D'un geste brusque, Chagrin écarta le vieillard qui bascula en arrière et s'effondra dans les plis de son rideau. Bond constata avec surprise qu'il y avait très peu de policiers à Zâbol. Il en conclut que l'essentiel du trafic s'effectuait sans doute en dehors du bazar et que la police devait fermer les yeux sur la revente à petite échelle, dans laquelle elle était du reste probablement impliquée.

Ils traversèrent ainsi la ville avant de déboucher sur un quartier plus industriel. Bond revit la dizaine de Jeep, assemblées devant un entrepôt de taille modeste, construit en briques de boue. À en croire la pancarte illustrée dressée à côté de l'entrée, on y vendait des melons. La porte en tôle ondulée coulissa en grinçant et les Jeep pénétrèrent à l'intérieur.

Dans la pénombre de l'entrepôt, Bond aperçut une douzaine d'Afghans en costume traditionnel, bardés de cartouchières et de munitions. Ils pointaient leurs fusils soviétiques sur les hommes de Chagrin, tandis que ceux-ci commençaient à charger des caisses en bois à l'arrière des Jeep. Il y en avait une vingtaine en tout, c'est-à-dire deux par Jeep. Cela représentait une quantité d'opium pur absolument colossale, songea Bond, mais loin de suffire pour faire tourner l'usine de Gorner à plein régime. Dieu sait combien de matière première lui parvenait aussi du Laos, par la voie des airs.

Sous la protection rapprochée de ses hommes, Chagrin s'avança jusqu'au milieu de l'entrepôt et posa sur un carton vide une large enveloppe bourrée de billets. Il attendit sans bouger que l'un des Afghans l'ait ouverte et ait compté les dollars qu'elle contenait.

Lorsque l'Afghan eut opiné en silence, Chagrin fit demi-tour et adressa un signe à ses hommes. Les dix moteurs démarrèrent en même temps et le convoi s'ébranla, à raison d'un véhicule par minute. Bond et Chagrin montèrent à bord de la dernière Jeep, qui contourna rapidement la ville, conduite par le plus jeune des chauffeurs – qui était aussi le plus nerveux. Après être sortis de Zâbol, ils rejoignirent au bout d'une dizaine de minutes les neuf autres véhicules, derrière une éminence de sable et de rochers.

La piste permettant de rejoindre le camion militaire que Bond distinguait à peine à l'horizon passait par un étroit défilé, dont les parois dénudées se dressaient de part et d'autre.

Chagrin sortit un couteau de poche de son pantalon et trancha les cordages qui liaient toujours les poignets de Bond.

— Gorge d'Enfer, dit-il.

Quelque chose qui ressemblait vaguement à un sourire déforma un instant la chair inerte de son visage. Bond songea aux enfants vietnamiens qui avaient eu le malheur d'étudier la Bible.

— Vous conduire première Jeep, dit Chagrin. Allez !

Tous les hommes éclatèrent de rire.

Bond grimpa sur le siège du conducteur, situé du côté gauche. Il n'avait pas le loisir cette fois-ci de procéder à une *hejira*, à une retraite tactique. Et ce n'était pas le moment de faiblir. Il embraya et passa la première. Les quatre roues motrices émirent un bruit strident en mordant la poussière du désert. La Jeep fit une telle embardée que Bond faillit être éjecté de son siège.

Il redressa le volant et parvint à reprendre le contrôle du véhicule, écrasant la pédale de droite tout en bataillant avec le levier de vitesses. Il sentait le poids des deux caisses qui tressautaient dans son dos, en fonction des nids-de-poule et des dénivellations de la piste à moitié recouverte par le sable. Il aperçut soudain l'éclair d'une détonation, sur les flancs de la colline de gauche, et repéra le piton rocheux derrière lequel les montagnards afghans s'étaient abrités pour le canarder. Il entendit une balle ricocher en sifflant sur le capot de la Jeep et secoua le volant dans tous les sens, afin de rouler en zigzag et d'offrir une cible moins facile. Mais il perçut alors le souffle plus puissant d'un lance-roquettes : la piste explosa devant lui en une gerbe de sable et d'éclats rocheux, couvrant le pare-brise de la Jeep et l'aveuglant de poussière. Bond releva le bras pour protéger ses yeux. Un long éclat de verre lui avait traversé la joue et était venu se planter dans sa gencive.

Des coups de feu éclatèrent à sa droite, depuis l'autre colline. Bond avait également conscience qu'un véhicule le suivait de près, sans avoir le loisir de vérifier s'il s'agissait d'une des Jeep de Gorner ou d'un adversaire lancé à sa poursuite. Tout ce qu'il savait, c'est qu'il devait tenir bon – et foncer. Le feu des armes automatiques s'intensifiait sur sa droite : les balles traversaient le mince dossier du siège du passager et ricochaient sur la portière en acier. On aurait dit que l'ensemble du paysage s'était brusquement animé et cherchait frénétiquement à s'emparer de la drogue qu'il transportait. Les phalanges de Bond étaient devenues blanches, crispées sur le volant, et le sang qui s'écoulait de sa joue imbibait sa chemise déjà trempée de sueur. Il pensa au visage de Gorner, à la silhouette de Scarlett sur la mezzanine, à Poppy qui était retenue captive dans le ventre du désert... Il poussa un rugissement de colère et écrasa la pédale de l'accélérateur, le pied collé au plancher, tandis que les balles crépitaient de toutes parts sur la Jeep, telles des baguettes martelant frénétiquement la peau tendue d'un tambour.

Soudain, Bond fut soulevé dans les airs, catapulté hors de son siège par l'explosion d'une grenade sous le pont arrière. Il retomba sur son épaule gauche, ce qui lui causa une douleur atroce, avant de rouler sur le côté et d'aller se mettre à l'abri derrière un rocher. Il jeta un coup d'œil dans son dos et vit sa Jeep qui s'était renversée en travers de la piste : ses roues tournaient encore follement dans le vide, la pédale de l'accélérateur étant restée bloquée. Une balle vint brusquement se loger au-dessus de sa tête, dans une crevasse du rocher. Bond regarda autour de lui : il aperçut un monticule en forme de taupinière, marquant un point d'accès au *qanat*, le système d'irrigation souterrain qui devait rejoindre Zâbol. S'élançant en zigzag à travers le sol rocheux, il se précipita derrière le petit monticule de terre et découvrit une plaque de tôle ondulée, qui en protégeait l'accès. Il la fit coulisser vers l'intérieur et se faufila à travers l'ouverture, atterrissant après un saut de quatre mètres dans un étroit canal d'eau fraîche.

Il eut enfin le loisir de réfléchir quelques instants. Il était possible que personne ne l'ait vu pénétrer dans ce tunnel, mais c'était peu vraisemblable, étant donné que la Gorge de l'Enfer était visiblement l'endroit le plus fréquenté de toute la Perse, à l'heure actuelle. Il se dit qu'on avait dû l'envoyer dans le défilé pour détourner l'attention de l'ennemi, pendant que les autres Jeep empruntaient un itinéraire plus sûr et contournaient la gorge par le nord pour retrouver le camion militaire. L'important, désormais, c'était d'arriver à rejoindre le repaire de Gorner. Bloqué ici dans le désert, il n'était d'aucune utilité – ni à Scarlett, ni à Poppy, ni au Service. Il fallait qu'il s'arrange pour refaire la jonction d'une manière ou d'une autre avec la troupe de Chagrin.

L'eau était froide et lui arrivait à la taille. Bond se pencha et y plongea le visage, avant de retirer avec précaution l'éclat de verre qui lui transperçait la joue. Il le brisa ensuite en deux morceaux de cinq centimètres environ, qu'il glissa dans la poche extérieure de sa chemise avant d'en boutonner le rabat.

Un coup de pistolet retentit et une balle vint troubler la surface de l'eau. Quelqu'un avait rejoint le point d'accès du *qanat* et tirait à travers l'ouverture. Bond entreprit de remonter le canal, dont l'eau provenait des montagnes voisines. Mais la force du courant était telle qu'il lui était difficile d'avancer. Il s'immergea et fit autant de brasses que ses poumons le lui permettaient : mais lorsqu'il refit surface, il s'aperçut qu'il n'avait progressé que de quelques mètres. Un autre coup de feu siffla tout près de lui. Ses poursuivants étaient maintenant dans le canal, eux aussi. Bond poursuivit sa route, en bandant ses muscles, mais remarqua bientôt qu'un nouveau phénomène était en train de se produire : le niveau de l'eau montait. Cela ne pouvait être dû qu'à une intervention humaine. Il était inconcevable qu'une brusque accélération de la fonte des neiges au sommet d'une montagne reculée puisse provoquer un effet pareil. Il devait y avoir une sorte d'écluse en aval que quelqu'un venait de fermer – ou à l'inverse une vanne en amont qu'on avait libérée pour accroître le débit de l'eau. Mais on ne distinguait strictement rien, dans les ténèbres du canal.

Bond leva le bras et sentit le toit de l'étroit tunnel, quelques centimètres au-dessus de sa tête. Si le niveau montait encore, il allait se noyer. Il ne pouvait pas revenir en arrière sans se jeter dans les bras de ses poursuivants. Il n'avait donc pas le choix : il fallait avancer.

Luttant pour progresser, les mains tendues devant lui, Bond sentit que l'eau lui arrivait maintenant au menton. Il plongea la tête sous l'eau et nagea quelques instants, espérant dénicher un endroit où le tunnel s'élargirait en hauteur et présenterait une poche d'air lui permettant de respirer. Mais lorsqu'il refit surface, l'espace demeuré libre était si ténu que Bond devait tordre le cou, la joue collée au plafond, pour parvenir à respirer. Avec une énergie désespérée, il leva une fois encore les bras en l'air, dans les ténèbres du canal. Et sa main gauche rencontra soudain le vide : il y avait un orifice, dans le plafond du *qanat*... Luttant contre le flux de plus en plus puissant du courant, Bond parvint à agripper l'angle rocheux et à passer la tête à l'intérieur de cette ouverture, suffisamment pour lui permettre de respirer. Un peu plus haut, sa main découvrit à tâtons une autre prise dans la paroi rocheuse. L'eau montait encore et bouillonnait autour de sa taille. Bond savait que la seule issue se trouvait désormais en hauteur.

Il maudit la largeur de ses épaules en se faufilant à la verticale dans l'orifice dont les parois rocheuses lui entaillaient les mains. Il réussit tout de même à s'y glisser en entier et à extraire ses pieds de l'eau. Il se retrouvait seul, coincé dans ce boyau de terre.

Il entreprit de progresser, centimètre par centimètre. Ses pieds et ses mains saignaient et il s'élevait avec une lenteur décourageante dans l'étroite cheminée. À quoi cela pouvait-il servir, songeait-il – alors qu'il pouvait fort bien y avoir dix mètres de terre compacte au-dessus de sa tête ? Il entendait l'eau couler en dessous et décida que s'il ne parvenait plus à avancer, il se laisserait tomber pour mourir dans les profondeurs glacées du canal. Son épaule gauche, sur laquelle il était retombé après avoir été éjecté de la Jeep, paralysait plus ou moins son bras : aussi devait-il se contenter de sa main droite pour se frayer un chemin vers le haut.

Millimètre par millimètre, de ses mains lacérées et sanglantes, il remontait en rampant l'aveugle tunnel qui l'enserrait. Sa hanche l'élançait, parcourue de crampes, mais il n'avait pas la place de remuer pour assouplir ses muscles. Au-dessus de lui, le puits semblait se rétrécir encore et l'air se raréfier.

Bond savait depuis toujours que la mort viendrait tôt ou tard, pendant qu'il était au service de son pays, mais cette pensée lui avait toujours été indifférente. Il n'allait pas changer d'attitude à présent, songea-t-il. Puis une pensée inattendue traversa inexplicablement son cerveau épuisé : il revit cette soirée à Rome et le bar de l'hôtel où Mme Larissa Rossi l'avait dévisagé en haussant le sourcil et en croisant les jambes. Il revoyait très nettement la scène, en cet instant précis – ainsi que la bouche de la jeune femme, dont la lèvre supérieure esquissait une sorte de moue. Sa peau mate aux reflets de miel… et la sauvagerie sans retenue qui patientait, au fond de son regard…

Bond progressa encore d'un centimètre, dans la terre qui se refermait sur lui. Il devait avoir des hallucinations. Il était en train de mourir, mais il ne pouvait détacher ses pensées de Scarlett. La manière dont elle avait baissé les yeux en s'humectant nerveusement les lèvres, avant de lui dire : « Mon mari a dû se rendre à Naples… Vous pouvez venir prendre un verre dans notre suite, si le cœur vous en dit… »

Bond sentit le souffle lui manquer. Aimait-il cette femme ? S'en apercevait-il trop tard ? Des larmes d'impuissance vinrent se mêler à la sueur et au sang qui baignaient son visage.

Il pensait à peine à la mort qui arrivait, l'esprit obnubilé par l'image de Scarlett assise dans le fauteuil doré de sa chambre d'hôtel, à Paris, ses longues jambes pudiquement croisées et les bras repliés devant sa poitrine.

Avec un dernier soupir qui ressemblait à un grognement, Bond poussa de toutes ses forces vers le haut, dans un élan désespéré. Ses mains traversèrent la couche de terre et rencontrèrent soudain l'air libre. Il se mit à gratter avec frénésie pour consolider sa prise.

15

« Envie de moi ? »

Au-dessus de lui, un rai de lumière creva la surface, suivi par un filet d'air sec et brûlant. Avec un grognement sourd, Bond repoussa de son épaule valide la couche de terre qui pesait sur lui. Il réussit enfin à se hisser vers le haut et à dégager sa tête. Malgré la douleur qui l'élançait, il parvint ensuite à faire passer ses épaules, puis son torse, à travers l'étroit orifice. Ses hanches et ses jambes suivirent. Puis il s'effondra sur le sable, suffoquant et haletant, en essayant de dissiper le voile qui embrumait son cerveau.

Après avoir peu à peu retrouvé l'usage de la vue, il aperçut juste sous son nez une paire de mocassins en cuir marron impeccablement cirés et les revers d'un pantalon en lin beige. Il voulut relever la tête, mais une semelle se posa sans délicatesse sur sa joue et écrasa son visage dans la poussière.

— Vous n'avez jamais entendu parler du « tube de cigare » ? lança la voix de Gorner. Un test d'endurance inventé par les officiers de vos meilleurs régiments, en Malaisie. J'ai pensé que vous en apprécieriez la valeur. Et je me suis dit que je pourrais profiter du spectacle, moi aussi. J'ai donc décidé sur un coup de tête de faire spécialement le voyage, afin de voir comment vous vous en sortiez.

La semelle de Gorner maintenait toujours au sol le visage de Bond.

— Au départ, ce test était destiné à éliminer les mouchards infiltrés parmi les autochtones, mais vos officiers en raffolaient tellement qu'ils ont fini par le pratiquer pour leur seul plaisir.

Gorner se tourna vers un invisible assistant.

— Emmenez cette répugnante taupe anglaise, dit-il.

La semelle se décolla du visage de Bond. Ce dernier roula sur le côté et vit Gorner se diriger vers le petit hélicoptère qui l'avait amené jusqu'ici. Bond sentit qu'on le soulevait pour l'installer à bord d'une Jeep, qui allait vraisemblablement rejoindre le camion militaire. Il poussa un cri de douleur lorsque son épaule gauche heurta le plancher du véhicule. L'hélicoptère de Gorner tournoyait déjà au-dessus d'eux dans le ciel.

À l'exception de celles qui étaient restées dans la voiture que Bond avait abandonnée, les caisses d'opium avaient été déchargées des Jeep et entassées à bord du camion tout-terrain. Étendu sur le sol du véhicule qui avait pris la direction du lointain caravansérail – où ils allaient retrouver l'hélicoptère de transport Mi-8 Hip – Bond profita de sa feinte inconscience pour retirer de la poche de sa chemise les deux éclats de verre, qu'il cacha délicatement sous sa langue.

Le voyage du retour se déroula pour lui dans un état d'épuisement, entrecoupé de lancées douloureuses. Il délirait à moitié, mais réussit tout de même à dormir un peu. Il trouva assez de force pour boire quelques gorgées d'eau après qu'on lui eut à nouveau attaché les mains, lorsque la troupe prit place dans l'hélicoptère. Un peu plus tard, il eut vaguement conscience que l'appareil descendait et qu'ils regagnaient la forteresse de Gorner, où il fut entièrement dévêtu et fouillé de fond en comble. On lui rendit ensuite ses vêtements déchirés.

Lorsqu'il revint à lui, il se trouvait à nouveau dans la cellule aux parois rocheuses et Scarlett dormait à ses côtés. La douleur irradiait le moindre de ses muscles et il remua sur le sable, en essayant de trouver une position qui le fasse moins souffrir. Il recracha les deux éclats de verre qu'il avait dissimulés dans sa bouche et les enfouit sous le sable, à l'aide de sa langue. Il avait soin de ne pas trop bouger la tête, au cas où une caméra invisible aurait épié ses mouvements.

Les verrous de la porte furent tirés et un garde pénétra dans la cellule. Il les réveilla selon sa méthode habituelle – à coups de botte dans les côtes – et leur ordonna de se lever. Scarlett portait la chemise et le pantalon gris des ouvriers. Sa lèvre inférieure était enflée, à l'endroit où Gorner l'avait frappée. Elle était pâle et paraissait apeurée, songea Bond, qui tenta de la rassurer en lui adressant un sourire et un hochement de tête. On les emmena aux toilettes, à la pointe du fusil, puis on leur fit boire de l'eau avant de les conduire au bureau de Gorner.

Celui-ci était vêtu d'un costume tropical et portait un œillet à la boutonnière. Bond se dit qu'il ressemblait moins à un terroriste international qu'à un joueur sur le point de faire sauter la banque, au casino de Cannes. Il paraissait également dans un état d'euphorie inquiétant. Il ne fit aucune allusion aux événements qui s'étaient déroulés à Zâbol, pas plus qu'au « tube de cigare ». Seul l'avenir semblait en mesure de l'exciter.

Bond et Scarlett furent contraints de s'agenouiller devant lui, les mains liées derrière le dos.

— Dans quelques heures commencera le jour que j'ai attendu toute ma vie, leur dit Gorner. Je vais engager la bataille qui mettra enfin l'Angleterre à genoux. Comme la plupart des grands plans stratégiques, le mien comportera deux fronts : une attaque principale et une diversion.

Bond retrouvait l'homme qu'il avait aperçu à Marseille, empreint de cette impatience mêlée d'un dédain que tempérait à peine la plus farouche volonté. Pour l'instant, c'était l'arrogance qui l'emportait. Gorner était tellement ébloui par sa propre intelligence qu'il ne se souciait même plus de l'imprudence dont il pouvait faire preuve en dévoilant ainsi les détails de son plan.

Il alla s'asseoir à son bureau et consulta une liasse de feuillets agrafés.

— J'espérais au départ faire plier l'Angleterre et la rabaisser à son véritable niveau en m'appuyant uniquement sur la drogue. Certes, je nourris toujours de grands espoirs à long terme à ce sujet. Je suis certain que j'aurai réduit la plupart de vos cités en bidonvilles hantés par les drogués d'ici la fin du siècle. Mais je suis d'une nature impatiente. J'ai besoin d'action et je veux voir triompher mon plan – *immédiatement !*

Gorner frappa violemment le bureau de son poing ganté. Un silence tendu s'installa dans la pièce, à peine troublé par les vibrations sourdes des climatiseurs.

— À 10 heures demain matin, reprit-il, un Ekranoplan quittera sa base de Nochahr et prendra la direction du nord-ouest pour rejoindre l'Union soviétique. Je crois que l'appareil vous est familier, Bond, puisque vous vous êtes entêté – sans beaucoup de jugeote – à vouloir le photographier. Il a été modifié de manière à pouvoir transporter six missiles, dont trois sont munis d'ogives nucléaires. Il est également équipé des plus récents modèles de missiles sol-air soviétiques, au cas où quelqu'un se montrerait un peu trop curieux à son égard. Le delta de la Volga constitue une voie d'accès royale, puisqu'il conduit tout droit à Stalingrad, le point faible de la Russie. Les bras du fleuve ne sont pas tous assez larges pour permettre le passage, mais nous avons désormais établi l'itinéraire idéal, qui remontera le cours principal du fleuve – celui-là même où l'Ekranoplan avait été inauguré. De Nochahr à Astrakhan, il y a un peu moins de neuf cents kilomètres. Et de là, il faut encore compter trois cents kilomètres jusqu'à Stalingrad. Même en tenant compte d'un éventuel arrêt pour que l'appareil refasse le plein d'essence, la vitesse extraordinaire de l'Ekranoplan lui permettra de couvrir la totalité du trajet en moins de quatre heures, sans être détecté par les radars.

« Sitôt arrivé dans les faubourgs de la ville, l'Ekranoplan ouvrira le feu, déclenchant ainsi les hostilités à l'encontre de l'Union soviétique. L'appareil portera les couleurs du Royaume-Uni. Tous les membres de l'équipage auront sur eux des passeports britanniques. Pour ne rien vous cacher, ils seront tous exécutés par deux de mes hommes, une fois leur travail terminé. Les Russes ne découvriront à bord de l'appareil que les cadavres des citoyens britanniques responsables de cette attaque. Mes deux hommes se seront repliés entre-temps.

Toujours agenouillé, Bond releva la tête.

— Comment vous êtes-vous procuré ces ogives ? demanda-t-il.

— Je les ai achetées, dit Gorner. Elles sont de fabrication américaine. Figurez-vous qu'il existe un marché pour ce genre de babioles. Bien entendu, elles sont d'une taille relativement modeste, comparées à celles que vos amis américains ont larguées sur le Japon, causant auprès des populations civiles les dégâts que vous savez. Mais à elles trois... Je fonde de bons espoirs sur leurs capacités. Les tests que nous avons pratiqués laissent à penser que la ville sera entièrement détruite. Je vous signale, pour votre gouverne personnelle, que l'Ekranoplan a été modifié selon mes plans, à Nochahr, par des ingénieurs russes qui ont déserté leur pays, suite à ma généreuse invitation.

Une expression d'orgueil et de satisfaction passa brièvement sur le visage du Slave.

— Jusqu'ici, reprit-il, je n'ai utilisé l'Ekranoplan que pour le transport de ma marchandise : il n'y a donc aucune raison pour que les autorités soviétiques soupçonnent quoi que ce soit d'inhabituel, demain matin. Au contraire, j'ai de nombreux amis en Union soviétique. Les membres éminents du SMERSH ont eu la gentillesse de faciliter dans leur pays le transit de l'héroïne destinée à l'Occident. Ils ont parfaitement compris son importance stratégique.

Bond avait dressé l'oreille, à l'énoncé de ce nom. Le SMERSH, contraction de « *Smiert Spionam* » – Mort aux espions – était l'enclave la plus secrète et la plus redoutée du gouvernement soviétique. Son existence n'était connue que de ceux qui travaillaient à son service – et de ceux qui, comme Bond, avaient eu l'occasion de croiser sa route.

Gorner se leva et fit le tour de son bureau, avant de s'arrêter devant Bond et Scarlett, qu'il dominait d'autant mieux de sa haute stature qu'ils étaient toujours agenouillés. Il tendit sa main gantée de blanc, saisit le menton de Scarlett et l'obligea à relever la tête.

— Eh bien, ma mignonne... L'équipe de jour va s'en donner à cœur joie demain soir...

Il alla se rasseoir à son bureau.

— Voilà pour la diversion, dit-il. Mais vous aimeriez peut-être savoir à présent où se portera mon attaque principale ? Suivez-moi.

Il opina du menton à l'intention des gardes, qui obligèrent Bond et Scarlett à se relever et à suivre Gorner dans le couloir. Ils prirent place sur la plateforme circulaire qui faisait office d'ascenseur et rejoignirent le niveau du sol, où un fourgon électrique les conduisit jusqu'à un panneau d'acier, situé sur le flanc de la paroi. Actionné depuis le fourgon par un invisible bouton, un rayon laser déclencha l'ouverture du panneau, qui coulissa verticalement, révélant le décor du désert écrasé par un soleil de plomb.

Il n'y avait toutefois pas qu'une étendue de sable devant eux. Tremblante sous le halo de chaleur, une piste en tarmac de 1 500 mètres de long se profilait en effet, soulignée par les bandes jaunes du marquage au sol et flanquée de plots lumineux, destinés à guider l'atterrissage. À droite se trouvaient les deux hélicoptères que Bond avait vus la veille. De l'autre côté, on apercevait un petit Learjet non immatriculé et un bimoteur Cessna 150 E.

À leurs côtés, d'une blancheur étincelante sous le soleil matinal, gigantesque et disproportionné au milieu d'un tel décor, trônait un avion de ligne britannique flambant neuf : un Vickers VC-10 portant les initiales de la BOAC. Des insignes britanniques figuraient également sur ses ailerons. Plusieurs mécaniciens s'affairaient avec des fers à souder devant le panneau béant des soutes.

— L'aviation a toujours été mon hobby, dit Gorner. Et dans un pays aussi vaste que celui-ci, il faut pouvoir se déplacer rapidement. Le VC-10 est une acquisition récente. Il était initialement destiné au Bahreïn, où il aurait servi à transporter les magnats du pétrole et leurs familles pendant les vacances. Mais lors de son baptême de l'air, alors qu'il s'apprêtait à quitter l'Angleterre, il s'est avéré que deux des agents exécutifs de Vickers avaient changé d'employeur et travaillaient désormais pour moi. Ils ont « persuadé » le pilote de faire un petit détour et l'avion s'est posé ici même il y a trois jours. Compte tenu de la pression qui s'exerçait sur lui, je dois dire que l'atterrissage a été parfait.

Bond jeta un coup d'œil à Scarlett, pour voir comment elle allait. La jeune femme observait avec attention la piste d'atterrissage et le petit hangar érigé juste à côté, au milieu du désert. Elle semblait avoir un peu récupéré.

— Demain, dit Gorner, le VC-10 entreprendra un vol de deux mille cinq cents kilomètres qui le conduira vers le nord, au cœur de la chaîne de l'Oural. Jusqu'à Zlatoust-36, pour être précis. L'avion aura juste assez d'essence pour atteindre sa destination. Ses soutes – modifiées à cet effet – s'ouvriront alors et largueront une bombe. Étant donné la quantité d'armements que les Russes ont entassés à cet endroit, l'explosion sera suffisamment forte pour annihiler le site et l'essentiel de la campagne environnante. La destruction sera à peu près de même ampleur que celle infligée jadis par la RAF à la population de Dresde. Je suppose, Bond, que vous savez ce qui se trame à Zlatoust-36.

Bond ne le savait que trop. Zlatoust-36 était le nom de code donné au Saint des Saints de l'armement nucléaire soviétique : la « ville fermée » de Trekhgorniy, créée dans les années 1950 pour servir de principal site d'assemblage des ogives nucléaires russes, ainsi que de centre de stockage de leurs réserves d'armements. Il n'était pas exagéré de dire qu'il s'agissait de la « salle des machines » de l'appareil militaire soviétique, depuis le début de la guerre froide.

— Vous n'arriverez jamais jusque-là, dit Bond. Le réseau de radars mis en place autour de Zlatoust-36 est plus serré qu'une toile d'araignée.

À défaut de sourire, un air de suffisance triomphante éclaira le visage de Gorner.

— C'est là qu'intervient ma manœuvre de diversion, dit-il. Si Stalingrad est en flammes, tous les yeux seront tournés de ce côté.

— J'en doute, dit Bond. Ils penseront avoir affaire à une attaque éclair de l'OTAN et passeront en alerte rouge.

— Nous verrons bien. Ce qu'il y a de beau dans mon plan, c'est qu'au fond peu importe que l'avion atteigne sa cible ou non. Même si les chasseurs russes l'abattent au sud de l'Oural, il aura rempli sa mission.

En allant fouiller les décombres, les services de sécurité soviétiques découvriront qu'il s'agissait d'un appareil britannique muni des cartes complètes de Zlatoust, bourré à craquer d'explosifs et piloté par un Anglais. Ajouté aux dégâts provoqués plus au sud par l'Ekranoplan, ce sera largement suffisant.

— Quelle est la finalité de tout ça ?

— Franchement, Bond, vous me décevez. C'est pourtant d'une simplicité confondante. Le but est de précipiter l'Angleterre dans une guerre qu'elle ne peut évidemment pas gagner. Les Américains vous ont sauvé la mise à deux reprises, mais comme vous n'avez pas voulu les suivre dans leur engagement insensé au Viêt Nam, ils vous regardent désormais avec une certaine défiance. Et ils ne se montreront plus aussi généreux à votre égard, cette fois-ci. D'ailleurs, même s'ils le voulaient, ils n'en auraient pas le temps. Six heures tout au plus après ma frappe, vous pouvez être sûr que les Soviétiques auront lancé une attaque nucléaire sur Londres. La voilà, la finalité, Bond : que la justice soit enfin rendue.

Bond regarda Scarlett, qui avait à présent le regard dans le vide. Le sang s'était retiré de son visage et elle vacillait sur ses jambes : elle semblait sur le point de perdre connaissance. Elle avait incroyablement bien résisté jusqu'ici, songea-t-il, et il n'était guère surprenant qu'elle finisse par atteindre ses limites.

Les yeux de Gorner brillaient, comme ceux d'un joueur de bridge qui, après une impasse assassine, abat ses cartes en disant : « Je crois que le reste est pour moi. »

— Oui, reprit-il. Londres disparaîtra sous un immense nuage atomique. Rayés de la carte, les chambres du Parlement, le bon vieux Big Ben, la National Gallery, le terrain de cricket du Lord's...

— Et qui va être assez fou pour piloter ce VC-10 ? demanda Bond.

— La réponse est simple, Bond, dit Gorner en se rapprochant. Vous, bien évidemment.

— Moi ? Je suis incapable de piloter un pareil engin. Pas avec une épaule démise, en tout cas.

Gorner regarda Bond, puis Chagrin.

— Remettez-lui cette épaule en place, dit-il.

Chagrin s'avança vers Bond et lui désigna le sol. Bond s'allongea sur le dos. Chagrin posa sa botte sur sa poitrine, avant de soulever la main et l'avant-bras gauches de Bond. D'un geste sec, il les tira violemment vers le haut, puis les rabattit sur le côté. Bond ressentit une douleur foudroyante, tandis que l'extrémité supérieure de son humérus se remettait en place dans la cavité articulaire.

— Vous aurez toute l'aide nécessaire à bord, reprit Gorner. Le décollage sera effectué par le pilote d'origine, qui vous passera ensuite les commandes. Et mon meilleur technicien sera à vos côtés pendant toute la durée du vol. Cela ne présentera donc aucune difficulté.

Bond se remit à genoux sur le sable, pantelant de douleur. Il grinçait des dents et la sueur lui ruisselait dans les yeux.

Gorner se dirigea vers le fourgon électrique. Le conducteur actionna la manette et ils reprirent la direction du passage, dont le panneau était resté relevé.

— Après tout, dit Gorner, le plus difficile vous sera épargné. Vous n'aurez pas d'atterrissage à effectuer.

*

*   *

Bond retrouva la cellule avec soulagement. Il vérifia du bout des doigts que les deux éclats du pare-brise se trouvaient toujours dans le sable, là où il les avait cachés. Puis il se tourna vers Scarlett.

— Je suis désolé pour cette… promenade sur la mezzanine, dit-il.

Scarlett baissa les yeux.

— C'est passé, dit-elle. Je… j'ai survécu à l'épreuve.

— Il faut que nous reprenions l'initiative avant qu'il ne soit trop tard, dit Bond. Rapprochez-vous, que je puisse vous parler à voix basse. Serrez-vous contre moi, comme si je vous consolais.

Scarlett rampa sur le sable et s'appuya contre sa poitrine. Puis elle releva son visage vers le sien. Elle avait exactement la même expression que le soir où il l'avait rencontrée, à Rome. Elle lui demanda doucement :

— Vous m'avez aperçue ? Je veux dire : sur la mezzanine ?

— Non, dit Bond. J'ai détourné les yeux. Je ne voulais pas vous voir dans un pareil état.

— Si jamais nous parvenons à sortir d'ici, mon chéri, vous aurez le droit de me regarder autant qu'il vous plaira.

Bond esquissa un sourire.

— Où pensez-vous que Gorner retienne Poppy ? Vous a-t-elle jamais parlé du secteur où elle se trouvait ?

— Non, dit Scarlett. Mais je suis sûre qu'aussitôt après m'avoir vue, Gorner l'a mise au secret quelque part. Il ne souhaite visiblement pas parler d'elle.

Bond poussa un profond soupir.

— Scarlett, il va falloir que nous laissions Poppy ici. Nous n'aurons pas le temps de partir à sa recherche. Je vais décoller à bord de cet avion et il faut que vous y ayez pris place vous aussi, d'une manière ou d'une autre. Si je vous abandonne ici, Gorner vous jettera en pâture à ses ouvriers.

— Non, je ne peux pas faire ça, dit Scarlett. Je suis venue pour sauver ma sœur et je ne m'en irai pas sans elle.

— C'est inexact, dit Bond. Vous vouliez « être sur place », au cas où je parviendrais à la sauver.

— Ne coupez pas les cheveux en quatre, James. Poppy est ma sœur jumelle, ma chair et mon sang, et je ne partirai pas d'ici sans l'avoir retrouvée.

— S'il vous plaît, Scarlett, essayez de laisser vos sentiments de côté. Considérez la situation. Si nous réussissons à faire échouer les plans de Gorner, des gens débarqueront ici dès demain pour fermer cette usine et libérer Poppy. La police, l'armée, ce que vous voulez.

— Non, James, je...

— Calmez-vous, dit Bond en élevant la voix. Dans le feu de l'action, Gorner ne va pas se soucier de Poppy. Ce n'est qu'une fille, à ses yeux, comme celles qu'il fait défiler sur sa mezzanine. Il aura d'autres chats à fouetter. Il pensera à son argent, à son usine, à son plan diabolique : il aura bien assez de choses en tête pour s'occuper d'une jeune écervelée, aussi chère soit-elle à votre cœur.

Scarlett lui tourna le dos.

— Vous êtes un monstre, dit-elle. Je n'aurais jamais dû vous faire confiance.

Elle plongea son visage dans ses mains, s'agenouilla dans le sable et se mit à sangloter.

— Le fait est, dit Bond d'une voix neutre, que nous représentons l'unique chance de Poppy, vous et moi. Si nous réussissons à sortir d'ici sains et saufs et à abattre Gorner, elle sera sauvée. Mais ce soir, ma chère Scarlett, il faut que nous partions sans elle.

Cinq bonnes minutes s'écoulèrent dans le plus complet silence, avant que Scarlett ne finisse par relever la tête et tourne à nouveau vers Bond son visage sillonné de larmes. Il lut de la soumission dans son regard et l'aida doucement à se redresser.

Elle lui chuchota à l'oreille :

— Je suppose que vous avez raison. Mais avez-vous la moindre idée de la manière dont nous allons nous y prendre ? Comment vais-je réussir à sortir d'ici avant qu'ils... avant que les ouvriers ne m'emportent et ne... me tuent ?

— Retournez-vous très lentement et placez vos doigts contre les miens, dit Bond. Sentez-vous quelque chose de tranchant ?

— Oui.

— Placez-vous de façon à pouvoir y frotter la corde qui retient vos poignets. J'ignore s'il y a vraiment une caméra dans cette pièce – à mon avis, c'est assez improbable – mais nous ne pouvons pas prendre le moindre risque.

Il fallut à Scarlett près de deux heures d'imperceptibles mouvements pour entailler le cordage en nylon et parvenir à le rompre. Elle s'attaqua ensuite à celui qui entravait les poignets de Bond.

— Avez-vous l'oreille musicale, Scarlett ?

— J'ai appris à jouer du piano et du violon dans ma jeunesse. Comme tous les Russes, mon père adorait la musique. Mais pourquoi me posez-vous cette question ?

— Si je vous fredonnais une suite de cinq notes, est-ce que vous arriveriez à retrouver les chiffres qu'elles représentent, de 1 à 9 ?

— Peut-être.

— Posez la tête sur mon épaule.

Au cours de l'heure qui suivit, Bond répéta pour Scarlett la séquence musicale qu'il avait mémorisée la veille, après avoir franchi la porte et rejoint l'hélicoptère. La jeune femme fredonna à son tour les notes, s'interrompant parfois pour ajouter un commentaire agrémenté de termes musicaux qui ne disaient strictement rien à Bond : intervalles, demitons, etc.

Entre-temps, elle avait réussi à dénouer suffisamment les nœuds du cordage pour que Bond puisse enfin libérer l'une de ses mains.

— Il y a quelque chose qui cloche, James. J'y suis presque arrivée, mais ça ne marche pas. À moins que… (Elle se mit à rire.) Mais oui ! James, vous êtes bête !

— Quoi ?

— Vous avez oublié le zéro ! Attendez… (Elle fredonna à nouveau l'air.) Oui, ça marche à présent. Écoutez… (Elle approcha ses lèvres de son oreille et lui chuchota la séquence.) C'est bien ça ?

— Exactement, dit Bond. Et quels sont les chiffres correspondants ?

— Un, zéro, six, six, neuf. Ne me demandez pas ce que cela signifie.

— Je m'en garderai bien, dit Bond. Maintenant, Scarlett, écoutez-moi. Si vous réussissez à franchir cette porte, vous arriverez à l'air libre, mais vous ne serez pas du bon côté des installations. Il faudra que vous les contourniez pour rejoindre l'avion. Après cela… Ma foi, ce sera à vous de trouver la meilleure solution. L'essentiel, c'est que vous parveniez à monter à bord et à vous y cacher. Nous devons être en début de soirée. Nous ferons notre tentative vers 2 heures du matin. Espérons que la chance sera de votre côté. En tout cas, c'est la seule possibilité qui s'offre à nous.

Scarlett acquiesça. Elle se tut pendant quelques instants, mais Bond voyait bien qu'elle était décidée à prendre ce risque.

— Avez-vous faim ? finit-elle par demander.

— Je défaille, dit Bond.

— Qu'est-ce qui vous ferait le plus envie ?

Bond réfléchit un instant.

— Quelque chose de léger, pour commencer. Des œufs Benedict, par exemple. Puis un peu de caviar, comme celui que Darius m'avait fait goûter dans son jardin. Une sole meunière. Une perdrix rôtie. Une bouteille de bollinger *Grande Année* 1953 et un peu de vin rouge – un château-batailley, qu'un ami m'a récemment fait découvrir à Paris.

— Rien d'autre ?

— J'aimerais déguster tout cela dans une chambre d'hôtel, entièrement nu. Au lit. Avec vous. Maintenant, allongez-vous et reposez-vous un peu. Je vous réveillerai quand il sera l'heure. Pensez à cette chambre d'hôtel et essayez de dormir.

— Mmm... J'y suis déjà, dit Scarlett. L'odeur du bain moussant à l'essence de gardénia parvient de la salle de bains...

Une fois Scarlett endormie, Bond fouilla la cellule du regard, à la recherche d'une caméra cachée. Il faisait sombre dans la pièce, l'unique source de lumière provenait d'une lampe à sodium située dans le couloir et qui filtrait à travers le guichet mal refermé de la porte. C'était mieux que rien, songea Bond. Il était content que la jeune femme ait compris ses instructions et ne se soit pas dérobée.

Aux alentours de 2 heures du matin, Bond se leva avec précaution et aida Scarlett à se mettre debout. Elle lui massa l'épaule qu'on lui avait remise en place et embrassa la profonde entaille que l'éclat de verre lui avait faite à la joue.

— Vous n'oublierez pas de consulter un dentiste, mon chéri ?

Bond fit la grimace.

— Un dernier point, dit Scarlett. Promettez-moi que la première chose que nous ferons si nous sortons d'ici vivants sera d'agir pour qu'on vienne au plus tôt délivrer Poppy.

— C'est promis.

Bond déposa un petit baiser sur ses lèvres. Puis il se tourna vers la porte et escalada la paroi rocheuse, malgré la douleur qui innervait l'ensemble de son corps. Il réussit enfin à se caler contre le linteau, au-dessus de la porte.

— Allez-y, lança-t-il.

Scarlett colla sa bouche contre le guichet et poussa un long cri strident. On n'entendit aucun bruit, de l'autre côté de la porte. Bond savait pourtant que l'usine tournait sans discontinuer et qu'il devait y avoir des gardes non loin de leur cellule. D'ailleurs, mieux valait n'entendre aucun bruit de pas qu'un branle-bas de combat général.

— Essayez encore.

— Chut, dit Scarlett. Il arrive.

Bond entendit quelqu'un approcher. Le faisceau d'une torche passa soudain à travers le guichet.

Scarlett ouvrit sa chemise, montrant au garde sa poitrine nue.

— T'as envie de moi ? lui dit-elle.

— Où est l'homme ? demanda le garde.

— Il dort. Il est blessé à l'épaule.

Scarlett mima l'épuisement et montra un angle de la cellule, hors du champ de vision du garde.

— Viens vite, dit-elle en baissant la ceinture de son pantalon.

L'homme hésitait pourtant. Scarlett saisit ses deux seins à pleines mains et les souleva, dans le faisceau de la torche. On entendit le bruit de la clef dans la serrure. La porte s'ouvrit et le garde pénétra dans la cellule. À l'instant où il se retournait pour fermer la porte, Bond tomba en travers de ses épaules, plaqua sa main contre sa bouche et lui enserra la gorge de son autre bras. Scarlett arracha le pistolet du garde de l'étui qu'il portait à la hanche. Bond refit à l'homme le coup de la carotide, dont il s'était déjà servi à Nochahr, mais cette fois-ci il appuya jusqu'au bout.

Une fois le garde mort, Bond accompagna Scarlett dans le passage qui conduisait de la cellule au labyrinthe de l'usine. Ils s'engouffrèrent dans le couloir en courant, prenant la direction opposée à celle du bureau de Gorner, et arrivèrent devant la plate-forme qui tenait lieu d'ascenseur. Bond montra à Scarlett la direction qu'il fallait prendre pour rejoindre la porte, au niveau supérieur. Puis il appuya sur le bouton et vit sa frêle silhouette s'élever dans les ténèbres. Elle avait glissé le pistolet subtilisé au garde dans la ceinture de son pantalon.

Il attendit un moment, laissant le temps à Scarlett de gagner la sortie. Puis il repartit en courant, en direction du bureau de Gorner. Arrivé là, il tapa quelques chiffres au hasard sur le clavier de l'entrée et plaça son visage bien en vue, face à la caméra de sécurité. Trois secondes plus tard, une ampoule rouge s'alluma au-dessus de la porte. Le couloir baigna aussitôt dans une lumière aveuglante et Bond entendit le hurlement d'une sirène, bientôt suivie par les aboiements furieux des bergers allemands et le martèlement des bottes qui se précipitaient vers lui.

Diversion réussie, songea-t-il. Le problème à présent était d'en sortir vivant. Il leva les mains, le plus haut possible au-dessus de sa tête.

16

« Prêt à jouer ? » (suite)

Au bout de quelques instants, Bond se retrouva avec six canons de fusils mitrailleurs pointés sur le crâne, tandis que trois bergers allemands tiraient sur leur laisse en lui montrant leurs crocs, prêts à lui sauter à la gorge. Bond demeura parfaitement immobile, les mains sur la tête et le dos plaqué contre la porte du bureau de Gorner, en espérant ne pas s'être trompé dans ses calculs.

Il misait sur le fait que ces hommes avaient pour consigne de le laisser en vie. Si Bond lui faisait défaut, Gorner pourrait toujours se rabattre sur le pilote du VC-10, qui avait lui aussi la nationalité britannique, et l'obliger à prendre place dans le cockpit. Mais comme il voulait frapper un grand coup, en termes de provocation, Gorner devait répugner à se servir d'un inconnu pour lancer cette attaque, alors qu'il avait sous la main l'un des plus illustres ennemis de l'Union soviétique, connu de longue date de l'autre côté du rideau de fer. La dimension symbolique était un élément clef du dispositif de Gorner et de la revanche qu'il préparait depuis si longtemps.

À l'extrémité du couloir, Bond vit soudain se profiler dans le halo des lumières une silhouette trapue, coiffée d'un képi de la Légion étrangère. Il éprouva une émotion inattendue, qu'il n'aurait jamais cru que Chagrin déclencherait en lui : un profond soulagement.

En s'approchant, Chagrin aboya deux mots en farsi. Les gardes se reculèrent pour lui faire de la place.

— La fille ? lança Chagrin. Où ?

— Je n'en sais rien, dit Bond.

Ils allaient bientôt découvrir que la porte du repaire avait été ouverte et fouilleraient alors les installations extérieures. Bond pariait sur le fait qu'ils n'imagineraient pas qu'une jeune femme aille se cacher dans cet avion, en le sachant promis à une destruction imminente. Les chances de succès étaient minces mais il n'avait pas le choix, vu les cartes qu'il avait en main.

Chagrin se tourna en direction du couloir qui conduisait à la cellule et lança un ordre bref. Tandis qu'on le ramenait, encadré de près, Bond se rendit compte que le bâtiment était en ébullition. Des sonneries d'alarme retentissaient dans tous les coins et des dizaines de gardes couraient de partout, martelant le sol de leurs bottes. « Courage, Scarlett », se murmura-t-il à lui-même, tandis que l'image de sa frêle silhouette s'élevant silencieusement dans les ténèbres lui revenait à l'esprit.

Deux gardes restèrent auprès de lui dans la cellule et lui lièrent à nouveau les mains dans le dos. Deux autres prirent place dans le couloir, de part et d'autre de la porte. Au bout de quelques minutes, une fois que les sirènes et les alarmes s'arrêtèrent, la porte s'ouvrit et Chagrin pénétra dans la pièce.

— Par terre ! lança-t-il en désignant le sol.

Bond s'agenouilla sur le sable, posant l'un de ses genoux à l'endroit où il avait enfoui les deux éclats de verre.

— La fille ? Où ? reprit Chagrin.

— Je vous l'ai déjà dit, répondit Bond. Je l'ignore. Un garde a ouvert la porte, parce qu'elle ne se sentait pas bien. Elle s'est enfuie, mais je ne sais pas où. J'étais allé informer le Dr Gorner de sa disparition, mais j'avais apparemment mal mémorisé le numéro du code qui donne accès à son bureau.

— Menteur ! hurla Chagrin. Menteur !

La partie de son visage qui pouvait encore bouger était crispée par la colère, tandis que l'autre demeurait d'une troublante impassibilité. Des bulles d'écume étaient apparues aux commissures de ses lèvres.

Tel était donc le spectacle qu'il offrait autrefois aux écoliers assis en cercle sur la place du village et venus écouter la parabole du bon Samaritain...

— Vous me dire où la fille aller !

Bond contempla avec dégoût le visage du tortionnaire. Une citation d'un texte étudié des années plus tôt lors d'un cours de catéchisme lui revint brusquement à l'esprit : « Laissez venir à moi les petits enfants, car le royaume des cieux leur... »

Chagrin venait de donner un violent coup de botte dans la poitrine de Bond, qui perçut un craquement. Puis, l'homme de main saisit dans la poche de sa chemise un étui en cuir, dont il retira deux baguettes en ivoire où étaient incrustés à l'encre rouge des idéogrammes chinois.

L'un des gardes saisit Bond par les cheveux et tira sa tête en arrière, tandis que l'autre lui maintenait le menton. Avec une lenteur calculée, Chagrin inséra l'une des baguettes dans les profondeurs de son oreille gauche.

Le garde immobilisait toujours Bond. Avec la même minutie, Chagrin inséra la deuxième baguette dans son autre oreille. Bond sentit l'extrémité heurter son tympan.

— Vous pas parler et vous entendre mal – très mal, dit Chagrin. Comme Pham Sinh Quoc faire à ceux qui écoutaient mauvais livre.

Bond se raidit, tandis que Chagrin plantait ses jambes au sol pour mieux assurer sa frappe. Puis, d'un geste large, le tortionnaire écarta ses bras trapus. Bond inspira profondément et ferma les yeux. Au même instant, une voix lança :

— Arrêtez !

Bond releva les yeux et vit apparaître à travers le guichet de la porte une main recouverte d'un gant blanc, d'une taille démesurée. La porte s'ouvrit et Gorner pénétra dans la cellule, vêtu d'une robe de chambre en soie cramoisie.

— Merci, Chagrin, dit-il. Vous pouvez nous laisser. Bond doit être en mesure d'entendre les instructions qui lui seront données en cours de vol. Relevez-vous, ajouta-t-il à l'intention de Bond.

Bond se remit sur pied.

— Ainsi, reprit Gorner, la petite pouffiasse s'est échappée. Les ouvriers seront amèrement déçus si nous ne la retrouvons pas. Il faudra donc nous débrouiller sans elle, vous ne croyez pas ? ajouta-t-il avec un sourire affecté.

Poppy... songea Bond. Il allait lui faire subir le sort qu'il réservait à sa sœur et les employés ne feraient évidemment pas la différence.

— Ma foi, dit Gorner, il faut toujours s'attendre à devoir sacrifier un pion au cours d'une partie. Pour gagner la guerre, on doit parfois perdre une ou deux escarmouches. D'ailleurs, cette fille était un vrai boulet. L'essentiel, c'est que le gros poisson soit resté dans mes filets. N'est-ce pas, Bond ?

— À quelle heure décollerons-nous ?

— Je ne vois pas pourquoi je modifierais mes plans à cause d'une idiote que mes hommes auront retrouvée dans une heure. Vous embarquerez à 9 heures. Votre navigateur est l'un de mes meilleurs hommes – un ancien caïd du bazar de Téhéran, du nom de Massoud, que j'ai formé moi-même. Il parle anglais – suffisamment en tout cas pour vous dire ce qu'il conviendra de faire. L'avion contient juste assez d'essence pour atteindre Zlatoust-36, mais pas davantage. Une fois que vous aurez perdu de l'altitude et lâché la bombe, sous la supervision de mon assistant, vous poursuivrez votre descente et Massoud quittera alors l'avion grâce à l'unique parachute que nous avons laissé à bord. Quant à vous, Bond, vous poursuivrez votre vol jusqu'à ce que l'avion soit à court d'essence. Et alors...

Gorner s'interrompit, en écartant les bras.

— Je vois, dit Bond.

— Les avions anglais ne sont pas très fiables, c'est bien connu. Et au cas où vous imagineriez pouvoir accomplir une action héroïque, après le départ de Massoud, je vous préviens qu'il y aura également trois hommes armés à bord. Ils ne savent pas que Massoud abandonnera l'avion. Ni que les réservoirs seront vides. Ce sont des hommes qui ont encouru ma colère et qui n'ont qu'une idée en tête : regagner mes faveurs. Ce sera à leurs yeux l'opération de la dernière chance. On leur a fait croire que Massoud doit ensuite ramener l'avion jusqu'ici. Mais ils seront munis de passeports anglais et s'écraseront en même temps que vous. Inutile donc de vous faire tout un cinéma, en espérant par exemple poser l'avion sur une autoroute soviétique.

Gorner regarda sa montre.

— Il est près de 4 heures, dit-il. Je vais me recoucher. Je me lèverai à 6 heures et prendrai mon petit déjeuner. Œufs pochés, bacon, café.

— Un soupçon de poivre sur les miens, dit Bond. En grains, de préférence, plutôt que moulu.

— Souvenez-vous de ces malheureux Irlandais, dit Gorner. Pour vous, ce sera un verre d'eau à

8 heures. Dormez bien, Bond. Une rude journée vous attend.

La porte de la cellule se referma lourdement. Bond s'allongea. Du bout de la langue, il entreprit de dégager les éclats de verre qu'il avait enfouis dans le sable.

*

* *

Au même instant, Darius Alizadeh était réveillé par la sonnerie du téléphone, dans la chambre qu'il avait louée au Jalal's Five Star de Nochahr. Il était en train de rêver au corps dénudé de Zohreh, dans le hammam mixte.

— Salut, Darius. Désolé de vous tirer du lit. Ici Felix Leiter, de la CIA. Une très grosse opération est sur le point de se produire, je vais avoir besoin de votre aide.

— Comment m'avez-vous trouvé ? dit Darius, en chassant avec regret l'image torride de Zohreh émergeant d'un nuage de vapeur.

— Les ponts ne sont pas tout à fait rompus entre les anciens alliés. J'ai parlé avec des gens de Londres. Au diable les politiciens ! Nous, nous vivons dans le monde réel.

— Avez-vous rencontré J. D. Silver ? demanda Darius.

— Carmen ? Ouaip, je l'ai croisé à Téhéran. Je crois qu'il est en route et ne tardera plus à débarquer ici.

— Où êtes-vous, Felix ?

— Juste en bas, Darius. De l'autre côté de la rue.

— Et vous êtes un ami de James Bond ?

— *Santiago !* C'est notre cri de guerre. Le même que celui de Cortez. James Bond est mon frère de sang. Il a des goûts déplorables en matière d'automobiles, je vous le concède, mais en dehors de ça…

— Vous pouvez monter, dit Darius. Je suis dans la chambre 234.

— J'arrive.

Leiter reposa le combiné de la cabine téléphonique érigée sur le front de mer et claudiqua pour couvrir les quelques mètres qui le séparaient du Jalal's. Lorsqu'il se présenta dans la chambre 234, Darius était déjà habillé de pied en cap. Un plateau contenant du café et des fruits patientait sur la table.

Il y avait quelqu'un d'autre dans la chambre – un individu qui ne manquait pas de prestance et arborait une superbe moustache.

— Je vous présente Hamid, dit Darius. Chauffeur de taxi et espion à ses heures perdues. Expert en boîtes aux lettres et en planques secrètes.

Hamid esquissa un sourire embarrassé.

— Ah, dit Felix, ça me rappelle le bon vieux temps.

— Et Hamid connaît la cachette du Monstre, ajouta Darius.

— Bond avait-il confiance en lui ?

— Au point de remettre sa vie entre ses mains, dit Darius.

— Parfait, dit Leiter en prenant la tasse de café que lui tendait Darius. Dites-moi ce que vous savez.

Lorsque Darius eut fini de lui exposer les détails que Londres lui avait transmis concernant l'Ekranoplan et les modifications qu'il avait subies, Leiter rétorqua :

— Bon, nous savons au moins d'où il doit partir. Mais étant donné la vitesse du bolide, nous aurons à peine deux heures devant nous, entre le moment où il s'élancera et celui où il larguera ses bombes. Au-delà, nos avions devront pénétrer dans l'espace aérien soviétique. Ce n'est pas un endroit où un chasseur américain peut se permettre une incursion supérieure à deux ou trois minutes.

— Où se trouve votre base la plus proche ? demanda Darius.

— Officiellement, à perpette. Tombouctou, si je ne m'abuse. Mais officieusement, nous avons des avions basés à Dhahran, en Arabie saoudite, et quelque part dans l'est de la Turquie. Des bombardiers. Je n'en suis toutefois pas sûr à cent pour cent. Beaucoup de choses m'échappent un peu dans cette affaire, Darius. On m'a surtout envoyé ici pour glaner des nouvelles. Tout ce que je sais, c'est que la partie va être serrée. Mais l'Ekranoplan n'est que l'une des données du problème.

— Quelle est l'autre ? demanda Darius.

— L'avion de ligne anglais qui a disparu il y a quelques jours. D'après ce que j'ai pu apprendre, il ne va pas tarder à refaire son apparition et à prendre la direction du nord.

— Vous voulez dire de l'Union soviétique ?

— Ouaip. Nous ignorons sa destination exacte, mais il n'en sortira certainement rien de bon. Nous avons intercepté plusieurs communications, du côté d'Istanbul. L'appareil a sans doute été transformé pour pouvoir transporter des bombes. Les radars soviétiques sont assez efficaces et nous pouvons nous attendre à ce qu'une escadrille de Mig-21 abatte cet avion de ligne dès qu'il aura franchi leur espace aérien.

— Mais les conséquences politiques seront dramatiques, dit Darius. Du moins, si cela apparaît comme une attaque de la Grande-Bretagne ou de l'OTAN.

— Vous avez tout compris, Darius. Il faut absolument que nous abattions cet avion avant les Russes. Et nous ne savons même pas d'où il doit décoller. Toutes nos bases aériennes sont en état d'alerte maximum – mais bon sang, le ciel est vaste ! Carmen Silver a les oreilles en feu, à force de recevoir des mises au point de Langley. Le téléphone sonne à tout bout de champ.

— À ce point ? dit Darius.

— Ouaip. Le Président a annulé tous ses rendez-vous. On a déclenché la procédure qui avait été mise en place au moment de la crise des missiles de Cuba. On estime que tout peut s'embraser d'un instant à l'autre.

— Mais que pouvons-nous faire ?

— Rien pour l'instant. Attendre les instructions. Silver aura peut-être du nouveau.

Darius but une gorgée de café et poussa un soupir.

— Je peux malgré tout vous être utile sur un point, dit-il. Si Gorner est derrière tout ça, la Savak a quand même une idée de l'endroit où il se planque, dans le désert.

— Oui, dit Leiter, mais l'avion ne va pas décoller entre deux dunes de sable... Il aura au moins besoin d'une piste, si ce n'est d'un petit aéroport. C'est un énorme appareil.

Darius se leva et se mit à faire les cent pas dans la chambre, en se grattant la tête.

— Mmm... Il y a des aéroports à Yazd et à Kerman... Au fait, Felix, pendant que j'étudie la question, dites-moi une chose : pourquoi appelle-t-on ce type « Carmen » ?

— Qu'avez-vous entendu dire à ce propos ?

— Il m'a raconté une histoire concernant son premier poste, au Guatemala. Il avait participé à l'organisation d'un soulèvement destiné à renverser l'homme fort du régime. Et c'est justement ce que fait Carmen, dans ce fameux opéra : elle organise un soulèvement.

Felix éclata de rire.

— Quel tissu d'âneries ! La vérité, c'est que notre J. D. n'est pas trop porté sur les femmes, si vous voyez ce que je veux dire. Il utilisait la General

Motors comme couverture, lors de sa dernière mission – je ne sais plus trop où. Un soir, il avait bu un coup de trop et s'est vanté d'avoir séduit trois employés de la firme. Parce qu'il avait un faible pour ces « *car men*[1] », vous comprenez ? D'où Carmen Silver.

Darius rit de bon cœur.

— Du moment qu'il ne nous laisse pas sur la touche, dit-il.

— Il espère bien que vous lui renverrez l'ascenseur. Appelez ce numéro, si je ne suis pas dans les parages, ajouta Felix en lui tendant une carte. Bon, vous ne croyez pas que nous devrions nous rendre sur les quais pour surveiller le Monstre d'un peu plus près ?

Darius considéra à nouveau Felix, comme s'il se livrait à une ultime estimation. Mais il avait déjà pris sa décision.

— C'est inutile, lui dit-il. Nous pouvons rester ici. J'ai un homme dans la place.

— Vous avez... quoi ? s'exclama Leiter.

— Je ne pouvais pas rester ici à me tourner les pouces en attendant l'arrivée de la cavalerie américaine, dit Darius. J'ai réussi à convaincre l'un des Russes qui ont déserté et participé au réaménagement de l'Ekranoplan. Il doit transmettre par radio à mon bureau de Téhéran les coordonnées exactes de son itinéraire, dès qu'elles auront été insérées dans le système de navigation. Babak, mon assistant à Téhéran, nous les communiquera aussitôt en appelant dans cette chambre.

— Vous êtes un petit malin, dit Felix. Comment avez-vous réussi à convaincre ce type ?

— Comme d'habitude, dit Darius. Grâce à un bon paquet de dollars.

1. Calembour intraduisible. *Car men* : hommes qui travaillent dans les voitures. (*N.d.T.*)

— D'accord. Dès que nous disposerons de ces données, j'appellerai Langley et ils trouveront bien le moyen d'intervenir.

La sonnerie du téléphone placé sur la table de chevet retentit brusquement. C'était la réception.

— M. Silver vient d'arriver. Puis-je lui dire de monter ?

*

* *

Bond fut tiré de sa cellule juste avant 8 heures, les pieds nus et toujours vêtu de sa tenue d'ouvrier. On l'emmena d'abord aux toilettes, avant de le conduire au bureau de Gorner.

Celui-ci était en proie à une excitation presque tangible. Il avait revêtu un costume en lin clair, une chemise flambant neuve, et arborait un œillet écarlate à sa boutonnière, ainsi qu'une cravate d'un pourpre flamboyant. Ses cheveux jaune paille, fraîchement coupés et coiffés en arrière, lui dégageaient le front. Son gant blanc lui-même semblait sortir de la blanchisserie.

Il tendit à Bond un uniforme de commandant de bord de la BOAC.

— Cinq minutes avant la fin, dit-il, vous enfilerez ce costume. Vous aurez fière allure là-dedans, Bond ! L'uniforme vous donnera un petit air arrogant, digne d'un ancien d'Eton… Profitez bien de ce bref instant de triomphe. Comme disent les Français : « *Aujourd'hui roi, demain rien* ». Ce qui signifie…

— J'ai fort bien compris, dit Bond.

— Cela va de soi. Il est pourtant rare qu'un Anglais sache parler une langue étrangère. La plupart de vos compatriotes s'imaginent que les membres des « races inférieures » comprendront la leur, du moment qu'ils l'aboient assez fort. Mais demain matin, à la même heure, leur arrogance et leur duplicité auront à jamais fait long feu. Votre capitale ne sera plus qu'un tas de ruines fumantes et votre charmante « campagne anglaise » – les comtés du Kent et du Surrey – une zone irradiée pour des décennies.

Gorner fit le tour de son bureau et vint se placer à côté de Bond.

— Je vous regarderai décoller d'ici quelques minutes, dit-il. Puis j'irai attendre l'inévitable catastrophe. Avez-vous un dernier message à transmettre à vos compatriotes ? À votre reine ? Au Premier ministre ?

Bond se mordit la lèvre. L'injonction de Poppy résonnait dans son esprit : « Tuez Gorner. »

— Dans ce cas, dit Gorner, allons-y. Vous êtes prêt à jouer, cette fois-ci ?

Les mêmes gardes emmenèrent Bond dans le couloir et pointèrent le canon de leurs armes contre ses tempes, tandis qu'ils empruntaient l'ascenseur télescopique. Le fourgon électrique les attendait pour les conduire jusqu'à l'entrée principale. Le conducteur se servit du rayon laser pour actionner son ouverture.

Il n'était pas encore 9 heures, mais la chaleur était déjà intense tandis qu'ils traversaient la piste pour rejoindre le VC-10, qui étincelait au soleil. La queue de l'appareil, avec ses quatre réacteurs arrière de la Rolls-Royce Conway, lui conférait une ligne superbe, d'un galbe élancé. Dans d'autres circonstances, la perspective de piloter un pareil engin aurait suscité l'enthousiasme de Bond. Mais il savait en l'espèce que son unique chance de sortir vivant de cet avion reposait sur une banquière parisienne spécialiste en investissements, à la taille de guêpe et aux cheveux d'un noir de jais, armée d'un pistolet soviétique qu'elle ne savait pas manier. À supposer, bien sûr, qu'elle ait réussi à se faufiler à bord.

Bond prit une profonde inspiration et posa le pied sur la passerelle qui rejoignait l'entrée des passagers. Une fois à bord, on le tira sans ménagement à travers l'allée centrale, avant de le pousser vers un siège situé dans les derniers rangs de la première classe. Penchant la tête pour éviter le compartiment des bagages à main, il laissa tomber sur le siège l'éclat de verre qu'il avait une fois encore réussi à dissimuler dans sa bouche. L'un des gardes s'assit à ses côtés, un autre dans la rangée précédente et le troisième derrière lui. Les moteurs tournaient déjà au ralenti.

Un individu trapu à la peau foncée, portant un pantalon de combat et un tee-shirt blanc, apparut dans la travée centrale et se pencha vers lui.

— Je suis Massoud, dit-il. Nous vérifions les derniers détails avec le pilote. Nous décollerons dans une demi-heure. Vous ne bougez pas d'ici. Si vous faites le moindre geste, nous vous abattons.

— Charmant accueil, dit Bond. Vous n'auriez pas une cigarette ?

— Tenez-vous tranquille et attachez votre ceinture. Interdit de fumer pour l'instant.

Bond fit ce qu'on lui demandait. Normalement, c'était le moment qu'il appréciait le plus lorsqu'il prenait l'avion, sachant qu'il disposait de quelques heures sans que M ou l'une de ses innombrables conquêtes féminines soit en mesure de le joindre. Il en profitait pour relire les *Principes modernes du golf* de Ben Hogan ou pour regarder le soleil briller sur les ailes de l'avion en sirotant un Bloody Mary, au-dessus d'une étendue de nuages qui évoquait un paysage polaire.

Bond releva les yeux et vit qu'un autre individu le regardait, depuis la travée centrale. Il portait une chemise fripée de la BOAC. Il était de toute évidence anglais et n'en menait visiblement pas large.

— Je m'appelle Ken Mitchell, dit-il à Bond sur le même ton que s'ils s'étaient trouvés sur un terrain de golf du Surrey. Je suis le pilote de cet appareil, pour mon malheur. Je viens simplement vous demander de ne tenter aucune manœuvre inconsidérée. C'est notre seul espoir. Je serai aux commandes pendant le décollage et une bonne partie du trajet. On vous installera dans la cabine de pilotage pour la dernière partie du voyage. Ils m'ont promis de me relâcher si je jouais franc-jeu avec eux. Ne venez pas tout foutre en l'air, Monsieur Bond. Ce sera demain l'anniversaire de ma fille.

— Entendu, dit Bond. Vous avez quelques recommandations, concernant la conduite de cet engin ?

— Pour garder le cap, ne vous fiez pas aux tableaux de bord. Donnez-vous un point de mire à l'horizon, la courbe d'un nuage par exemple, et orientez-vous en fonction de ça. Mais nous serons la plupart du temps en pilotage automatique. Il suffira de vous laisser porter.

— Merci, Ken. Allez vous rasseoir et profitez du vol.

Mitchell lui adressa encore un regard implorant, tandis qu'un garde le saisissait par le bras et l'obligeait à regagner le cockpit.

Quelques minutes plus tard, Bond sentit le soubresaut des moteurs qu'on enclenchait, tandis que l'avion se mettait lentement à rouler. À travers le hublot, il aperçut la lumière verte qui s'était mise à clignoter au sommet de la modeste tour de contrôle. Parvenu au bout de la piste, l'avion fit demi-tour et s'immobilisa.

Bond entendit les moteurs Rolls-Royce qui se mettaient à rugir, à l'arrière du fuselage. Puis l'appareil, propulsé vers l'avant, roula de plus en plus vite. Bond sentit le bas de son dos se tasser dans le creux de son siège, tandis que le nez de l'appareil se soulevait et que l'énorme poussée des réacteurs arrachait le grand avion du sol et l'entraînait dans le ciel immobile, au-dessus du désert brûlant.

*
* *

Dans le hangar aux parois d'acier, à Nochahr, le dernier des filets de camouflage qui recouvraient le nez de l'Ekranoplan avait été ôté et les moteurs se mirent en route. Les quatorze membres d'équipage étaient tous porteurs de faux passeports britanniques, alors qu'il y avait parmi eux huit Perses, deux Iraquiens, deux Turcs et un Saoudien. Le dernier, qui avait coiffé les écouteurs et s'était assis devant la radio de bord, était un Russe qui parlait le farsi.

C'était la première fois que l'Ekranoplan quittait le hangar depuis que sa structure avait été modifiée afin de pouvoir accueillir quatre réservoirs d'essence supplémentaires, six lance-roquettes et quatre missiles sol-air. La tension était perceptible au sein de l'équipage tandis que les puissants moteurs se mettaient en marche, au-dessus de la mer faiblement agitée. Le ralentissement provoqué par le mouvement des vagues exigeait davantage de puissance pour soulever l'embarcation au-dessus de la mer que lorsqu'elle filait à pleine vitesse. L'essentiel du ralentissement advenait avant que l'appareil n'ait pris son élan, au moment où il devait franchir les vagues qu'il provoquait lui-même en se décollant de l'eau.

Tandis que le hurlement des moteurs s'amplifiait et que l'Ekranoplan adhérait toujours à la mer, le Russe contempla les visages anxieux qui s'étaient tournés vers lui.

— Ne vous inquiétez pas, dit-il en farsi.

Le pilote tendit la main et abaissa le levier placé devant lui, qui activait la PAP – puissance d'augmentation de la pompe – laquelle détournait brièvement la puissance du moteur et repoussait l'air sous les ailes.

L'appareil se souleva brusquement et ils se retrouvèrent en train de glisser au-dessus de l'eau, sur un gigantesque coussin d'air. Le pilote put alors diminuer la puissance du moteur, y compris lorsque la vitesse s'accéléra. Des applaudissements spontanés retentirent parmi l'équipage.

Le long du front de mer, à Nochahr, les voitures s'arrêtèrent et des centaines d'autochtones contemplèrent la scène, le souffle coupé.

Sans se soucier de l'intérêt que suscitait l'Ekranoplan, le Russe se concentra sur son émetteur.

*

* *

— C'est le plus étrange quartier général que j'aie jamais vu, dit Felix Leiter en regardant les coupes remplies de grenades et d'épines-vinettes disposées sur la table, ainsi que la vue de la mer Caspienne qui se découpait à travers la fenêtre de la chambre 234, au Jalal's Five Star.

J. D. Silver porta la tasse de thé à ses lèvres. Son regard aux aguets allait sans cesse d'un bout à l'autre de la pièce.

Le téléphone sonna sur la table de chevet. Felix décrocha.

— C'est pour vous, Darius. Votre assistant à Téhéran.

Darius sauta par-dessus le lit et saisit l'écouteur.

— Babak ? Vous avez tous les détails ? Parfait. Je vous écoute.

Il sortit son stylo et nota fébrilement sur le bloc-notes posé auprès du lit : « Latitude 46.34944. Longitude 48.04917. Latitude 48.8047222. Longitude 44.5858333... », ainsi que des mots en farsi que

Leiter et Silver, penchés derrière son épaule, étaient incapables de déchiffrer.

Cinq minutes plus tard, Darius reposa le combiné et tendit la feuille de papier à J. D. Silver.

— Voici la destination de l'Ekranoplan, dit-il. Ici, vous avez l'estimation de sa vitesse et ce nom de code signifie que l'appareil est porteur d'une charge nucléaire. Vous allez devoir faire vite.

— Oui, dit Silver. Est-on absolument sûr que cette ligne n'est pas sur écoutes ?

— Qui pourrait le savoir, mon vieux ? dit Leiter. De toute façon, nous n'en avons pas d'autre à notre disposition.

Silver se pencha sur l'appareil.

— Ça ne vous ennuie pas de vous écarter un peu, les gars ? lança-t-il. Je dois entrer deux ou trois codes d'accès que je suis censé ne divulguer sous aucun prétexte. Sans vouloir vous offenser.

— Pas de problème, dit Leiter. Venez, Darius, allons admirer le décor.

— Hamid, dit Darius, pouvez-vous nous attendre dans le couloir ?

Felix et Darius se plantèrent devant la fenêtre et regardèrent la mer. Felix leva la pince métallique qui lui tenait lieu de main droite.

— Je croiserais les doigts si j'en avais, dit-il.

D'un geste fraternel, Darius saisit Felix par l'épaule.

— C'est le destin, dit-il. *Kismet*.

— Quatre quatre six, disait dans leur dos la voix de Silver. Huit sept. Répondez.

Du bout de son pied droit, il tira doucement sur le câble du téléphone qui disparaissait derrière une plinthe, sous la table de chevet. L'un après l'autre, les fils minuscules qui se trouvaient à l'intérieur furent déconnectés, sous la pression de son pied. Il finit par arracher le câble hors de la plinthe et repoussa sous le lit son extrémité effilochée, afin qu'on ne l'aperçoive pas.

— C'est cela même, Langley ! lança-t-il avec un enthousiasme feint. Maintenant, écoutez bien. Latitude 46.34944. Longitude 48.04917. Latitude 48.8047222. Longitude...

— On dirait que l'opération est bien enclenchée, dit Felix à Darius. Reste à régler l'affaire du VC-10.

17

L'air de Carmen

Le VC-10 atteignit une altitude de dix mille mètres quelque part à l'est de Téhéran et poursuivit sans encombre sa progression vers le Kazakhstan, au sud de l'Union soviétique. Indépendamment des circonstances, songea Bond en regardant les monts Elbourz qui se profilaient derrière le hublot, c'était une journée idéale pour un voyage en avion. Les doigts crispés sur l'éclat de verre qu'il tenait dans sa main droite, il continuait à frotter le cordage qui entravait ses poignets, aussi discrètement que possible. Heureusement qu'ils étaient en première classe et que les sièges étaient assez espacés... En classe économique, la plus légère vibration aurait forcément été perçue par le garde assis à ses côtés.

Bond se recroquevilla, en s'appuyant contre la paroi de l'appareil. Il baissa la tête et ferma les yeux, feignant d'être épuisé par son expédition dans le désert et de se résigner à sa fin programmée. D'après lui, deux mille trois cents kilomètres les séparaient approximativement de Zlatoust-36 : cela dépendait de la localisation exacte du repaire de Gorner. Il savait que le VC-10 pouvait atteindre une vitesse de 750 km/h. On avait beaucoup parlé de ce chiffre au cours des débats politiques qui avaient agité l'opinion, lorsque le gouvernement britannique avait officiellement chargé la BOAC de construire cet appareil.

Leur vol avait commencé depuis une soixantaine de minutes. Si Scarlett n'apparaissait pas au cours de l'heure suivante, il allait falloir qu'il se charge seul des quatre hommes armés qui se trouvaient à bord. À moins, bien sûr, qu'il ne parvienne à convaincre Ken Mitchell de lui donner un coup de main. Mais cela semblait peu probable : le pilote devait avoir une conception de l'action qui se limitait au tournoi de golf mensuel de Woking.

Bond remua son poignet droit, pour voir s'il avait réussi à entamer le cordage en nylon. L'éclat du pare-brise avait beau être tranchant, il dut reconnaître que le résultat n'était guère convaincant.

Il ignorait à quel moment précis on lui demanderait de rejoindre le poste de pilotage. Ses gardiens allaient bien devoir libérer ses poignets à un moment donné, pour qu'on puisse penser qu'il était aux commandes de l'appareil pendant l'attaque de Zlatoust-36. Mais lorsqu'on l'emmènerait dans la cabine, il serait déjà trop tard. Il fallait impérativement qu'il tente quelque chose avant.

Jetant un coup d'œil au garde assis sur sa gauche, qui regardait fixement devant lui, Bond accéléra le rythme de ses frottements. C'était sa seule chance de survie.

*

* *

Après avoir reposé le combiné, dans la chambre 234, J. D. Silver annonça à Darius et Leiter qu'il devait aller récupérer quelque chose dans sa voiture.

— J'en ai pour cinq minutes, leur dit-il. Mais comme nous attendons que Langley nous rappelle, évitez de vous servir du téléphone pendant mon absence. Il faut que la ligne reste libre.

— Pas de problème, dit Felix.

Silver sortit et referma la porte.

— Eh bien, dit Darius, nous pouvons être sûrs que d'ici une heure une tempête va s'abattre sur la mer Caspienne.

— Ouaip, dit Felix. Suite au coup de fil de Silver, Langley a déjà dû prévenir le Pentagone. Ça doit être le branle-bas de combat au quartier général de l'US Air Force ! Nous pouvons dire adieu à l'Ekranoplan.

— Vous êtes sûr que nous ne pouvons rien faire, concernant ce VC-10 ? demanda Darius.

— Ma foi, nous savons qu'il doit lancer une attaque en même temps que l'Ekranoplan : il doit donc avoir déjà décollé à l'heure qu'il est. Nous savons aussi que tous les chasseurs de l'US Air Force rôdent à la lisière de l'espace aérien soviétique. En dehors de ça…

Felix ouvrit grand les bras.

— Rien d'autre ? demanda Darius.

— Il y a trois jours, je recherchais une jeune femme qui avait disparu à Los Angeles. Je ne peux tout de même pas faire des miracles. Ce dont j'aurais besoin, c'est d'un bon petit déjeuner. Vous mangez aussi des œufs, dans votre pays, ou vous vous contentez des fruits ?

— Je suis sûr qu'on pourra vous préparer une omelette, dit Darius. Mais nous ne pouvons pas appeler la réception, puisque la ligne doit rester libre. Au cas où Langley rappellerait.

— Je peux descendre aux cuisines et leur poser directement la question, dit Leiter. Ou me la préparer moi-même. Un Texan ne travaille jamais l'estomac vide.

— C'est rageant, dit Darius. Il faut de mon côté que j'appelle Babak, afin qu'il prévienne Londres par radio. Il est impératif qu'ils soient mis au courant des derniers événements. Nous pourrions avoir besoin des avions de la RAF, au cas où vos hommes échoueraient. Ou pour venir les épauler.

Il s'assit au bord du lit en hochant la tête d'un air frustré. Felix s'assit en face de lui, sur la petite chaise en bois, et passa sa main gauche dans ses cheveux coupés ras.

Trois minutes s'écoulèrent de la sorte. Les deux hommes regardaient dans le vide, échangeant parfois un rapide coup d'œil.

Leiter finit par s'exclamer :

— Que fabrique donc Silver ? Il a dit qu'il en avait pour cinq minutes. (Il jeta un regard à sa montre.) Cela fait dix minutes qu'il est parti.

Darius le regarda droit dans les yeux. Felix soutint son regard.

Une autre minute s'écoula en silence. Darius ne quittait pas Felix des yeux. On aurait dit que leurs pensées s'étaient peu à peu rejointes, pour aboutir à la même conclusion.

— C'est bizarre, dit Felix.

— Oui, dit Darius. Depuis quand la CIA se sert-elle d'une ligne téléphonique pour appeler un agent ?

— Nom de Dieu…

Les deux hommes se jetèrent ensemble sur le téléphone. Darius était le plus près, ce fut lui qui souleva le combiné et découvrit qu'il n'y avait plus de tonalité.

Felix jura bruyamment. Darius avait déjà atteint la porte.

— Hamid ! cria-t-il dans le couloir. En route, vite !

Ils n'avaient pas le temps d'attendre l'ascenseur et se précipitèrent dans l'escalier, Felix clopinant un peu à l'arrière. Puis ils émergèrent de l'hôtel et coururent vers la Cadillac grise d'Hamid.

Darius lança quelques mots en farsi tandis qu'ils s'engouffraient dans le véhicule. Hamid avait déjà mis le moteur en route. Lorsqu'il démarra, il laissa une longue marque de pneus sur la route du front de mer. Darius se tourna vers Felix.

— Je lui ai demandé de nous conduire à la sortie de la ville. J'avais remarqué une cabine téléphonique isolée sur le bord de la route, en arrivant. Il faut absolument que j'appelle Téhéran. Babak enverra ensuite un message radio sécurisé à Londres. Ils feront tout pour que la RAF intervienne à temps. Je crois qu'il vaut mieux éviter de passer par Langley.

Felix poussa un nouveau juron.

— Cela paraît en effet plus sûr pour l'instant, dit-il. Je me demande si Carmen agit sur les ordres de Washington ou s'il fait cavalier seul dans cette affaire.

— Pour l'instant, dit Darius, cela n'a pas grande importance. Nous savons que nous ne pouvons compter que sur nous. Mais nous allons peut-être savoir assez vite à quoi nous en tenir, au sujet de Silver : quelqu'un nous suit.

Dans un crissement de pneus, Hamid bifurqua et s'engagea dans une avenue résidentielle, bordée de palmiers et de grandes villas blanches. Felix regarda par la vitre arrière. Une Pontiac noire couverte de poussière se rapprochait d'eux.

— Nous voilà fixés, dit Felix. Mais je n'ai que ce joujou sous la main. (Il sortit de sa veste un Colt M-1911.) Efficace à une soixantaine de mètres, mais plus de la première jeunesse.

— Lancez-lui un avertissement, dit Darius.

— Un dernier détail, dit Felix en brandissant la pince qui remplaçait sa main droite. Je tirais avec cette main, autrefois.

Darius s'empara du pistolet, brisa la vitre arrière et visa la Pontiac, qui fit une brusque embardée, monta sur le trottoir, mais revint un instant plus tard sur la chaussée.

— *Allah Akbar !* lança Hamid.

— Concentrez-vous sur la conduite, mon vieux ! lança Felix qui s'était accroupi derrière le siège, sous la vitre arrière. Est-ce bien Carmen ?

— D'ici, impossible à dire, répondit Darius. Accélérez, Hamid !

La Cadillac déboucha dans une petite rue qui donnait sur le marché de Nochahr et sa roue avant heurta une charrette surchargée, précipitant une cascade d'oranges en travers de la chaussée. Hamid écrasa la pédale de l'accélérateur. La grosse voiture poussa un rugissement, franchit une voie ferrée dénuée de passage à niveau et s'élança vers les petites collines qui s'étendaient au pourtour de la ville.

Darius redressa la tête et jeta un coup d'œil par la vitre arrière. Brandissant le Colt à deux mains, il tira une nouvelle fois.

La balle fit voler en éclats le pare-brise de la Pontiac, mais la crosse d'un automatique déblaya rapidement les débris, révélant un visage livide et couvert de sueur, aux cheveux roux plaqués sur le front, et dont l'expression n'était pas sans évoquer celle d'un fox-terrier aux aguets.

— C'est bien Carmen ! s'exclama Felix. Filez-lui sa pâtée !

Darius tira encore une fois, mais la balle ricocha sur le capot de la Pontiac.

— Combien de balles y a-t-il dans cet engin ? demanda-t-il.

— Sept, plus une dans la chambre, dit Felix. Il vous en reste donc cinq.

— Il vaut mieux les garder en réserve, dit Darius. Vous allez devoir me couvrir pendant que je téléphone.

— Dans ce cas, essayons de le semer.

Darius lança un ordre à Hamid, qui donna un brusque coup de volant sur la droite. Dans un hurlement de pneus, la voiture tourna à angle droit, soulevant derrière elle un nuage de poussière. Hamid cria quelque chose à Darius, au milieu du vacarme.

— Nous ne sommes plus très loin de la cabine, dit Darius à Felix. Hamid va essayer de faire le plus de poussière possible. Accrochez-vous.

Ils n'étaient plus sur l'asphalte et s'étaient engagés sur un chemin de terre. Hamid faisait zigzaguer son véhicule sans le moindre ménagement : on entendait le châssis d'acier résister aux tractions de la direction et les pneus qui hurlaient en essayant d'agripper la surface du sol. Mais la grosse conduite intérieure était conçue pour de paisibles randonnées, non pour un tel rodéo. En essayant de redresser sa trajectoire, Hamid heurta un rocher : la Cadillac se renversa et glissa sur le flanc, en travers du chemin.

Darius, qui s'était entaillé le front, se hissa à l'extérieur par la portière arrière et aida Felix à sortir à son tour. Le Texan poussa un juron en retombant sur sa jambe valide. Darius lui tendit le Colt, puis remonta le chemin en courant pour rejoindre la chaussée goudronnée. La cabine téléphonique se dressait un peu plus loin, visible d'en bas.

— Couvrez-moi ! cria-t-il à Felix.

Un bruit de moteur leur parvint, à travers le nuage de poussière. La Pontiac noire émergea à son tour. Abrité derrière l'écran protecteur de la Cadillac, renversée sur le côté, Felix fit feu, visant le pare-brise éclaté. La Pontiac freina, fit un écart et s'immobilisa. Blessé à l'épaule, Silver bondit à l'extérieur et se jeta derrière son véhicule.

Felix savait qu'il lui suffisait de l'immobiliser là, le temps que Darius ait transmis l'ensemble des coordonnées à Téhéran. Mais combien de temps cela allait-il prendre ? Jusqu'à quel point pouvait-on compter sur l'efficacité du réseau téléphonique en Perse ?

Dans la cabine, Darius avait réussi à joindre Babak :

— Écoutez-moi bien. Contactez Londres sur la bande de 14 mégacycles. Et il y a aussi un avion...

Le pistolet dans sa main gauche, Felix épiait le moindre signe de mouvement en provenance de la Pontiac. Il n'avait plus que quatre balles et ne voulait en gaspiller aucune. Il ne voyait aucun inconvénient à jouer au chat et à la souris avec Silver. Mais celui-ci devait bien s'être douté que Darius et Leiter avaient quitté l'hôtel en catastrophe pour essayer de contacter Londres.

Il entendit un gémissement monter de la Cadillac.

— Ça va, Hamid ? murmura-t-il.

— Je crois. Je me suis entaillé les mains. Mais rien de grave.

— Évitez de montrer le bout de votre nez.

Une balle érafla soudain le flanc de la Cadillac. Hamid se mit à prier à voix haute. Ce qui inquiétait Felix, c'est que le coup avait été tiré d'en haut, depuis la route où se trouvait la cabine téléphonique. Silver avait dû réussir à se faufiler derrière la Pontiac et à rejoindre la route à travers les broussailles.

Felix jura bruyamment et se mit à courir, aussi vite que le lui permettait sa jambe articulée.

— Vous avez tout noté, Babak ? disait Darius dans le combiné. Y compris pour le VC-10 ? Très bien, mon vieux. Maintenant, dépêchez-vous de…

Darius Alizadeh n'acheva pas sa phrase. Deux coups de feu venaient d'éclater et les balles lui traversèrent le cœur. Il tomba à genoux, de toute sa hauteur, avant de basculer en avant dans la poussière de sa terre natale.

Felix émergea au sommet de la pente, en traînant la patte. Il arriva trop tard pour apercevoir Silver, qui avait glissé l'arme encore fumante dans sa ceinture et s'était tapi derrière un buisson.

Felix poussa un cri en apercevant le corps de Darius et le combiné qui oscillait dans le vide, au bout de son fil. Il s'agenouilla et colla son oreille contre la poitrine de Darius. Celui-ci respirait encore faiblement et ouvrit les yeux.

— J'ai transmis le message à Babak, dit-il. Je lui ai dit… tout… ce que nous savions.

Il referma les yeux. Felix lui souleva la tête, la calant dans le creux de son bras valide.

— Ce J. D. Silver… murmura Darius tandis que l'ombre d'un sourire passait sur son visage. Il ne fait pas partie de ceux… que mon père appelait… les « citoyens de l'éternité »…

— Contrairement à vous, l'ami, répondit Felix. Il ferait plutôt partie de la catégorie des fils de pute, pour reprendre la terminologie de mon propre père.

Alors que le corps de Darius se relâchait, Felix entendit le bruit d'un pistolet qu'on armait.

— Ne bougez pas, Leiter.

Silver se redressa, les mains crispées sur la crosse de son arme.

— Les mains en l'air, Leiter. Rien ne vous oblige à mourir inutilement. Soyez sage et vous pourrez bientôt vous remettre à filer les maris infidèles ou à rechercher les starlettes qui se sont évanouies dans la nature. Faites ce que je vous dis. Mettez vos deux mains sur la tête.

— Pour qui travaillez-vous, Silver ?

— Pour les mêmes patrons que vous, Leiter. J'ai simplement reçu de nouvelles consignes. Nous voulons que les Anglais s'impliquent au Viêt Nam. Nous avons besoin de leur soutien. Un petit rappel des Russes les aidera peut-être à prendre leur décision.

— Vous êtes devenu cinglé, dit Leiter.

— Taisez-vous, dit Silver.

Il avait entrepris de le fouiller et s'empara du Colt que Felix avait glissé dans sa ceinture.

— Jolie antiquité, dit-il avant de le fourrer dans la poche de sa veste. Maintenant, allongez-vous. Face contre terre.

Felix obéit.

— Vous avez informé Langley de l'existence de cet avion bourré d'explosifs ? demanda-t-il à Silver.

— Rien ne nous dit qu'il soit bourré d'explosifs, répondit Silver.

— Qu'est-ce qu'il transporte, à votre avis ? Des pistolets en plastique ?

— Je leur ai dit tout ce que je savais, reprit Silver. Et ils ont tranché en fonction. Une fois que les dés sont lancés, Leiter, c'est au locataire de la Maison-Blanche de prendre sa décision. Il doit considérer la situation dans son ensemble. Si les Russes prennent un peu de plomb de l'aile, il ne s'en plaindra pas. Si c'est Londres qui encaisse un mauvais coup, ce sera un peu plus préoccupant. Mais si cela pousse les Anglais à sortir de leur réserve et à prendre enfin au sérieux la guerre qui est en train de se jouer, y compris au Viêt Nam, cela relèvera du calcul tactique. Il faut savoir prendre des risques, de temps en temps. Et si cela vous permet au final d'emporter le morceau, le jeu en vaut la chandelle.

Leiter se redressa, en appui sur son coude.

— Mais si vous leur cachez une partie des données dont ils auraient besoin pour…

Tout en parlant, il venait d'apercevoir une ombre sur le sol poussiéreux, derrière les mocassins noirs de J. D. Silver. L'entraînement que Felix avait subi des années plus tôt à la CIA avait laissé en lui des marques indélébiles – notamment au niveau des réflexes – et il ne manifesta pas la moindre réaction.

Mais il savait qu'il devait continuer de parler.

— Je ne crois pas que vous me disiez toute la vérité, Carmen. Certes, nous voulons que les Anglais nous rejoignent au Viêt Nam. Et les gars du Département d'État peuvent estimer qu'une petite escarmouche peut s'avérer profitable à long terme. Mais le truc qui se prépare est d'une autre ampleur. Nous sommes devant une très grosse, une énorme opération. Vous savez ce que je suis en train de me dire, Carmen ? Qu'on m'a raconté des craques à votre sujet – et que vous avez tout simplement été retourné.

Quelqu'un vous fait chanter. Si ça se trouve, un brave agent de l'Union soviétique est venu vous trouver un jour et...

Silver poussa un cri de colère et brandit son arme, s'apprêtant à abattre Leiter à bout portant. Mais avant qu'il ait pu appuyer sur la gâchette, une partie de son visage explosa et lui gicla en travers du nez. Hamid venait de lui asséner à l'aide d'une lourde pierre un coup fracassant sur l'arrière du crâne, dont les échos retentirent sans doute jusqu'au sommet des collines environnantes.

Felix se releva en tremblant. Il se dirigea vers Hamid et l'étreignit brièvement, de son bras valide.

— Merci, Hamid.

— *Allah Akbar*.

Il fallut un instant à Felix pour reprendre son souffle.

— Ma foi, dit-il, je vais finir par le croire. Il n'est pas impossible que vous ayez raison sur ce point, mon cher Hamid. Maintenant, il faut que nous songions à ramener chez lui M. Alizadeh.

*

* *

Bond estimait qu'ils volaient à présent depuis près de trois heures. La chaîne de l'Oural s'étendait à leurs pieds, scintillante au soleil sous le ciel dégagé.

— Puis-je dire un mot au pilote ? demanda-t-il au garde armé toujours assis à ses côtés.

L'homme hocha négativement la tête. Bond songea qu'il ne devait même pas parler anglais.

— Appelez Massoud, dit-il.

L'homme secoua à nouveau la tête.

— J'ai besoin de savoir comment fonctionne cet avion, dit Bond. Allez chercher Massoud.

Le garde émit quelques sons gutturaux, à l'intention de l'homme qui était assis devant eux. Celui-ci, qui portait une casquette des Chicago Bears, se leva avec réticence et se dirigea vers la cabine de pilotage. Il revint quelques instants plus tard – non pas en compagnie de Massoud, mais de Ken Mitchell.

— Ils veulent que vous preniez place à présent dans la cabine, lui annonça Mitchell. Mais surtout, ne tentez rien d'inconsidéré.

— Qui est aux commandes en ce moment ?

— L'appareil est en pilotage automatique. Vous n'aurez rien à faire jusqu'à ce que nous soyons sur le point d'arriver. Il faudra alors perdre de l'altitude.

— Connaissez-vous le but de cette expédition ? demanda Bond.

— Non, répondit Mitchell. Curieusement, j'ai tendance à faire ce qu'on me dit sans me poser de questions lorsqu'on me braque un pistolet sur le front.

— Il est temps que vous soyez au courant, dit Bond. Les soutes de cet appareil contiennent une gigantesque cargaison d'explosifs. Nous devons les lâcher sur Zlatoust-36, la plus grande réserve d'armements nucléaires soviétiques.

— Mon Dieu...

Mitchell vacilla et dut se retenir au siège qui se trouvait devant lui.

— Vous souhaitez toujours que je ne tente rien d'inconsidéré ? lui demanda Bond.

Le garde qui était assis près de lui frappa Bond sur la bouche, du revers de la main.

— Pas parler, dit-il.

— Qu'est-ce qui se passe ?

Massoud avait surgi de la cabine de pilotage, désormais vide d'occupants. Il tira de sa ceinture un Colt.45 – une arme d'une indéniable puissance dissuasive, songea Bond, mais dangereuse à une telle altitude.

— Debout, lança Massoud en pointant son arme sur Bond.

— Je ne bougerai pas, dit Bond.

— Debout ! hurla Massoud.

Il se pencha par-dessus le garde et saisit Bond à la gorge. Ce dernier voyait fort bien comment le « caïd » s'était assuré le contrôle du racket dans le bazar de Téhéran. Le garde défit la ceinture de sécurité de Bond, qui garda les mains croisées derrière le dos, retenant le cordage qu'il était enfin parvenu à trancher.

Bond laissa Massoud le tirer vers lui. Mais lorsque sa main approcha du cou de l'homme assis à ses côtés, il se libéra du cordage et planta de toutes ses forces l'éclat de verre dans la veine jugulaire du garde. Celui-ci poussa un hurlement et le sang se mit à gicler sur le siège de la rangée précédente. Tout en basculant vers l'avant, Bond s'empara du pistolet que le garde portait à sa hanche. Pivotant brusquement sur ses talons, il abattit la crosse de l'arme sur le visage de Massoud. Momentanément sonné, celui-ci s'effondra sur la rangée de sièges opposés tandis que Bond se jetait au sol, dans la travée centrale.

Au même instant retentit la violente décharge d'un pistolet soviétique. Bond vit exploser le visage du garde qui était assis devant lui et qui venait de se redresser : la balle avait pénétré juste en dessous de l'œil et la casquette des Chicago Bears voltigea dix rangées plus loin.

Toujours couché au sol, Bond se retourna. Plus loin dans la travée, approximativement au milieu de la classe économique, les jambes bien implantées au sol et brandissant à deux mains – à la pointe du triangle formé par ses bras – un Makarov 9 mm semi-automatique, les cheveux noirs sagement ramenés en chignon sous sa toque, se tenait une jeune femme qui portait l'uniforme des hôtesses de la BOAC.

Le garde qui était assis derrière Bond se pencha dans l'allée centrale et tira sur Scarlett, offrant du même coup une cible idéale. Toujours étendu au sol, Bond se servit du Luger qu'il avait confisqué à son voisin. Au premier coup de feu, l'homme s'effondra en travers des sièges.

Entre-temps, Massoud s'était ressaisi et venait de se redresser. Scarlett le vit s'avancer et tira à nouveau avec son Makarov, tandis que Bond se jetait sur les chevilles de Massoud. Il se retrouva sur lui, dans l'étroit espace réservé aux jambes, entre deux rangées de sièges. Ses mains serraient la gorge de Massoud, mais il fut brusquement repoussé en arrière, dans la travée centrale, en même temps qu'une détonation retentissait, émise par l'énorme Colt de Massoud.

La balle traversa le hublot en Perspex renforcé, juste à côté du garde que Bond venait d'abattre. La décompression immédiate aspira le corps de l'homme jusqu'au minuscule trou étoilé, qu'il réussit provisoirement à colmater.

Mitchell s'exclama soudain :

— Ne tirez plus, bon Dieu ! Le pilotage automatique a été touché !

Le grand avion flambant neuf, qui avait manifesté jusque-là tant de puissance et de souplesse, chuta brusquement de cent cinquante mètres et s'immobilisa, aussi violemment que s'il avait heurté le sol, secoué par une vibration qui se répercuta dans le moindre de ses rivets. Puis il émit un long hurlement et commença à piquer du nez.

Bond, Massoud et Scarlett basculèrent et se retrouvèrent au sol.

— Ken ! hurla Bond. Regagnez la cabine, nom de Dieu ! Nous sommes en train de tomber.

Le visage de Bond baignait dans le sang qui avait giclé de la gorge du garde dont il avait tranché la veine jugulaire. Autour d'eux, les sièges de la première classe étaient éclaboussés d'éclats de chair et de cervelle. Bond criait toujours à l'intention de Ken Mitchell, mais le pilote semblait tétanisé par la panique, les mains crispées sur le dossier d'un siège.

Bond rampa jusqu'à lui et planta sur sa tempe le museau de son Luger.

— Si vous ne rejoignez pas immédiatement cette fichue cabine, lui dit-il, je vous fais sauter la cervelle. Allez ! Vite !

Mitchell se mit lentement en route, glissant et pataugeant dans la travée inclinée et inondée de sang. Bond aperçut son visage sillonné de larmes.

— Dépêchez-vous ! rugit-il.

Massoud réussit à se redresser et à conserver son équilibre assez longtemps pour tirer en direction de Bond. Mais les soubresauts de l'avion qui poursuivait sa descente dévièrent son tir et la balle alla se perdre dans le plafond.

Scarlett avait réussi à se retenir au pied d'un siège, à l'arrière de l'appareil. Bond apercevait les jambes de Massoud, cinq ou six rangées plus loin ; toutefois, il hésitait à tirer, même avec une arme de faible puissance comme le Luger, par crainte de provoquer une nouvelle décompression.

Mais l'avion fut soudain secoué par un soubresaut gigantesque et piqua brusquement vers l'avant. Mitchell fut précipité contre la cloison et s'écroula, assommé. Scarlett se mit à crier et Bond vit son corps glisser le long de la travée centrale. Massoud l'agrippa au passage et la retint par le bras. Bond le vit tirer la jeune femme entre les deux rangées de sièges, là où il se trouvait, et la garrotter avec son bras. Elle avait perdu son arme.

Malgré les cahots et les vibrations qui secouaient l'appareil, Massoud réussit à s'agenouiller, se servant de Scarlett comme bouclier. L'homme était d'une force prodigieuse, songea Bond. On aurait dit un homme des cavernes tirant sa compagne par les cheveux. Il la maintenait d'une main, serrée contre lui, et s'aidait de l'autre pour regagner l'avant de l'appareil. Quand il passa devant Bond, leurs regards se croisèrent. Massoud avait collé le canon de son arme contre l'oreille de Scarlett et n'eut même pas besoin de prononcer un mot. Lorsqu'il atteignit la zone inondée de sang, il n'eut quasiment plus qu'à se laisser glisser jusqu'à la cabine, où il prit place sur le siège du pilote.

L'avion se redressa et Bond considéra l'étendue des dégâts. Le hublot qui avait été perforé continuait à produire de la décompression : il était difficile de résister à sa force d'aspiration. Certains sièges avaient été arrachés du plancher et Bond savait que si le cadavre du garde succombait finalement à la pression et brisait le hublot, avant d'être aspiré dans le vide, la situation s'avérerait franchement dramatique.

Mitchell paraissait inconscient. Son corps gisait en travers de l'allée centrale, là où il était tombé, non loin du cockpit.

Bond s'avança, enjamba le corps du pilote et ouvrit la porte de la cabine. Scarlett était assise aux commandes de l'appareil. Massoud pointait son pistolet sur sa tempe. Il se tourna vers Bond et le regarda calmement.

— Lâchez votre arme, dit-il. Ou je la tue.

— Vous ne prendrez pas ce risque, dit Bond. Pas avec un flingue pareil.

Massoud baissa son arme et saisit d'une poigne d'acier la gorge de Scarlett.

— Voilà comment nous agissions au bazar avec les mauvais payeurs, dit-il. Cela évite de tirer.

— D'accord, dit Bond.

— Asseyez-vous, dit Massoud en montrant le siège du copilote. Et donnez-moi votre arme.

Bond regarda les yeux écarquillés et terrorisés de Scarlett, qui l'imploraient en silence, et fit ce que Massoud lui demandait.

L'ancien caïd jeta un rapide coup d'œil à la carte qui était posée sur la console centrale, puis examina la forêt de cadrans devant lesquels Scarlett était assise.

— Dans six minutes, dit-il, nous entamerons notre descente.

Il montra à Scarlett comment il fallait procéder : lorsqu'on poussait le levier de contrôle vers l'avant, l'avion perdait de la hauteur.

À côté de lui, sous sa main droite, se trouvait le clavier installé par les ingénieurs de Gorner. Il était relié au lance-roquettes et au mécanisme qui actionnait l'ouverture de la soute, sur le flanc de l'appareil. Massoud pianotait dessus d'un air impatient.

*

* *

Au même instant, comme prévu, l'Ekranoplan faisait le plein d'essence depuis une citerne du Fort Chevchenko, à l'extrémité occidentale du Kazakhstan.

La cible était donc immobilisée, pour les pilotes des trois Vulcan B.2 de la Royal Air Force qui arrivaient à 7 500 mètres d'altitude, juste en dessous du mur du son. Ils avaient maintenu cette vitesse constante après avoir décollé de leur base secrète dans le Golfe, obéissant à un ordre de première urgence – suite à une information parvenue d'une cabine téléphonique de Nochahr qui avait d'abord transité par Téhéran, puis par Regent's Park.

L'un des trois bombardiers était équipé d'une fusée Blue Steel, un missile à longue portée muni d'une ogive Red Snow d'une puissance de 1,1 mégatonne. Les deux autres transportaient vingt et une bombes conventionnelles d'une demi-tonne chacune.

L'avion chargé du missile nucléaire avait pour instruction d'attaquer uniquement en cas d'échec des deux autres appareils et de se tenir entre-temps à distance, à une trentaine de kilomètres. Tandis que les pilotes anglais se rapprochaient et se préparaient à l'assaut, les ondes de la radio crépitèrent par anticipation. Ils entamèrent l'opération en lançant les deux Vulcan dans une classique attaque en piqué, larguant chacun dix bombes qui dessinèrent dans le ciel une longue traînée vacillante.

La mer s'éleva soudain, dressant une muraille d'eau salée autour de l'Ekranoplan : de gigantesque gerbes retombèrent, aussi bien sur la citerne que sur le vaisseau hybride, qui se mit à vibrer, à l'extrême limite de ses capacités de résistance. Mais l'appareil tint bon et demeura intact, tandis que les bombardiers remontaient et se regroupaient dans le ciel.

Aucun des deux pilotes n'était entraîné pour procéder à un second passage, la faible vitesse à laquelle leur avion devait passer pour larguer ses bombes le rendant extrêmement vulnérable à la D.C.A. et aux missiles sol-air. « La cantine doit couler du premier coup », telle était la règle d'or des pilotes. Mais ils se trouvaient aujourd'hui confrontés à un cas de figure exceptionnel.

Après un rapide échange radio, les deux bombardiers firent demi-tour pour exécuter un second passage. Mais cette fois-ci, l'Ekranoplan les attendait et décocha l'un de ses missiles en plein dans leur trajectoire. Voyant approcher sa traînée de vapeur blanche, le pilote du premier appareil lâcha du lest et s'empressa de repartir en altitude. Le deuxième fut plus lent à réagir et le missile qui poursuivait sa courbe dans le ciel comme un feu d'artifice mortel arracha à tribord une partie de son aile. Incapable de contrôler son engin, le pilote se vit contraint de monter le plus haut possible, avant de s'éjecter. Son copilote le suivit un instant plus tard et leurs parachutes se déployèrent, deux mille mètres au-dessus de Fort Chevchenko. L'avion frappé de plein fouet descendit en vrille avant de heurter la mer, où il s'enfonça avec les trois hommes d'équipage qui étaient restés à bord.

Entre-temps, le premier Vulcan s'était stabilisé : après avoir exécuté un virage serré, il s'était élancé pour un troisième passage apparemment suicidaire, trois cents mètres à peine au-dessus de l'Ekranoplan. Mais son angle d'attaque et sa basse altitude eurent raison des défenses de l'appareil amphibie, toujours immobilisé, et l'avion largua ses bombes avec une précision mathématique. Tandis qu'elles heurtaient les flancs de la citerne d'essence, le léger décalage prévu avant leur déclenchement permit au bombardier d'échapper à l'onde de choc de l'explosion.

Sous les yeux ébahis du pilote dont le Vulcan remontait dans le ciel, l'Ekranoplan fut littéralement soulevé au-dessus de l'eau, avant de se désintégrer en un milliard de particules, tandis que le souffle de la formidable explosion ébranlait les tréfonds de la mer Caspienne.

18

Zlatoust-36

— Encore une minute, dit Massoud.

À leurs pieds, la chaîne de l'Oural découpait la grisaille de ses sommets. Ils apercevaient la ville de Chelyabinsk qui s'étendait à leur droite, au pied des premiers contreforts orientaux. Plus loin, sur leur gauche, une vaste étendue d'eau s'étirait jusqu'à l'horizon. Le soleil qui brillait et la limpidité de l'air rendaient la navigation d'une simplicité déconcertante.

Obéissant aux instructions de Massoud, Scarlett continuait de pousser le levier vers l'avant : l'aiguille de l'altimètre tournait dans le sens inverse des aiguilles d'une montre et le grand avion poursuivait sa descente vers la cité nucléaire de Zlatoust, nichée dans son repaire secret au milieu des rochers.

La porte de la cabine s'ouvrit brusquement et le canon d'un Luger se posa contre la nuque de Massoud. C'était l'occasion que Bond attendait. À l'instant où l'ancien caïd détourna son arme, Bond se jeta sur lui, en travers de la cabine, et lui empoigna le bras.

Le vacarme d'une détonation retentit dans l'espace restreint du cockpit. Touché, Ken Mitchell bascula en avant et le Luger lui glissa des mains.

Bond et Massoud étaient maintenant plongés dans une lutte à mort. Scarlett se retrouvait bloquée entre eux.

Pesant sur le levier, la masse conjuguée de leurs corps avait fait basculer l'avion vers l'avant. Et le genou de Bond était à présent coincé entre les manettes qui actionnaient les gaz, ce qui faisait hurler les moteurs Rolls-Royce Conway.

Bond sentait les doigts de Massoud refermés sur son cou, cherchant à l'étrangler. Il pensa brusquement aux ouvriers esclaves de l'usine de Gorner et aux filles qui devaient défiler devant eux. Concentrant ses forces, il assena un violent coup de tête dans le visage de Massoud. Tandis que l'ancien caïd reculait, renversé contre la paroi du cockpit, Bond lui décocha un formidable coup de genou dans l'entrejambe.

Scarlett avait réussi à s'extraire de son siège et empoigna le Luger, qui avait glissé contre le fauteuil du copilote. Elle le tendit à Bond, qui abattit la crosse sur la tempe de Massoud. Celui-ci voulut lui décocher un coup de pied, mais Bond avait anticipé son geste. Il empoigna à deux mains sa cheville, cala son propre pied entre les cuisses du caïd pour faire office de levier et imprima à sa jambe une brusque torsion. Il sentit les ligaments se déchirer, tandis que Massoud poussait un hurlement.

— Prenez les commandes ! lança-t-il à Scarlett, qui tirait le levier en arrière de toutes ses forces en essayant de redresser l'appareil.

Bond enjamba le corps désarticulé de Massoud et le mit à plat ventre. Puis il l'empoigna par les cheveux et cogna à plusieurs reprises son visage contre le sol de la cabine, de toutes ses forces, jusqu'à ce que le caïd ait cessé de bouger. Il s'empara ensuite des manettes des gaz et les ramena en position normale, avant d'aider Scarlett, qui essayait toujours de redresser la trajectoire de l'appareil. Le pilote qui aurait pu les aider pour accomplir la manœuvre gisait mort à leurs pieds.

— Je n'y arrive pas, s'écria Scarlett. L'avion est trop lourd. Il ne réagit pas.

— Les manettes sont bloquées, dit Bond en essuyant le sang de Massoud qui avait giclé sur son visage. Et l'appareil est en pleine décompression. Le garde a dû passer à travers le hublot. Il faut abandonner l'avion. Où est le parachute ?

Il ouvrit le placard réservé à l'équipage et trouva ce qu'il cherchait.

— Enfilez-le ! dit-il en le tendant à Scarlett.

— Et vous ?

— Faites ce que je vous dis ! hurla Bond.

Scarlett obéit, remontant les courroies le long de ses cuisses et fixant autour de sa taille la ceinture et la fermeture centrale. Le parachute lui-même formait une protubérance et pendait dans son dos.

Bond remonta la travée en pente entre les sièges, jusqu'à la porte des passagers. Scarlett le suivait, accrochée à lui.

— Il faut la mettre en position d'ouverture manuelle, dit-elle.

Les mains tremblantes, ils essayèrent vainement d'ouvrir la porte.

— Nous sommes encore à trop haute altitude, dit Bond. La pression extérieure est trop forte.

Dans son uniforme d'hôtesse déchiré, Scarlett lui adressa un regard désespéré.

— Il faut que nous atterrissions dans l'eau, dit Bond. Attendez-moi ici.

Il regagna le cockpit et baissa les gaz au minimum, juste assez pour empêcher les moteurs de caler. Il ramassa le Luger qui traînait par terre, mit le cran de sûreté et le glissa dans sa ceinture. Après avoir réfléchi un instant, il ôta les chaussures de Ken Mitchell et les glissa à l'intérieur de sa propre chemise. Puis il tira une dernière fois le levier de contrôle, afin que l'avion suive une trajectoire plus ou moins régulière au-dessus du vaste plan d'eau qui s'étendait à l'ouest. L'appareil s'était à peu près stabilisé, ce qui permit à Bond de regagner sans trop de difficultés la porte à côté de laquelle Scarlett s'agrippait.

— Essayons encore, lança-t-il.

Ils bataillèrent quelques instants avec le mécanisme d'ouverture et la porte commença enfin à céder.

— Je vais m'accrocher à vous, dit Bond.

Il se plaça derrière Scarlett, glissa ses bras sous les courroies du harnais et croisa les mains, sous la poitrine de la jeune femme.

— Ne bougez pas, dit-il. Laissez-moi tirer le cordon.

En prononçant ces mots, il donna un coup de pied dans la porte, qui s'ouvrit brutalement. Scarlett fut aussitôt aspirée par les remous, entraînant Bond suspendu dans son dos. L'inclinaison de l'appareil était telle qu'ils passèrent juste sous les moteurs, plongeant ensuite en chute libre au-dessus de la Russie en roulant sur eux-mêmes dans l'air raréfié. Les mains de Bond étreignaient le torse de Scarlett, qui avait de son côté planté ses ongles dans les poignets de Bond, pour qu'il reste plaqué contre elle. L'air leur déchirait les poumons, tandis qu'ils poursuivaient leur chute.

Bond attendit le moment opportun. Puis, resserrant encore son étreinte de la main gauche, il tâtonna un instant et agrippa de l'autre le cordon du parachute, qu'il tira d'un coup sec. Après un léger décalage, il entendit un claquement sourd, suivi d'un froissement de toile. Le corps de Scarlett bascula vers le haut, avec une telle violence que Bond faillit être éjecté. La jeune femme hurla en sentant sa prise se relâcher et lui serra encore plus fortement les poignets. Mais les coudes de Bond restèrent heureusement coincés dans les courroies du harnais. Alors que le parachute finissait de se déployer et que la vitesse de leur chute décroissait, il parvint à assurer à nouveau sa prise.

Bond essayait de les diriger vers l'étendue d'eau qui se profilait, huit cents mètres plus bas. Le poids maximum que pouvait supporter un parachute militaire était d'une centaine de kilos. Scarlett avait beau être svelte, ils devaient frôler les cent cinquante kilos à eux deux. Pendant quelques instants, ils poursuivirent leur descente dans un calme précaire. Puis ils entendirent un fracas gigantesque, semblable à celui d'un tremblement de terre, et regardèrent en arrière en se tordant le cou.

Le Vickers VC-10 avait viré sur la droite en continuant sa descente, pour aller percuter l'un des versants montagneux.

— L'Oural vient de perdre l'un de ses sommets, cria Bond à l'oreille de Scarlett.

Il regarda plus bas. L'eau n'était plus qu'à deux cents mètres à présent.

— À l'instant où vous heurterez la surface, appuyez sur ce bouton pour vous libérer du harnais. Sinon le poids du parachute vous entraînera au fond de l'eau.

— D'accord, lui cria Scarlett.

L'étendue d'eau n'était pas un lac, comme Bond l'avait d'abord cru, mais correspondait à un élargissement du fleuve. Peu importait, d'ailleurs, du moment que la profondeur était suffisante.

Lorsqu'ils se trouvèrent à vingt mètres de la surface, il dégagea ses bras du harnais et embrassa Scarlett sur l'oreille. Parvenu à cinq ou six mètres, il se projeta en arrière et se laissa tomber.

Il plaça ses mains entre ses jambes pour se protéger et percuta la surface de l'eau, s'enfonçant dans les profondeurs de la Volga comme un canard abattu par un chasseur. Pendant quelques instants, il n'aperçut que la végétation aquatique et les ténèbres de plus en plus épaisses à mesure qu'il descendait. Puis ses pieds heurtèrent violemment le lit du fleuve, lui causant un choc qui se répercuta dans sa colonne vertébrale et le long de ses bras, tandis qu'il se courbait en deux pour amortir l'impact. Il se détendit ensuite, d'une violente poussée vers le haut, et remonta à travers la végétation, les bancs de poissons, l'eau de plus en plus claire, jusqu'à ce que son visage crève enfin la surface et émerge au soleil.

Il n'aperçut d'abord qu'une vaste toile qui flottait sur le fleuve. Puis un visage aux cheveux ruisselants surgit brusquement à ses côtés.

Scarlett se jeta dans ses bras et couvrit de baisers son visage trempé.

— Eh bien, dit-elle en éclatant de rire et en recrachant de l'eau, on ne s'ennuie pas avec vous !

— Merci de m'avoir déposé, dit Bond.

*

* *

Après avoir gagné la berge, ils s'assirent un moment pour reprendre leur souffle et s'assurer qu'ils n'étaient pas blessés.

— Pauvre Ken, dit Scarlett.

— Il était plus courageux que je ne le croyais, dit Bond. Comment les choses se sont-elles déroulées de votre côté, après notre séparation ?

— Le code de l'entrée était bien le bon. Il y avait quelques gardes dans les parages, mais ils couraient tous comme des dératés en direction du bureau de Gorner.

— Et à l'extérieur ?

— Rien de particulier. Le repaire de Gorner n'est qu'un tas de sable perdu dans le désert. J'imagine qu'il ne tient pas à se faire remarquer, aussi n'y avait-il guère de lumières. Mais je me suis dit qu'il valait mieux faire vite, pendant que vous monopolisiez leur attention. J'ai fait le tour de l'avion. La porte des soutes était ouverte, parce qu'ils n'avaient pas tout à fait terminé leurs travaux de réaménagement. J'ai réussi à me glisser à l'intérieur, en grimpant sur une sorte de monte-charge rangé sur le côté. Une fois dans le ventre de l'appareil, j'ai aperçu une petite trappe qui permettait d'accéder au niveau supérieur. Ils l'avaient sans doute découpée pour faire passer les câbles nécessaires au largage de la bombe. Elle était juste assez large pour que je m'y faufile. J'ai émergé derrière le poste de pilotage. J'ai trouvé cet uniforme dans le placard réservé à l'équipage. Je me suis changée dans les toilettes situées entre les premières et la classe économique. Et je vous ai attendu là. Ce ne fut pas une nuit très confortable.

— Ils n'ont pas fouillé l'appareil ?

— J'ai entendu quelqu'un qui inspectait les soutes. Mais après avoir vérifié que les bombes étaient bien en place, j'imagine qu'ils n'ont pas insisté. Ils n'ont pas dû penser à cette trappe – à moins qu'ils ne l'aient pas estimée assez large pour que quelqu'un puisse s'en servir. La passerelle d'accès pour les passagers n'était pas encore en place et il ne leur est probablement pas venu à l'idée que quelqu'un s'était réfugié dans la partie principale de l'appareil.

— Vous avez fait du très bon travail, dit Bond. Je savais qu'on pouvait compter sur vous.

— À cause de mes références professionnelles, je suppose ? dit Scarlett.

— Oui, dit Bond. Je ne regrette pas mon investissement.

— Que faisons-nous à présent ?

— Nous allons essayer de venir en aide à Poppy. Il faut d'abord que nous trouvions un téléphone. Il vaut mieux que ce soit vous qui appeliez. Une fois que nous aurons la ligne, je parlerai à mes collègues de Londres et je leur transmettrai toutes les informations dont nous disposons.

— Très bien. Et que ferons-nous, en attendant qu'ils interviennent ?

— Nous rentrerons à la maison.

— Comment ?

— Nous nous trouvons grosso modo à mille deux cents ou mille trois cents kilomètres à l'est de Moscou. Étant donné ce qui vient de se passer, il serait un peu risqué de prendre le train. Les Russes n'imaginent probablement pas qu'il y ait eu des survivants après le crash de l'avion, mais ils vont rester sur leurs gardes. Mieux vaut donc opter pour la voiture. Vous serez mon copilote. Je suis sûr que vous savez suffisamment le russe pour demander votre chemin.

— Oui, dit Scarlett. Mais mon accent risque d'être un peu suranné. Prérévolutionnaire, si vous préférez. J'ai appris à parler avec des Russes blancs.

— Même les communistes respectent les femmes, n'est-ce pas ? Il faut d'abord nous procurer des vêtements, une voiture et de l'argent. Je vais devoir vous demander de fermer les yeux sur mon comportement au cours des prochaines heures, Scarlett. Un agent secret est parfois amené à commettre des actions peu reluisantes.

— Pour être tout à fait honnête, James, je me fiche de la méthode que vous emploierez. Du moment qu'elle nous permettra de manger, je suis prête à fermer les yeux sur le reste.

— D'abord, vous avez besoin de chaussures.

Bond avait retiré de sa chemise les chaussures mouillées de Ken Mitchell et s'apprêtait à les enfiler.

— Oui, dit Scarlett. Il n'y avait ni escarpins ni bas avec l'uniforme. Les hôtesses de l'air apportent toujours les leurs, Poppy m'en avait parlé. Autre détail : je n'ai pas de sous-vêtements.

— Je m'en suis aperçu, dit Bond.

Il tendit la main et aida la jeune femme épuisée à se relever.

Ils marchèrent à travers la plaine jusqu'à déboucher sur une petite route qui, au bout d'une demi-heure, les conduisit à un village. Ils allèrent frapper à la porte d'une ferme où Scarlett obtint qu'on leur donne un peu d'eau, du pain et une portion d'un aliment à mi-chemin entre le fromage et le lait caillé.

La paysanne ébahie qui leur avait procuré la nourriture ne quittait pas des yeux les pieds nus de Scarlett. Elle les avertit qu'ils allaient devoir marcher encore une demi-heure s'ils voulaient de rejoindre une route plus importante. Avant qu'ils ne repartent, elle leur donna encore un peu de pain et deux pommes ridées, qu'elle alla chercher dans son garde-manger.

Sur le bord de la route, Scarlett héla un camion agricole qui passait par là. Le temps que le conducteur se soit rendu compte qu'elle n'était pas seule, il était trop tard et ils faisaient déjà route vers l'ouest. L'homme les emmena dans une petite bourgade où se tenait un marché. Il leur montra la direction qu'il fallait prendre pour rejoindre la route principale qui rejoignait Kazan, la capitale tatare, puis Gorky, la ville industrielle située au centre de la région Volga-Vyatka. De Gorky, leur dit-il, il fallait encore compter cinq heures pour atteindre Moscou.

Une fois que le camion les eut laissés, Bond aida Scarlett à s'attifer du mieux possible. Leurs vêtements avaient séché, mais la veste de son uniforme d'hôtesse de la BOAC était déchirée. De plus, son insigne et ses galons risquaient d'attirer les soupçons : aussi l'abandonnèrent-ils. Ils relevèrent sa jupe bleu marine à l'aide d'une épingle à cheveux, afin qu'elle soit suffisamment courte pour attirer les regards de n'importe quel automobiliste. Avec ses cheveux ramenés en arrière aussi soigneusement que possible, et en dépit de ses pieds nus, Scarlett ressemblait à une jolie maîtresse d'école un peu échevelée – tout à fait le genre de femme auxquels les hommes ont envie de venir en aide, lui dit Bond.

Une bonne douzaine de véhicules ralentirent et s'arrêtèrent en effet, mais aucun ne correspondait aux exigences de Bond. Caché derrière un sapin, il hochait négativement la tête dès que Scarlett lui adressait un regard interrogateur.

Bond était en train de se demander s'il existait une seule voiture digne de ce nom dans ce pays totalitaire lorsqu'il entendit enfin un moteur à quatre cylindres et vit apparaître une Volga M 21, la « Mercedes russe », qui arrivait sur la route bordée de bouleaux. C'était le véhicule qui avait les faveurs des membres du KGB – et donc celui que la plupart des Russes redoutaient de voir s'arrêter un soir devant chez eux. Ce qui convenait parfaitement aux desseins de Bond.

Scarlett se planta au bord de la route et la voiture ralentit. Il y avait un seul homme à son bord, qui se pencha pour ouvrir la portière. Âgé d'une cinquantaine d'années, les cheveux grisonnants et affligé d'un léger embonpoint, il portait un costume mais pas de cravate. Bond songea que ce type n'appartenait vraisemblablement pas au KGB. Il devait plutôt s'agir d'un quelconque trafiquant local ou d'un fonctionnaire du Parti ayant le vent en poupe.

Tandis que Scarlett s'asseyait à l'avant, Bond s'empressa de grimper à l'arrière. La jeune femme expliqua au conducteur dépité qu'il s'agissait de son frère et qu'il était un peu arriéré – raison pour laquelle il ne parlait pas.

Ils roulèrent pendant une heure en direction de Kazan. Lorsqu'ils se retrouvèrent sur une longue ligne droite au milieu de la plaine déserte, sans l'ombre d'une habitation en vue, Bond sortit le Luger de sa ceinture et le colla contre l'oreille du conducteur.

— Dites-lui de s'arrêter, lança-t-il à Scarlett.

Ils sortirent tous les trois de la voiture et se dirigèrent vers un bosquet d'arbres, afin de ne pas être vus.

— Dites-lui de se déshabiller, dit Bond. Qu'il ne garde que ses sous-vêtements.

Scarlett détourna les yeux pendant que Bond se déshabillait de son côté, afin d'enfiler la tenue de l'homme. Il y avait un portefeuille dans la poche intérieure de sa veste, dont il retira une liasse de billets.

— Qu'est-ce que cela représente ? demanda-t-il à Scarlett.

Celle-ci compta les billets.

— De quoi acheter à boire et à manger, dit-elle.

— De l'essence ?

— Oui. Mais cela ne suffira pas pour des vêtements.

— Dites-lui d'attendre dix minutes avant de faire le moindre geste. Nous abandonnerons sa voiture à Moscou. Dites-lui aussi que nous nous excusons.

Bond et Scarlett regagnèrent la Volga en courant et démarrèrent dans un crissement de pneus.

— Lorsque nous serons à Moscou, dit Scarlett, irons-nous nous réfugier à l'ambassade britannique ?

— Non, dit Bond. Officiellement, aux yeux du personnel diplomatique, le Service n'existe pas. Surtout à Moscou. Je ne peux donc pas demander leur protection. Mais cela vous est possible, en revanche.

— Si je ne reste pas avec vous pour parler russe, vous n'allez pas vous en sortir.

— Peut-être que si.

— Je ne vais pas vous abandonner, James. Pas après tout ce que nous venons de vivre.

— D'accord, dit Bond. Mais dans ce cas, vous feriez mieux de dormir un peu. La banquette arrière se rabat et vous fournira un lit très correct. Les Russes en sont particulièrement fiers. Ils en faisaient sans arrêt la démonstration au Salon de l'automobile, à Londres.

Bond la réveilla un peu plus tard, après s'être arrêté à une station-service. Un vieil homme avait surgi sur le seuil d'une baraque et se dirigeait vers la pompe.

— Sortez vous dégourdir les jambes, dit Bond, et dites à cet homme que je vais le payer à l'intérieur.

Scarlett obéit. Le vieil homme acquiesça et Bond se dirigea vers la baraque. Une femme enveloppée dans un châle était assise derrière le comptoir.

Bond sortit le Luger et le pointa vers le tiroir-caisse, tout en plaçant un doigt devant ses lèvres pour lui faire signe de se taire. Terrorisée, la femme ouvrit le tiroir et Bond transféra dans ses poches les billets qui s'y trouvaient. Il prit également une poignée de pièces, en pensant au téléphone. Puis il demanda par gestes à la caissière de lui donner son châle, ses chaussures et son gilet.

Il porta à nouveau un doigt à ses lèvres, regagna la voiture au pas de course et dit à Scarlett de remonter à bord.

Tandis qu'elle refermait la portière, Bond enclencha la première et démarra sous le regard ahuri du vieil homme, dont la pompe coulait toujours.

Bond roula à toute allure pendant les deux heures suivantes, jusqu'à ce que l'obscurité commence à tomber.

— Regardez ! s'exclama Scarlett. Une cabine téléphonique ! Essayons de nous en servir.

Resté au volant, Bond vit la jeune femme se débattre avec le réseau téléphonique soviétique, évidemment archaïque. Elle revint au bout de dix minutes, aussi dépitée qu'abattue.

— J'ai réussi à parler avec une opératrice, dit-elle, mais il était hors de question de passer un appel international. Elle n'avait même pas l'air de comprendre de quoi il s'agissait.

— Il faudra donc que vous vous rendiez à l'ambassade, une fois que nous serons à Moscou. C'est la seule solution. Je vais essayer de nous y conduire le plus vite possible. Nous ne trouverons pas de station-service ouverte la nuit, il faudra donc que nous nous arrêtions quelque part. Nous nous remettrons en route dès le lever du jour. Mais nous tâcherons de trouver un endroit où manger lorsque nous aurons dépassé Kazan.

Scarlett acquiesça, mécontente, et s'endormit peu après, la tête appuyée contre l'épaule de Bond. Celui-ci dut la réveiller lorsqu'ils atteignirent Kazan, pour qu'elle l'aide à déchiffrer les panneaux en caractères cyrilliques. Lorsqu'ils eurent rejoint la banlieue ouest de la ville, ils aperçurent un restaurant pour routiers en retrait de la route.

La salle était vide. Ils allèrent s'asseoir sous une ampoule nue, tandis qu'une femme corpulente leur servait de la soupe et du pain noir, accompagné de thé. Il y avait ensuite une sorte de ragoût, mais ils ne réussirent ni l'un ni l'autre à en avaler plus de quelques bouchées.

— Je comprends pourquoi nous sommes les seuls clients, dit Bond.

— Vous rêviez d'autre chose, j'imagine ? dit Scarlett.

— Oui.

— Vous viendrez me voir à Paris, n'est-ce pas, James ? Je vous préparerai ce dîner dont nous avons parlé.

— Je croyais que cela devait avoir lieu dans un hôtel.

— Très bien. Savez-vous quel jour de la semaine nous sommes ?

— Non, dit Bond. Pourquoi ?

— Prenons rendez-vous pour le premier samedi qui suivra notre retour dans le monde libre. Vous n'aurez qu'à m'appeler la veille à mon bureau, pour me dire le nom de l'hôtel que vous avez choisi.

— Marché conclu, dit Bond. Regardez : deux camions viennent de s'arrêter sur le parking. Il est temps de nous éclipser.

Bond jeta quelques billets sur la table avant de décamper.

Une fois la nuit tombée, alors qu'ils étaient au beau milieu de la campagne russe et à des kilomètres de l'agglomération la plus proche, Bond quitta la route principale et suivit pendant quelques minutes une voie secondaire, avant de bifurquer dans un chemin en terre. Il arrêta alors le véhicule et éteignit le moteur.

Il prit Scarlett par la main et alla ouvrir le coffre de la Volga. À l'intérieur se trouvait une mallette qui contenait des sous-vêtements masculins et une chemise propres. Il y avait également un rasoir et une trousse de toilette avec une brosse à dents et du dentifrice.

— Je préfère éviter les fermes, à cause des chiens, dit Bond. Nous essaierons de dormir dans ce champ. Enfilez ce gilet si vous avez froid. Si vous gelez vraiment, vous pourrez toujours vous réfugier dans la voiture et tester le confort de cette fameuse banquette.

C'était une belle nuit d'été et le ciel au-dessus de leurs têtes scintillait d'étoiles. Bond s'installa du mieux possible sur l'herbe, après avoir plié sa veste en guise d'oreiller.

Il caressa les cheveux de Scarlett, qui avait posé son visage sur son épaule. Il se pencha pour l'embrasser, mais elle s'était déjà endormie.

Cela faisait un drôle d'effet, songea Bond, de se retrouver dans ce pays qu'il avait passé une bonne partie de sa carrière à combattre... Le décor était finalement moins étrange, plus familier même qu'il ne se l'était imaginé – avec ces visages d'Européens, ces routes vicinales et ces fermes délabrées. Puis Bond sombra dans un sommeil réparateur, au cœur de l'Union soviétique.

*

*   *

Le lendemain, vers midi, alors qu'ils approchaient de Moscou, Bond perçut une odeur de brûlé en provenance du capot de la Volga. Il avait poussé le moteur à fond, plusieurs heures d'affilée, et le véhicule semblait à présent s'en ressentir. Un vague souvenir du Salon de l'automobile lui revint à l'esprit : les responsables du stand où était présentée la Volga vantaient tout particulièrement la hauteur de son châssis, son allume-cigare, sa radio intégrée et... Oui, cela lui revenait : sa pédale de graissage automatique. Sur le plancher du véhicule, Bond aperçut en effet une pédale supplémentaire. Il l'actionna vigoureusement, injectant ainsi de l'huile non seulement dans le circuit des bielles, mais sur une bonne largeur de la route qui menait à Moscou.

— Une fois que nous aurons atteint Moscou, dit-il, nous continuerons en train. Avons-nous assez d'argent pour acheter deux billets pour Leningrad ? De là, nous prendrons un bateau pour Helsinki.

Scarlett compta les roubles qui leur restaient.

— Il va peut-être falloir refaire notre numéro de Bonnie and Clyde à la prochaine station-service, dit-elle.

— Raison de plus pour abandonner la voiture à Moscou, dit Bond. Le numéro de la plaque d'immatriculation a déjà dû être communiqué à la police.

— Dans ce cas, dit Scarlett, il vaut mieux prendre un tramway pour rejoindre le centre-ville. Il me faut des vêtements neufs. Ainsi que des chaussures. Nous passerons au GOUM, le grand magasin d'État.

— N'est-il pas à côté du Kremlin ? dit Bond.

— Si, mais j'ignore où aller en dehors de ça. Les étagères seront probablement vides ailleurs. Vous n'êtes pas obligé de m'accompagner, James. Je sais que les hommes ne sont pas des fanatiques du shopping.

— Ce n'est pas que ça m'ennuie, mais…

— Je sais.

— Prenez-moi une chemise et des sous-vêtements, tant que vous y êtes. Et achetez aussi de quoi manger. Il vaut mieux que nous évitions d'aller au restaurant.

Ils laissèrent la voiture près du terminus d'une ligne, dans l'est de la ville, et rejoignirent le centre en tramway. Bond portait la mallette qu'il avait trouvée dans le coffre de la Volga et espérait avoir plus ou moins l'allure d'un fonctionnaire subalterne du Parti. Scarlett avait toujours son chemisier et sa jupe d'hôtesse de l'air, complétés par le gilet et les chaussures de la caissière du garage. La plupart des passagers du tram étaient eux aussi habillés en dépit du bon sens et personne n'eut l'air de leur accorder une attention particulière.

Tandis que Scarlett s'engouffrait dans le labyrinthe du GOUM – un immense édifice aux toits verts, presque aussi grand que le Louvre – Bond se mit à faire les cent pas autour du bâtiment, en évitant de s'arrêter pour que personne ne soit tenté de lui adresser la parole. Il accomplit plusieurs rondes de la sorte avant que Scarlett ne réapparaisse, portant deux sacs pleins à ras bord.

— Ce fut l'heure la plus longue de ma vie, dit Bond.

— Attendez de voir ce que je ramène... Un petit chapeau de paille, qui vous donnera l'air d'un prof de maths en vacances. Une chemise à manches courtes – je sais qu'elles ont votre préférence. Des chaussettes dont Ivan n'aurait pas rougi, dans sa ferme collective...

— Et pour vous ? demanda Bond en entraînant Scarlett vers l'arrêt de tram, loin de l'ombre inquiétante du Kremlin.

— Deux culottes bouffantes et un soutien-gorge renforcé, capable de supporter à lui tout seul les dômes de Saint-Basile... Un chemisier. Du pain et du fromage.

— Beau travail, dit Bond. Et maintenant, en route.

Ils prirent un tram jusqu'à la place des Trois-Gares, dans le nord-est de Moscou, et se dirigèrent vers celle qui desservait Leningrad. Bond se sentait plus en sécurité au milieu de la foule des voyageurs qu'en faisant les cent pas aux abords du GOUM.

Scarlett acheta deux billets pour le « Krasnaya Strela » – *la Flèche rouge* – le train de nuit à destination de Leningrad, qui quittait Moscou à 23 h 55. Ils se rendirent ensuite dans un petit parc et allèrent changer de vêtements dans les toilettes publiques.

— À présent, dit Scarlett, je vais me rendre à l'ambassade.

— Savez-vous où elle se trouve ? dit Bond. C'est un grand bâtiment au bord du fleuve, sur le quai Sofievskaya, il me semble.

— Je me débrouillerai. Et le chauffeur de taxi connaîtra bien le chemin. Vous allez rester ici, pendant ce temps ?

— Oui, dit Bond. Ce parc est suffisamment discret. Je vous accompagnerais volontiers, mais je crains de ne pas être le bienvenu. Qui allez-vous appeler ?

— Mon bureau à Paris, pour commencer. Je parlerai au directeur. Il saura ce qu'il convient de faire.

— Très bien. Avant que vous ne partiez, Scarlett, souvenez-vous que Gorner a des liens avec le SMERSH et le KGB. Nous avons laissé derrière nous une piste facile à remonter, à travers l'Union soviétique. Un avion qui s'est crashé dans l'Oural, deux attaques à main armée, une voiture volée... Les communications fonctionnent peut-être mal, dans ce pays, mais il n'est pas exclu que nous soyons étroitement surveillés. L'espionnage est l'un de leurs points forts. Rappelez-vous aussi que si Darius a réussi à transmettre à Londres les coordonnées de l'usine de Gorner, une opération de sauvetage doit déjà être en cours.

Il prit ses mains entre les siennes et plongea son regard dans ses yeux.

— Posez-vous au moins la question, Scarlett : un simple coup de téléphone de votre part changera-t-il grand-chose à tout ça ? Cela mérite-t-il que vous preniez ce risque ?

Scarlett lui retourna son regard sans ciller.

— James, dit-elle. Il s'agit de ma sœur.

Bond relâcha son étreinte.

— En tout cas, dit-il, arrangez-vous pour être de retour ici à 21 heures au plus tard.

Il regarda s'éloigner sa fine silhouette. Vêtue de son nouveau chemisier, la jeune femme marchait d'un pas résolu en direction de la rue principale.

Bond passa l'après-midi et la soirée dans le parc, où il essaya de dormir un peu. Il mangea du pain et du fromage, se désaltérant avec l'eau d'une fontaine.

Lorsque l'obscurité tomba, il se sentit un peu plus rassuré. Le lendemain matin, ils seraient à Leningrad, à une encablure de la liberté. Le confort occidental commençait à lui manquer : les cocktails glacés, les douches brûlantes, les draps frais, des cigarettes dignes de ce nom…

La tête se mit à lui tourner et il s'adossa à l'écorce rugueuse d'un platane, derrière le banc du parc.

*

* *

Pendant ce temps, entre deux colonnes jaune et blanc du gigantesque portique de la gare qui desservait Leningrad, une discrète transaction était en train d'avoir lieu.

Un Soviétique corpulent, au visage épais et aux joues couvertes d'éraflures – preuve que son rasoir aurait bien eu besoin d'être affûté – acquiesçait d'un air empressé. Les manches de sa veste mal taillée laissaient apparaître les poignets crasseux de sa chemise.

Cinq coupures de vingt dollars passèrent dans sa main. Ses yeux s'écarquillèrent et brillèrent de convoitise au-dessus de ses joues rubicondes.

Son interlocuteur parlait aussi mal anglais que lui, mais suffisamment pour se faire comprendre. Il lui tendit deux photos. La première représentait un homme au regard dur, dont l'une des mèches rebiquait bizarrement sur le front, l'autre une jeune femme d'une beauté stupéfiante. Peut-être était-elle russe, mais l'employé de la gare n'en avait jamais vu de telles à Moscou.

Quant à l'homme qui venait de lui donner cet argent, qui aurait pu dire d'où il venait ? Il avait les yeux d'un Tatare ou d'un Mongol, mais sa peau était plus jaune. Et le drôle de chapeau qu'il portait sur le crâne semblait d'origine française ou espagnole.

Deux choses au moins étaient tangibles, aux yeux de l'employé : le numéro de téléphone inscrit sur le bout de papier qu'on avait glissé dans sa main ; et la promesse de billets supplémentaires, s'il fournissait le renseignement demandé.

19

Un point faible

Scarlett regagna le parc juste avant 20 heures. Elle raconta à Bond qu'on s'était d'abord montré un peu soupçonneux à son égard, à l'ambassade d'Angleterre. Mais finalement, l'un des premiers secrétaires avait eu pitié d'elle : après avoir vérifié ses dires auprès d'une ou deux personnes, il lui avait permis de se servir de son téléphone. Elle avait alors appelé le directeur de son agence à Paris et lui avait raconté son histoire, en lui donnant tous les détails susceptibles de s'avérer utiles. Il lui avait promis de transmettre ces données aux autorités concernées. Bond esquissa un sourire. Il ne doutait pas que Scarlett ait mis à profit toutes les ressources de son charme pour persuader l'infortuné premier secrétaire de la laisser utiliser son téléphone, à l'encontre du règlement. L'essentiel était bien sûr qu'elle soit revenue saine et sauve.

À 22 heures, ils quittèrent le parc et se dirigèrent vers la gare. Tandis qu'ils montaient dans le train, Bond ressentit malgré son épuisement l'excitation propre aux voyages de nuit et à l'atmosphère invariablement romantique de ces halls de gare animés, où alternaient le bonheur des retrouvailles et le déchirement des séparations.

— Comment vous êtes-vous débrouillée pour obtenir des places pareilles ? demanda-t-il à Scarlett en découvrant les boiseries du luxueux wagon-lit, normalement réservé aux cadres du Parti.

— J'ai donné au contrôleur tout l'argent qui me restait, dit Scarlett. Cela représentait bien trois mois de salaire. Vous avez vu sa tête ?

— Oui, dit Bond. Je ne risque pas de l'oublier.

— Il m'a dit que si jamais un gros ponte du Parti montait dans le train, il serait obligé de nous déloger. Mais je ne pense pas que cela se produira en cours de route. S'il devait y avoir des officiels à bord, ils embarqueraient à Moscou, pas à Klin ou à Bologoye. Lorsque le convoi sera parti, il viendra nous apporter de la vodka. De la Stolichnaya. Je lui ai aussi demandé de quoi manger, il m'a dit qu'il verrait ce qu'il pourrait faire. Sinon, nous avons toujours le reste du fromage.

— Ça n'a guère d'importance, dit Bond.

La lassitude l'envahit soudain, tandis que la *Flèche rouge* quittait lentement la gare. Scarlett posa la tête contre son épaule et ils regardèrent la banlieue grise du nord de Moscou céder peu à peu la place à la campagne. Il ne pouvait plus rien leur arriver de grave, songea Bond alors que le convoi s'élançait avec fracas dans les ténèbres de la nuit d'été vers l'ancienne capitale, foyer des Romanov et de leurs palais gigantesques.

Une heure plus tard, le contrôleur frappa à leur porte et ils se redressèrent, l'air vaguement coupable, comme s'ils s'étaient livrés à une activité inconvenante. Sans trahir la moindre émotion, l'homme déplia un exemplaire de la *Pravda* et l'étala à côté d'eux, sur la couchette du bas. D'un sac en papier marron, il sortit ensuite une miche de pain noir, une bouteille de Stolichnaya, un sachet de prunes et deux filets de poisson fumé.

Bond observait Scarlett, qui souriait au contrôleur et lui proposait encore un peu d'argent. Quelle femme extraordinaire ! se dit-il en la regardant parler avec cet homme, qui – visiblement sous le charme – refusa ce petit supplément.

Lorsqu'il se fut éclipsé, Scarlett se tourna vers Bond.

— Je lui ai dit que vous étiez originaire de l'Ukraine, mon chéri. (Une lueur d'innocence espiègle brillait dans son regard.) J'espère que cela ne vous ennuie pas ?

Bond sourit et but une longue rasade de vodka, directement à la bouteille. Il la tendit ensuite à Scarlett, mais elle refusa d'un hochement de tête. Le repas fut rapidement expédié et ils allumèrent ensuite l'une des cigarettes russes bon marché qu'elle avait achetées à la gare. Ils étaient à présent assis l'un en face de l'autre. Bond pouvait ainsi observer la jeune femme, en train de regarder à travers la vitre.

Il revoyait la scène qui avait eu lieu lorsqu'il était revenu dans sa chambre d'hôtel, à Paris, et l'avait découverte, assise dans l'inconfortable fauteuil aux moulures dorées, ses longues jambes pudiquement croisées et les bras repliés devant sa poitrine… « Je suis désolée de vous faire une pareille surprise, M. Bond… Je ne tenais pas à être repoussée une nouvelle fois. »

Aujourd'hui, devant le paysage russe qui défilait derrière la vitre, elle avait l'air fatigué mais n'avait rien perdu de son charme ni de sa beauté. Ses grands yeux bruns papillotaient de temps à autre, avant de se concentrer à nouveau. Ses lèvres étaient entrouvertes, évoquant la moue qu'elle affichait parfois. Elle rejeta soudain une mèche de cheveux derrière son oreille. Savait-elle qu'il la regardait ? Pourquoi, sinon, aurait-elle révélé la ligne parfaite de cette oreille si délicatement formée qu'il était difficile de ne pas se pencher pour l'embrasser ?

Le cliquetis des roues contre les rails, à mesure que le convoi prenait de la vitesse, le balancement nonchalant du wagon et le craquement des boiseries dans la chaleur du compartiment semblaient se conjuguer pour composer une berceuse irrésistible. Cela faisait des jours que Bond n'avait pas bu d'alcool et la vodka lui montait à la tête. Il se rappelait d'autres voyages en train – celui qu'il avait fait à bord de l'Orient Express, en compagnie de Tanya... Il n'allait plus tarder à grimper dans sa couchette et à sombrer dans le sommeil, mais en attendant...

Somnolent à moitié, il revoyait la chambre du Jalal's Five Star et l'abandon avec lequel Scarlett l'avait embrassé, le geste léger qu'elle avait eu pour ôter sa jupe et aller s'asseoir sur le lit...

Ils s'enfonçaient de plus en plus dans les ténèbres de la nuit soviétique et les images se désunirent dans son esprit, tandis que le heurt métallique des roues contre les rails faisait remonter dans sa mémoire de lointains souvenirs d'enfance : un train traversant les Highlands, la voix de sa mère... Il revit ensuite la mezzanine en verre dans l'usine de Gorner, les grandes cuves d'acier où était extrait le jus de pavot pourvoyeur de sommeil, léthargique, abrutissant... Une femme qu'il aimait criait son nom... Et puis, et puis...

Un visage cadavérique surmonté d'un képi de la Légion étrangère était penché sur lui. Scarlett s'était mise à hurler :

— James ! James !

Les énormes mains de Chagrin l'avaient saisi à la gorge et Bond luttait maintenant pour sa vie. Grâce à ses réflexes, il réussit à planter les doigts dans les yeux de son adversaire, mais celui-ci se contenta d'écarter sa large tête. Bond lança une ruade et sentit son tibia heurter l'entrejambe du vétéran de la jungle, mais celui-ci n'en relâcha pas sa prise pour autant.

Il n'avait sans doute pas de pistolet sur lui, songea Bond, préférant accomplir son travail en silence.

Bond n'avait plus de réserves. C'était le combat de trop, pour un organisme qui avait été affamé, battu, torturé et soumis à de rudes épreuves ces jours derniers. Dans le talon de ses propres chaussures se trouvait une lame qui aurait pu lui être utile, mais il portait pour l'instant celles du pilote anglais décédé. L'air commençait à manquer dans ses poumons.

Il sentit soudain une main délicate remonter jusqu'à sa ceinture, puis en retirer discrètement le Luger.

Poussant un rugissement de colère, Chagrin fit volte-face et attrapa Scarlett par le poignet, l'obligeant à lâcher le Luger qui retomba sur le plancher du wagon. Mais cela permit à Bond de réagir. Il tordit le petit doigt gauche du tortionnaire, toujours agrippé à sa gorge, et le rabattit à deux mains vers le bas, d'un coup sec et violent. Le doigt se brisa net.

Chagrin recula en poussant un cri, davantage sous l'effet de la colère que de la douleur. Puis il balança son poing droit en direction du visage de Bond. Celui-ci esquiva le coup, qui dérapa sur son épaule. Scarlett ramassa le Luger.

— Ne tirez pas ! glapit Bond. Cela alerterait le contrôleur.

Tandis que les deux hommes étaient toujours aux prises, secoués par les trépidations du train, Scarlett grimpa sur la couchette. D'un coup de crosse, elle fit tomber le képi de Chagrin, révélant le crâne difforme que les chirurgiens de Omsk avaient mal recollé jadis.

Elle avait mis le doigt sur son point faible. Chagrin porta instinctivement les deux mains à son crâne, cherchant à cacher les effets désastreux de cette manchette ostéoplastique ratée. Bond en profita aussitôt pour lui assener un violent coup de tête dans le plexus solaire. Chagrin se plia en deux et Bond lui balança son genou en plein dans la mâchoire. On entendit craquer le maxillaire.

— Baissez la vitre, Scarlett ! haleta Bond. Aidez-moi à le soulever.

Bond pensa aux malheureux missionnaires de la jungle vietnamienne – à tous ces prêtres et à ces religieuses originaires de la province française dont ce monstre avait arraché la langue à l'aide de ses tenailles pour les punir d'avoir enseigné la Bible aux enfants… Il saisit le pistolet que lui tendait Scarlett. Calé sur la couchette, il appuya de toutes ses forces et enfonça le canon de l'arme dans la déclivité concave qui déformait le crâne de Chagrin. Il sentit le métal percer la paroi osseuse, là où elle était mal raccordée, et déchirer les tissus qui se trouvaient en dessous.

Le tortionnaire poussa un cri terrible et son corps inerte retomba sur la couchette. Le saisissant chacun par une jambe, Bond et Scarlett le soulevèrent centimètre par centimètre en direction de la fenêtre ouverte. Ils avaient déjà réussi à faire passer la moitié supérieure de son corps et maintenaient ses mollets agités de faibles soubresauts lorsque le train pénétra à toute allure dans un tunnel. Quand leur compartiment arriva au niveau de l'entrée béante, l'espace était tellement étroit entre le train et la paroi que la tête de Chagrin heurta de plein fouet le pilier en brique : arrachée net, elle rebondit et alla rouler le long du remblai. Bond attendit que le convoi soit sorti du tunnel pour se débarrasser du reste du corps en le poussant par-dessus la vitre, avant d'aller se rasseoir lourdement sur la couchette.

Scarlett plongea son visage dans ses mains et se mit à pleurer.

*

*   *

Il faisait jour lorsque Bond se réveilla. Il était allongé sur la couchette du bas, à côté de Scarlett qui le tenait dans ses bras. Elle avait rabattu sur eux une couverture grise, ainsi que le gilet de la caissière du garage.

Les cheveux de Scarlett retombaient devant son visage comme un grand châle noir, tandis qu'elle lui caressait la joue et lui murmurait à l'oreille :

— Nous serons bientôt arrivés, mon chéri. Nous prendrons le petit déjeuner à Leningrad, au Literaturnaya Café, sur la Perspective Nevsky. Mon père m'en parlait souvent. Nous commanderons des œufs, du saumon fumé et du café. Puis nous trouverons un bateau qui nous emmènera à Helsinki. Et après cela, destination Paris.

Bond sourit, roula sur le côté et l'embrassa sur les lèvres. Le sommeil l'avait en partie requinqué.

— Comment se fait-il que nous soyons toujours interrompus lorsque nous sommes sur le point de faire l'amour ? dit-il. Faut-il encore incriminer le « destin » ?

— Non, dit Scarlett. C'est pour nous mettre en appétit. Les choses n'en auront que plus de charme lorsqu'elles se produiront enfin.

Scarlett disparut dans le couloir avec la trousse de toilette du conducteur de la Volga et Bond se prépara à affronter cette ultime journée. Dès qu'ils seraient à Helsinki, il appellerait M pour savoir comment les choses s'étaient passées, concernant le Monstre de la mer Caspienne. Cette perspective le fit sourire. Le vieil homme avait toujours de la peine à dissimuler la joie qu'il éprouvait en entendant la voix de Bond après un long silence radio.

Après s'être rafraîchis de leur mieux l'un et l'autre avec le dentifrice soviétique et l'eau saumâtre du train, ils s'assirent pour regarder défiler le paysage aux abords de Leningrad.

— Dès que nous aurons rejoint le port, dit Bond, il faudra que vous dénichiez un propriétaire de bateau qu'une expédition aventureuse ne rebute pas trop. C'est dans le golfe de Finlande que passe la frontière maritime entre le bloc communiste et le monde libre. Nous pouvons raisonnablement nous attendre à ce que la zone soit surveillée par des patrouilleurs armés.

— Vous me demandez en quelque sorte de trouver un pirate, dit Scarlett.

— Oui, dit Bond. Et dont le bateau soit suffisamment rapide.

— Je vais avoir besoin d'argent.

— Vous tenez à me transformer en voleur de grand chemin, dit Bond.

— Vous avez un tel don pour ça, mon chéri.

Bond poussa un soupir et vérifia le magasin du Luger.

La Perspective Nevsky était située juste derrière la gare. Après avoir pris leur petit déjeuner, Bond alla donc lever des fonds supplémentaires, tandis que Scarlett prenait la direction du port. Ils s'étaient donné rendez-vous à 13 heures, à côté du théâtre Pouchkine. Un peu honteux, Bond déroba un passe-montagne sur un étal de marché et le fourra dans sa poche. Il l'enfila un peu plus tard, pour extorquer sous la menace de son arme une assez coquette somme à un camion blindé qui livrait des billets à une succursale bancaire, avant l'heure de l'ouverture, dans une rue calme située aux abords de la Perspective Moskovsky. L'employé de la sécurité avait été tellement stupéfait à la vue du Luger qu'il ne lui avait opposé aucune résistance et Bond avait eu le temps de mettre une distance suffisante entre eux avant d'entendre le hurlement d'une sirène de police. Il jeta le passe-montagne dans une poubelle et coiffa à la place le chapeau de paille du GOUM, censé le faire ressembler à un

« prof de maths ». Puis il se mit à flâner le plus négligemment possible dans un parc municipal, non loin de la Neva.

Lorsque Scarlett le rejoignit, elle était porteuse de nouvelles mitigées et semblait préoccupée.

— J'ai déniché quelqu'un, dit-elle. Il s'agit en fait d'un Finlandais, qui parle assez mal anglais. Il est d'accord pour nous embarquer, mais ne peut pas nous emmener jusqu'à Helsinki. C'est trop loin, d'après lui. En emportant quelques bidons d'essence supplémentaires, il peut néanmoins nous faire passer la frontière. Ensuite, nous monterons à bord d'un autre bateau, qui appartient à son frère. Ils procèdent souvent ainsi, d'après ce qu'il m'a expliqué. Ce second bateau nous conduira dans un port assez important, du nom de Hamina, situé à environ deux cents kilomètres d'ici. C'est le mieux qu'il puisse faire. Depuis Hamina, nous pourrons prendre le train ou rejoindre Helsinki par la route.

— Très bien, dit Bond. L'essentiel, c'est que nous arrivions en Finlande. C'est-à-dire dans un pays neutre.

— Il y a beaucoup de patrouilleurs russes dans les parages, ainsi que d'innombrables mines, mais il sait par où passer pour les éviter. Nous ferons le voyage de nuit. Départ à 11 heures ce soir. Le trajet nous prendra huit heures en tout. Mais il exige pour cela une somme considérable.

— Ça tombe bien, dit Bond. Je viens de retirer de l'argent.

— James ! Comment avez-vous...

— Vous m'aviez promis de ne pas me poser la question.

*

* *

À 22 h 45, Bond et Scarlett se présentèrent à l'endroit convenu. Les quais étaient surveillés de près par la police et les fonctionnaires des douanes, qui vérifiaient les autorisations officielles et le moindre passeport. Le rendez-vous avait donc été fixé dans l'une des petites îles situées à l'ouest de la ville. À l'extrémité d'une rue étroite, une volée de marches jadis utilisées par les bateliers descendaient jusqu'à la mer.

À leurs pieds, comme il l'avait promis, se tenait Jaska, l'homme avec qui Scarlett avait conclu ce marché. Il conduisait un petit bateau de pêche auquel avait été fixé un moteur fatigué qui tournait déjà, émettant un vrombissement enroué. En prenant pied sur le pont, Bond fut soulagé d'apercevoir deux moteurs hors-bord de 250 chevaux-vapeur, dissimulés sous une bâche à la poupe de l'embarcation. Une sorte de cabine couverte se dressait à l'arrière, mais l'essentiel de l'espace libre sur le pont était occupé par de gros bidons d'essence.

Jaska arborait une barbe grisonnante de trois jours et une casquette bleue. Il avait perdu la plupart de ses dents et celles qui restaient n'étaient plus que des chicots jaunis.

Bond lui tendit l'argent, qu'il compta avec soin.

— Il n'aime pas les Russes, expliqua Scarlett. Son père est mort en les combattant, lorsqu'ils ont envahi la Finlande en 1939.

Jaska opina à leur intention et dénoua le cordage qui retenait l'embarcation. Puis il embraya le moteur et fit avancer son bateau aussi discrètement que possible dans le golfe de Finlande.

Bond et Scarlett s'assirent côte à côte à bâbord sur un banc en bois.

— Il y a une chose à laquelle nous n'avons pas pensé, dit Scarlett.

— Je sais, dit Bond. La nuit polaire. Nous sommes au pire moment de l'année.

— Jaska m'a dit que le ciel s'assombrira un peu, comme au crépuscule. Heureusement qu'il y a des nuages.

Bond s'adossa à la paroi du bateau.

— Il y a des moments, Scarlett, où il faut savoir s'en remettre aux autres, y compris lorsqu'on leur confie sa vie.

— Je sais, dit Scarlett. Et l'allure de cet homme me convient.

— C'est un mercenaire rongé par l'amertume, dit Bond. Mieux vaut l'avoir de son côté, surtout dans de telles circonstances.

Jaska conduisait son bateau en essayant de rester le plus possible dans l'ombre des petites îles qui constellaient l'archipel. Mais au bout d'une demi-heure, il fallut bien se décider à affronter la haute mer.

Scarlett avait eu le temps de préparer un panier de nourriture, qu'elle étala sur le banc. Il y avait du pain, des saucisses, du fromage et de la vodka.

— C'est tout ce que j'ai pu trouver, dit-elle.

Jaska eut droit à sa part, lui aussi. Il mastiquait avec avidité, les mains rivées à sa barre et les yeux fixés sur l'horizon.

Une heure s'écoula de la sorte, puis une autre. La nuit était devenue aussi sombre qu'on pouvait s'y attendre à cette saison : l'obscurité était celle d'un crépuscule d'automne, comme Jaska l'avait annoncé. Lorsqu'ils furent suffisamment au large de Leningrad, il alla fixer les deux moteurs hors-bord à la poupe du bateau. Il s'adressa ensuite à Scarlett en russe.

— Il dit que ces moteurs jumeaux nous ferons gagner du temps, traduisit-elle. Ils sont trop bruyants pour être utilisés près du rivage ou lorsque nous arriverons à la hauteur de la frontière maritime. Mais nous pouvons nous en servir pendant une bonne heure.

Bond sentit une bouffée de soulagement l'envahir, tandis que le vieux rafiot se mettait à fendre plus fièrement les flots. Il y avait un peu plus de deux cents kilomètres de Leningrad à Hamina et même s'ils avançaient maintenant à une vitesse d'environ 25 nœuds, ils n'avaient pas encore couvert la moitié du trajet. Bond calcula qu'ils devaient se trouver à deux heures de la frontière maritime.

Jaska demanda à Bond de tenir la barre pendant qu'il transférait l'essence des gros bidons dans de plus petits jerrycans, afin de pouvoir remplir les réservoirs des moteurs.

Lorsqu'il eut repris son poste, Bond rejoignit Scarlett sur le banc.

— Comment vous sentez-vous ? dit-il.

— En sécurité, répondit-elle en souriant. Et vous ?

— Je profite de l'instant, dit Bond. De cette étrange lumière, du spectacle de la mer… et de votre compagnie.

Jaska finit par éteindre les moteurs hors-bord et les replaça sous leur bâche.

— Il dit que l'échange se fera dans quarante minutes, dit Scarlett. Il vaut mieux rester discrets d'ici là.

Jaska avait saisi un émetteur situé près de la barre et parlait dans le micro. Après un léger décalage, une réponse grésilla dans l'appareil.

Le visage du marin ne trahissait aucune émotion. Il reposa l'émetteur et s'adressa de nouveau à Scarlett.

— Il y a des patrouilleurs soviétiques au nord et au sud, traduisit-elle, mais l'un d'eux a été appelé par un pétrolier de Tallinn qui s'est écarté de sa trajectoire.

Bond vit soudain se profiler les contours d'une embarcation semblable à la leur, qui émergeait de l'obscurité comme un bateau fantôme. Il la montra du doigt et Jaska tourna la tête. Pour la première fois, son visage buriné et sillonné de rides esquissa un sourire.

— Oui, dit-il en anglais. Mon frère.

Les deux bateaux s'approchèrent lentement l'un de l'autre, dans la brume légère qui montait à la surface de l'eau. Il faisait froid à présent. Scarlett avait enfilé le gilet de la caissière et glissé son bras sous celui de Bond.

Jaska ralentit le moteur tandis que les deux embarcations se plaçaient côte à côte au milieu de cette vaste mer déserte, à des kilomètres du rivage. Il y eut une secousse lorsque leurs coques se heurtèrent. Jaska lança un cordage par-dessus bord.

Scarlett se leva et traversa le pont, pour se rendre à tribord. Jaska tendit la main pour la soutenir et elle l'étreignit brièvement.

— *Spasibo,* dit-elle. *Ochen spasibo*. Merci beaucoup.

Bond salua à son tour le marin.

— Merci, Jaska.

Celui-ci saisit la main de Bond entre les siennes et ils échangèrent un long regard silencieux.

Puis Bond enjamba le bastingage et se retrouva à bord de l'autre bateau. Jaska s'éloignait déjà et s'apprêtait à lancer ses filets, afin de pouvoir fournir une explication convaincante au cas où on lui poserait des questions au sujet de sa virée nocturne, sur le chemin du retour.

Scarlett et Bond lui firent un signe de la main dans la brume et s'apprêtèrent à entreprendre la dernière partie de leur voyage. Le frère de Jaska s'appelait Veli et il avait bien dix ans de moins que lui. Il se déplaçait avec vélocité à bord de son bateau et souriait sans arrêt.

Il n'attendit pas très longtemps avant de mettre en route ses moteurs hors-bord. Trois heures plus tard, après avoir refait plusieurs fois le plein d'essence grâce à leurs réserves, ils virent le port de Hamina apparaître à l'horizon, protégé par sa forteresse en forme d'étoile.

À 8 heures du matin, ils posèrent le pied sur le sol finlandais. Et à 10 heures, ils étaient à bord du train qui les emmenait à Helsinki.

20

Une enfilade de miroirs

La soirée était pluvieuse à Paris et René Mathis était assis à son bureau, feuilletant des rapports de police qui étaient arrivés le jour même au Deuxième Bureau. La rumeur courait dans son département qu'un épisode spectaculaire de la lutte contre les trafiquants de drogue venait d'avoir lieu, mais les détails de l'opération n'avaient pas encore été confirmés.

Le téléphone vert émit soudain sa sonnerie aiguë et irritante. Il y eut un déclic, suivi d'un écho – puis une voix familière retentit au bout du fil.

— Où êtes-vous, James ?

— À l'aéroport d'Helsinki. Je m'apprête à regagner Paris. Mon avion décollera dans une demi-heure. Je me demandais si vous auriez été libre pour dîner demain soir ?

— Demain ? Euh... Le vendredi n'est jamais un très bon jour pour moi, James. Il y a des tas de choses à régler, en fin de semaine. Nous pourrions peut-être nous retrouver pour l'apéritif ? Je vous ferai découvrir un bar charmant. Ou un autre jour, pour le déjeuner ? Vous comptez passer le week-end à Paris ?

— Cela dépendra de Londres. Au fait, René...

— Oui ?

— Saluez-la de ma part.

*
* *

À l'aéroport de Paris, Bond mit Scarlett dans un taxi, après lui avoir promis de l'appeler le lendemain à son bureau. Ils avaient décidé de passer quelques heures chacun de son côté, pour récupérer des épreuves qu'ils avaient traversées. Scarlett avait également hâte de parler avec ses employeurs, pour savoir s'ils avaient eu des nouvelles de Poppy. Bond n'avait pas protesté à l'idée de prendre un peu de repos. Il était épuisé. Quant à la jeune femme, elle ne tenait littéralement plus debout.

Après l'avoir embrassé, elle lui dit :

— J'attendrai votre appel, James. Ne me laissez pas tomber.

— L'ai-je fait jusqu'ici ?

Elle hocha la tête en silence tandis que le taxi s'éloignait. Bond regarda le véhicule disparaître dans la nuit pluvieuse. La jeune femme lui fit signe depuis la vitre arrière, ses grands yeux bruns fixés sur lui jusqu'à ce qu'elle soit hors de vue.

Il prit le taxi suivant dans la file et demanda au chauffeur de le conduire au Terminus Nord. Il logeait toujours dans des hôtels situés aux abords des gares, lorsque cela s'avérait possible, et le Terminus Nord était le plus discret. Suite à un coup de fil qu'il avait passé un peu plus tôt, depuis Helsinki, Regent's Park avait viré une certaine somme d'argent dans une banque de la place Vendôme : Bond pourrait la retirer dès le lendemain. Incapable de dissimuler la joie qu'elle éprouvait en entendant sa voix, Moneypenny lui avait également demandé de rappeler M le lendemain sur la ligne cryptée, en fin de matinée.

Il eut droit à une chambre spacieuse, au sommet du Terminus Nord. La douche fonctionnait à merveille et il y avait du savon et du shampoing à satiété.

Bond appela ensuite la réception pour qu'on lui monte du whisky et du Perrier. Il s'en servit une généreuse rasade et s'allongea sur le lit, son verre à la main, une serviette encore nouée autour des reins.

Calé contre les coussins, il refit défiler mentalement les événements des derniers jours. Il lui avait fallu un certain temps pour dénicher le représentant du Service à Helsinki. Il était en poste depuis peu et semblait n'avoir guère plus de vingt ans, mais il avait tout de même réussi à leur fournir dans l'après-midi deux passeports présentables. Bond lui avait confié le Luger, en lui disant d'en faire ce qu'il voulait. Il récupérerait un nouveau Walther PPK dès son retour à Londres.

Il était enchanté par la perspective de la journée qui l'attendait. Le matin, il flânerait et irait s'acheter de nouveaux vêtements, avant de faire son rapport à M. Il irait ensuite déjeuner au Dôme ou à la Rotonde et appellerait Scarlett dans l'après-midi. Après ça, il reviendrait dormir un moment dans sa chambre d'hôtel anonyme. Puis il s'offrirait une séance de cinéma, suivie peut-être d'un dîner dans un grand restaurant parisien, le Véfour ou le Caneton.

Pour ce soir, l'argent finlandais qu'il avait changé à l'aéroport lui aurait largement permis de s'offrir un excellent dîner, mais il n'avait pas la tête à ça. Il appela à nouveau la réception et demanda qu'on lui monte une omelette aux *fines herbes*, ainsi que le reste de la bouteille de whisky.

Après avoir fait un sort à tout ça, il s'enroula dans les couvertures et dormit comme une masse pendant douze heures d'affilée.

*

* *

Vendredi matin, le soleil brillait dans le ciel lorsque Bond quitta l'hôtel et prit un taxi jusqu'à la place

Vendôme. Rue de Rivoli, il s'acheta un costume d'été gris clair, une cravate en tricot noire, trois chemises, des sous-vêtements en coton, des chaussettes en laine gris anthracite et une paire de mocassins noirs. Il confia à l'employé du magasin le soin de se débarrasser des vêtements du conducteur de la Volga et des chaussures de Ken Mitchell.

Il était l'heure d'appeler M. Il alla s'enfermer dans une cabine de la rue de l'Arbre-Sec. Il patienta en entendant résonner le commutateur de Regent's Park, puis le cliquetis laborieux, suivi d'un long silence qui aurait fait croire à un néophyte que la communication avait été coupée. Il perçut enfin l'étrange bruit caverneux annonçant que la ligne était sécurisée.

— Bond ? s'exclama M. Où diable êtes-vous donc ?

— À Paris, Monsieur. Je l'ai dit hier à Moneypenny.

— Oui, mais pourquoi ?

— Il fallait que j'escorte une jeune femme jusqu'ici, Monsieur.

— Peu importe, du reste. J'ai eu le Premier ministre au téléphone.

— Comment allait-il ?

— Ma foi… Pour tout vous dire, il était d'excellente humeur.

— C'est assez inhabituel de sa part, dit Bond.

— On peut même dire que c'est sans précédent, dit M. La RAF a pulvérisé cet Ekranoplan. Le VC-10 a également été mis hors circuit, sans que nous sachions très bien comment.

— Oui, monsieur. Je…

— Vous me raconterez tout cela lorsque vous serez de retour à Londres. En attendant, prenez quelques jours de détente. Pendant votre séjour, j'aimerais que vous rencontriez le nouvel agent 004.

— Quoi ?

L'intonation de Bond s'était rafraîchie.

— Où dois-je le retrouver ?

— Rendez-vous au George V, ce soir à 19 heures. Demandez la chambre 586. On vous y attendra. Simple prise de contact, inutile de vous attarder. Au fait, Bond...

— Oui ?

— Saviez-vous que Felix Leiter était allé à la rescousse de Pistache ?

— Felix ? Non, je l'ignorais. Que s'est-il passé ?

— Un sauvetage de dernière minute. Il y a eu un problème avec un dénommé Silver.

— Ça ne m'étonne pas.

— Ce type a essayé d'empêcher Leiter de prévenir sa direction. Il s'agissait en fait d'une sorte d'agent double. Et je crains que Pistache lui-même n'ait fait les frais de l'opération.

Le silence perceptible à l'autre bout de la ligne ne pouvait signifier qu'une chose. Bond jura d'un air rageur.

— Passez quelques jours à Paris, reprit M. Leiter y fera escale lundi, avant de regagner Washington. Je crois qu'il aimerait vous voir.

— Je donnerai mes coordonnées à Moneypenny, pour qu'il puisse me joindre.

— C'est tout pour le moment.

— Merci, Monsieur.

Bond reposa l'écouteur et marcha jusqu'à la Seine. Darius était un type formidable. Mais, comme Darko Kerim à Istanbul, il avait toujours eu conscience des risques qu'il encourait.

Bond essaya de chasser son souvenir de son esprit. Il déambulait le long des quais, s'arrêtant parfois pour jeter un coup d'œil aux médiocres tableaux, aux souvenirs sans valeur et aux livres d'occasion que les bouquinistes exposaient au bord du fleuve. Il était toujours étonné de voir la quantité d'ouvrages que pouvaient contenir ces coffres verts, une fois leurs couvercles rabattus. Il souleva une petite tour Eiffel, en se demandant s'il ne devrait pas faire un cadeau à Scarlett. Mais il avait le temps d'y penser, puisqu'ils ne devaient se retrouver que le lendemain soir.

Il se fit néanmoins plaisir en achetant une carte postale d'une indécence raisonnable, à l'intention de Moneypenny. Il alla ensuite s'asseoir à la terrasse d'un café, rue des Bourdonnais, pour la rédiger. Il commanda un Americano – un mélange de Campari, de Cinzano, de Perrier et d'écorce de citron – non pas parce qu'il aimait particulièrement ce mélange, mais parce que, dans son esprit, on ne s'attaquait pas aux choses « sérieuses » dans un *café* français.

À sa grande surprise, la boisson s'avéra délicieuse : l'amertume du zeste de citron tranchait agréablement sur l'onctuosité du vermouth. Bond se sentit presque requinqué en se relevant, après avoir laissé quelques pièces sur la table en zinc. Il allait revenir sur ses pas, traverser la Seine au Pont-Neuf et marcher lentement jusqu'au Dôme.

Alors qu'il était déjà au milieu du pont, il aperçut sur le fleuve, une centaine de mètres plus bas, la silhouette du *Huckleberry Finn* – le bateau à vapeur du Mississippi qui avait été « prêté pour un mois à la ville de Paris » et qu'il avait déjà entrevu lors de son premier déjeuner en compagnie de Scarlett, sur l'île Saint-Louis. Des touristes enjoués se pressaient sur le pont et un orchestre de la Nouvelle-Orléans jouait à l'avant du navire. Les musiciens noirs étaient revêtus de vestes à rayures et de pantalons blancs. Bond regarda sa montre. Étant donné qu'il n'avait rien à faire…

Il vit le bateau accoster à un arrêt, sur la rive gauche, et descendit les marches qui conduisaient au bord du fleuve. C'était une belle journée d'été et Paris était *en fête*. Il alla s'asseoir à l'arrière, aussi confortablement que le permettait le siège en bois. Puis il ferma les yeux et songea à ce que lui réservait la soirée du lendemain. Le bateau s'était lentement remis en marche sur la Seine.

La rêverie de Bond fut brusquement interrompue : une silhouette venait de s'interposer entre le soleil et lui. Il ouvrit les yeux et aperçut un grand individu barbu, qui s'était planté devant lui. Sa barbe était particulièrement fournie – et beaucoup trop noire, comparée au teint clair de sa peau. Cet étrange visage lui était inconnu, mais il n'y avait pas moyen de se méprendre sur l'identité du regard qui le fixait avec une concentration intense et fuyante à la fois – comme si son propriétaire redoutait de s'exposer aux interrogations des autres et d'altérer la pureté du dessein qui l'animait...

Au même instant, Bond sentit un objet métallique peser contre l'une de ses vertèbres lombaires, entre les deux planches qui formaient le dossier du banc.

— Cela vous ennuie-t-il que je me joigne à vous ? dit Gorner. Veuillez pardonner ce déguisement ridicule. Mon visage est actuellement victime d'une notoriété dont je me passerais volontiers. La presse peut se montrer d'une telle indiscrétion...

— Comment diable m'avez-vous retrouvé ?

Gorner émit le grognement qui était sa version personnelle du rire.

— Le fait que l'une de mes usines ait subi un léger revers ne signifie pas que je sois devenu impotent du jour au lendemain, Bond. J'ai encore des équipes sous mes ordres à Londres et à Paris, sans parler de mes relations à Moscou. Lorsque j'ai compris que l'avion n'avait pas atteint Zlatoust-36, j'ai expédié Chagrin à Moscou, avec pour mission d'ouvrir l'œil – au cas où. J'ai su que vous comptiez vous rendre à Leningrad avec la fille. Votre but était évidemment de regagner vos pénates. Nous avons trouvé des cartes de visite dans le sac à main dont mes hommes s'étaient emparé à Nochahr et nous savions où la fille était basée. Puisque vous étiez ensemble, vous alliez donc essayer de rejoindre Londres ou Paris. J'ai demandé à mes hommes de surveiller les deux aéroports. Ils vous ont repérés. Mais j'avais la certitude depuis le début que vous suivriez cette femelle à la trace et que vous opteriez pour Paris. Je suis donc venu ici en premier.

— Qu'est-ce que vous voulez ?

— Je veux vous tuer, Bond. Tout simplement. Dans un instant, cet orchestre noir va se remettre à jouer et son vacarme couvrira le bruit du silencieux.

Gorner posa les yeux derrière Bond, où son homme de main se tenait, un pistolet muni d'un long silencieux dissimulé dans le repli de son imperméable.

— Je vous présente M. Hashim, dit Gorner. Je travaillais autrefois avec son frère. Mais c'est une autre histoire.

— Qu'est-ce qui est arrivé à votre usine dans le désert ?

— La Savak s'en est chargée, lança Gorner d'un air méprisant. Grâce aux renseignements fournis par leurs petits copains anglais et américains, les tortionnaires perses ont réussi à la localiser. L'armée a débarqué là-bas et ils ont bouclé l'usine.

— J'imagine que ce fut une opération sanglante, dit Bond.

— Pas tant que ça, dit Gorner. J'avais ordonné à mes hommes de se rendre. J'étais déjà à Paris, lorsque l'assaut a été donné.

— Et les gens qui travaillaient là-bas ? Que leur est-il arrivé ?

— Les camés ? Comment le saurais-je ? Et franchement, qui s'en soucie ? Je suppose qu'ils ont regagné leurs taudis.

Bond remarqua que le trompettiste de l'orchestre finissait de nettoyer son instrument sur le pont et que le clarinettiste avait déjà regagné l'estrade, tournant les pages de sa partition. Le batteur, quant à lui, venait de se rasseoir derrière ses percussions.

Puis ses yeux revinrent sur Gorner, qui avait croisé les mains sur ses genoux. La gauche, protégée par son gant blanc, était placée au-dessus de la droite.

— Aimez-vous la musique, Bond ? reprit-il. Elle va reprendre d'un instant à l'autre, à présent. Je ne fais pas partie de ces crétins qui rêvent d'infliger une mort pittoresque ou sophistiquée à leurs adversaires. Une simple balle fera l'affaire, pour le petit voyou britannique que vous êtes.

— Silver travaillait-il pour vous ? demanda Bond.

— Qui ?

— Carmen Silver. Le prétendu employé de la General Motors. J'ai entendu dire qu'il avait essayé d'empêcher la CIA d'intervenir.

— Peut-être les Russes le faisaient-ils chanter, dit Gorner. Ou peut-être croyait-il mieux défendre les intérêts de son pays que ses patrons.

— Oui, dit Bond. Ou peut-être s'agissait-il tout simplement d'un homme sans qualités.

— Il y aura toujours des individus de ce genre dans votre univers, Bond. Oh, regardez... Le chef d'orchestre a repris sa place. Cela tombe bien, M. Hashim adore la musique nègre.

Bond attendit que le chef d'orchestre, dans sa veste à rayures, ait parcouru d'un regard débonnaire la troupe de ses douze musiciens. Gorner l'observait d'un œil gourmand, prêt à savourer sa revanche. Dès que le chef eut levé sa baguette, après avoir tapoté son lutrin, Bond plongea en avant, saisit la main gauche de Gorner et lui arracha son gant.

Il se souvenait de la scène qui avait eu lieu dans le bureau aux murs pourpres, au beau milieu du désert. La difformité de Gorner était le seul facteur susceptible de le déstabiliser.

D'une main, Bond jeta le gant aussi loin qu'il le pouvait : il atterrit pratiquement aux pieds du chef d'orchestre. De l'autre, il brandit en pleine lumière la patte simiesque, afin que tous les passagers la voient.

Gorner se jeta en travers de Bond, essayant désespérément de dégager sa main. Bond en profita pour tirer d'un coup sec sur le bras de Gorner, qui bascula sur lui de tout son poids, délogeant du même coup le canon de l'arme plantée dans son dos. Le tueur hésita un instant et ne tira pas, craignant sans doute de toucher son patron. Se servant du corps de Gorner comme bouclier, Bond balança son avant-bras dans le visage de Hashim. Puis, soutenant toujours Gorner, il attrapa le tueur par les cheveux, tira sa tête en avant et lui aplatit violemment le visage contre le dossier du banc. De la main droite, Bond repoussa Gorner : celui-ci s'affala sur le pont, les quatre fers en l'air, avant de se mettre à chercher frénétiquement son gant. De la main gauche, Bond maintenait toujours le visage de Hashim écrasé contre le banc. Il perçut le bruit étouffé d'une détonation, mais la balle s'enfonça dans les lattes du pont, à côté de son pied. Bond sauta alors de l'autre côté du banc et saisit à deux mains le poignet droit de Hashim. Le pistolet lâcha un nouveau coup de feu, en hauteur cette fois-ci : la balle traversa l'auvent de toile bariolé tendu au-dessus des bancs.

Les passagers s'étaient mis à hurler, en voyant ce qui se passait. Deux membres de l'équipage se précipitèrent vers Bond et Hashim. Bond avait réussi à tordre dans son dos le bras du tueur et tira de toutes ses forces. Il entendit le bruit du coude qui se disloquait, tandis que l'équipage se rapprochait de lui. Le capitaine déclencha la sirène d'alarme, et l'orchestre interrompit son morceau de jazz. Hashim laissa échapper un cri rauque, animal, puis lâcha son arme sur le pont. Bond la ramassa et s'élança droit devant lui.

Le *Huckleberry Finn* approchait d'un pont relativement bas lorsque le capitaine coupa les moteurs. Après avoir renfilé son précieux gant blanc, Gorner avait grimpé sur le toit de la cabine de pilotage, où se tenaient le capitaine et le pilote. Des échelons en fer se profilaient sur la paroi en brique du pont dont ils s'approchaient lentement. Le temps que Bond ait compris ce qui était en train de se passer, Gorner escaladait déjà les barreaux qui remontaient jusqu'au sommet du pont. Bond empoigna à son tour l'échelon du bas, tandis que le *Huckleberry Finn* dérivait mollement, ses moteurs arrêtés, et s'enfonçait sous l'arche.

Le pistolet de Hashim glissé dans sa ceinture, Bond escalada à toute allure les douze échelons et prit pied sur le parapet. Gorner avait déjà traversé la moitié de la chaussée et courait en direction de la rive droite.

Zigzaguant à travers le flot des voitures qui lui lançaient des coups de klaxon indignés, Bond s'immobilisa en arrivant sur l'îlot central et fit feu, les pieds bien plantés dans le sol. Le toussotement sourd du silencieux fut aussitôt suivi par le cri de Gorner, qui avait été touché à la cuisse.

Bond se précipita à travers les voitures qui arrivaient dans l'autre sens. Au même instant, il entendit le vrombissement du navire, juste en dessous : le capitaine venait de remettre les moteurs en route.

Bond courut jusqu'à l'endroit où se trouvait Gorner. Mais il s'aperçut en arrivant que celui-ci, en dépit de sa blessure, s'était hissé sur le parapet en brique. Bond s'immobilisa et braqua le pistolet sur la poitrine de Gorner.

— Je ne vous laisserai pas ce plaisir, sale Anglais, haleta Gorner, dont la fausse barbe s'était à moitié décollée.

Bond le surveillait de près, s'attendant à le voir brandir une arme insoupçonnée. Mais, sans un mot de plus, Gorner fit volte-face et sauta dans le vide. Bond se précipita au bord du parapet et regarda en bas. Gorner était toujours en vie et brassait dans l'eau brune.

Cherchant sans doute à rejoindre au plus vite un point où le capitaine puisse débarquer ses passagers – et expliquer à la police ce qui s'était passé – le *Huckleberry Finn* avait modifié sa trajectoire et remontait maintenant le fleuve à contre-courant, en repassant sous le pont. Agitant vainement les bras dans l'eau, gêné par sa blessure, Gorner se trouvait sur son passage.

Il semblait paralysé, incapable de se dégager. La grande aube de la roue glissa sous lui et le souleva dans l'étau de sa mâchoire : elle lui fit faire un tour complet, avant de le replonger dans l'eau. Fasciné, Bond vit Gorner accomplir un nouveau tour de roue, laissant dans l'eau une traînée pourpre dont la couleur évoquait celle du pavot. Son corps brassé dans tous les sens accomplit une troisième rotation, sous l'élan implacable et indifférent des aubes – tandis que le capitaine, sans se rendre compte de ce qui se passait, lançait le navire à plein régime.

L'orchestre de jazz se remit à jouer et les roues à aubes continuèrent à tourner, mais le corps de Gorner avait disparu, cette fois-ci. À la surface de l'eau apparut brusquement un gant blanc, qui flottait comme un nénuphar. Il oscilla quelques instants dans le sillage du bateau avant de sombrer à son tour.

*

* *

Bond eut tout juste le temps de téléphoner au bureau de Scarlett, où il laissa un message – « Rendez-vous dans le hall du Crillon, demain à 18 h 30 » – avant que la police entre en scène. Il passa l'essentiel de l'après-midi à leur expliquer ce qui s'était passé. Sans doute s'agissait-il d'un suicide, ou d'un accident bizarre... À 17 heures, il les convainquit enfin d'appeler René Mathis, qui vint en personne se porter garant de la réputation de Bond.

Il était 18 h 30 lorsque les deux hommes émergèrent sur le quai des Orfèvres, après en avoir terminé avec ces paperasses.

— Je serais ravi de... dit Mathis en regardant sa montre. Mais je dois...

— Moi aussi, dit Bond. J'ai un rendez-vous d'affaires.

— Dans ce cas, dit Mathis, déjeunons ensemble lundi. Dans le même restaurant que la dernière fois, rue du Cherche-Midi.

— Je vous y retrouverai à 13 heures, dit Bond.

Ils échangèrent une poignée de main et partirent chacun de son côté. Bond héla un taxi – une DS Citroën noire – qui le conduisit avec souplesse jusqu'aux Champs-Élysées à travers une circulation très dense et le déposa devant le George V. Il était 18 h 55 quand il traversa le grand hall en marbre de l'hôtel, dont les tables croulaient sous d'énormes vases remplis de lis.

— Chambre 586, dit-il à l'employé de la réception.

Celui-ci eut une brève conversation téléphonique.

— Oui, monsieur, vous êtes attendu. L'ascenseur est de ce côté, un peu plus loin sur votre gauche.

Le choix du George V ne manquait pas d'humour pour un tel rendez-vous, songea Bond une fois dans l'ascenseur, en appuyant sur le bouton du cinquième étage. L'hôtel tirait son nom du roi d'Angleterre qui était à l'origine de l'Entente cordiale. Quel allait être le degré de cordialité de la présente rencontre ? Bond connaissait la plupart des autres agents double zéro – de vue comme de nom – mais ils évitaient bien sûr d'être en contact les uns avec les autres, pour des raisons de sécurité.

Nous verrons bien, songea-t-il en s'engageant dans le couloir recouvert d'un épais tapis qui menait à la chambre 586. Les premiers mois pouvaient s'avérer éprouvants, dans une fonction pareille. Bond tâcherait de se montrer poli. Il frappa à la porte. Personne ne répondit.

Il tourna la poignée. La porte, qui n'était pas fermée à clef, s'ouvrit sur une pièce plongée dans la pénombre, comme on le leur avait toujours enseigné. La seule source de lumière devait être orientée dans sa direction, laissant dans l'ombre le reste de la pièce. Mais en refermant la porte derrière lui, Bond savait exactement ce qu'il allait découvrir. Sans se retourner, il lança :

— Bonsoir, Scarlett.

— Bonsoir, James. Il semble que nous ayons un jour d'avance.

Elle se leva de la chaise où elle était assise, dans l'angle le plus sombre de la pièce, et baissa la lampe qui était tournée vers lui. Elle appuya ensuite sur un bouton, le long de la cloison, et la chambre baigna à nouveau dans une lumière normale.

Scarlett portait une robe noire sans manches, des bas noirs et un simple collier en argent. Elle avait le même rouge à lèvres que Mme Larissa Rossi à Rome, le jour où Bond avait posé pour la première fois les yeux sur elle. Ses cheveux noirs brillaient et retombaient sur ses épaules.

Pourtant, pour la première fois depuis qu'il la connaissait, elle paraissait mal à l'aise. Et même un peu inquiète.

— Je suis désolée, James, dit-elle en s'avançant vers lui d'un pas hésitant. Je n'avais pas l'intention de tomber amoureuse de vous.

Bond esquissa un sourire.

— Ce n'est pas si grave, dit-il.

— Quand avez-vous entrevu la vérité ?

La voix de Scarlett était tendue, comme celle d'une femme qui redoute de perdre l'homme qu'elle aime.

— En pénétrant dans cette pièce, dit-il. Non... En fait, depuis le début.

— Laquelle de ces affirmations est-elle la bonne ?

— Les deux.

Bond se mit à rire et eut de la peine à s'arrêter. Il semblait brusquement se libérer de la tension des jours précédents. Il prit une profonde inspiration et réussit tout de même à se contrôler.

— À Nochahr, dit-il. Au moment où vous avez tranché le câble d'alimentation électrique du hangar, d'un simple coup de feu. Je crois que c'est là que j'ai commencé à avoir des doutes.

Scarlett fit la moue.

— Mais il était vraiment tout près…

— Pas tant que ça.

— Oh, mon chéri, je suis désolée. J'avais passé la semaine précédente à m'entraîner au stand avec les nouveaux Walther. Mon œil était parfaitement exercé. Me pardonnerez-vous un jour ?

— Je ne le sais pas encore, Scarlett.

Bond s'assit sur le canapé en velours et alluma une cigarette. Il posa les pieds sur la table basse en exhalant la fumée.

— Il faut d'abord que je me pardonne ma propre cécité. Vous m'aviez pourtant donné suffisamment d'indices. La manière dont vous vous étiez cachée en évitant qu'on aperçoive votre ombre, dans la cour du bâtiment. Ou ce parfum de muguet qui émanait de vous quand je vous ai embrassée, à Nochahr, alors que vous étiez censée débarquer de l'aéroport de Téhéran à bord d'une voiture surchauffée…

Scarlett baissa les yeux.

— Je voulais vous plaire, avoua-t-elle. En fait, cela faisait vingt-quatre heures que j'étais à Nochahr. Mon Dieu, James, j'ai honte de moi ! J'avais horreur de vous raconter toutes ces salades, mais il fallait que…

— Pourquoi M vous a-t-il envoyée ?

— C'était ma première mission en tant que double zéro. Il s'est dit que j'allais peut-être avoir besoin d'aide. Il voulait en quelque sorte faciliter ma prise de fonction.

— Et il pensait sans doute que j'allais avoir besoin d'un coup de main, moi aussi, dit Bond avec un soupçon de tristesse.

— Uniquement parce que la mission était trop lourde pour un seul agent. Et puis vous... Vous sortiez d'une mauvaise passe. Après Tokyo et...

Scarlett se rapprocha encore. Bond sentit sa main effleurer légèrement la sienne.

— Après tout, James, nous avons fait du bon boulot tous les deux, vous ne trouvez pas ?

— Et l'aisance avec laquelle vous avez enfilé ce parachute... reprit Bond. Sans entraînement, la plupart des gens ne savent pas comment s'y prendre.

— Je suis sincèrement désolée, James. Les choses ne pouvaient pas se passer autrement. J'ai obéi aux ordres. M savait que vous n'accepteriez jamais ma présence à vos côtés, s'il vous avait mis au courant. Mais il tenait à ce que vous repreniez du service. Il a besoin de vous.

— Pas étonnant qu'il ait eu l'air aussi embarrassé, quand il m'a exposé la mission, dit Bond. Et Poppy ?

Scarlett hocha la tête.

— Tous les hommes fantasment sur les sœurs jumelles, James.

— Comment avez-vous fabriqué votre tache de vin ?

— Avec du thé et du jus de grenade.

— Et la différence de couleur de vos yeux ?

— Vous l'aviez remarqué ? Je n'étais pas sûre que les hommes fassent attention à ce genre de détails. Je portais des lentilles de contact colorées.

— J'ignorais qu'on trouvait ce genre d'articles dans le commerce, dit Bond.

— On ne les trouve pas. C'est la section Q qui les a fabriquées pour moi. Cela étayait mon histoire de dizygotes, étant donné que les vraies jumelles ont toujours des yeux de la même couleur. Heureusement, vous n'aviez pas le temps de vous attarder bien longtemps ensemble, Poppy et vous.

— Et qu'avez-vous fait cet après-midi à Moscou, alors que je vous croyais à l'ambassade ?

— Je suis allée dans un parc voisin, en ayant soin de ne pas me faire repérer. Je devais respecter mon scénario jusqu'au bout.

Bond sourit.

— Vous êtes une sacrée actrice, dit-il. Vous étiez parfaitement dans la peau de votre personnage... Comme quand vous prétendiez être Larissa Rossi, à Rome.

— Je sais, dit Scarlett. J'ai suivi deux ans de cours d'art dramatique, quand j'avais une vingtaine d'années. C'est une des raisons pour lesquelles on m'a confié cette mission. Avec le fait que je parlais russe.

— Voilà pourquoi vous m'avez tourné le dos, dans la cellule, lorsque je vous ai dit que nous devions abandonner Poppy : vous pouviez feindre de pleurer sans que je voie votre visage.

Scarlett était si proche qu'il percevait l'odeur de sa peau, enveloppée d'une discrète aura de Guerlain. La jeune femme le fixait de ses yeux implorants et humides de larmes.

Sentant sa volonté faiblir, Bond se leva, écrasa sa cigarette et marcha jusqu'à la fenêtre.

— Comment M a-t-il pu avoir une idée pareille ? dit-il.

— Je vous l'ai dit, dit Scarlett. Il voulait que vous repreniez du service. Mon prédécesseur était mort. 009 commençait à filer un mauvais coton : il était à deux doigts de craquer pour de bon. M avait besoin de votre expérience et de votre énergie. Mais il n'était pas sûr que vous ayez encore la volonté, ni surtout le désir de vous remettre à l'ouvrage.

— Cela va à l'encontre de toutes nos règles, dit Bond. Que vous avait-il raconté ? Vous en saviez apparemment beaucoup plus long que moi sur Gorner.

— J'ai inventé l'essentiel de l'histoire, dit Scarlett. M m'avait laissé carte blanche, concernant ma couverture. Tout ce qu'il voulait, c'était que cela soit crédible, à vos yeux. Il m'a dit que j'allais vous trouver… indispensable. Et c'est bien ce qui s'est passé.

— A-t-il fait allusion à mon talon d'Achille ?

— Vous voulez parler des femmes ? Mon chéri, tout le monde est au courant. C'est la première chose que Felix m'a dite : « Dès qu'il flaire un jupon, le renard sort de son trou. » J'ignore d'où il sortait ce proverbe.

— Sans doute d'une histoire de Davy Crockett, dit Bond.

— Cela figure jusque dans le dossier que le SMERSH a réuni sur vous, d'après ce que j'ai entendu dire. À la rubrique « Points faibles ».

Bond considéra le visage encore anxieux de Scarlett.

— Y avait-il une once de vérité dans l'histoire que vous m'avez racontée, concernant les relations entre Gorner et votre père ?

— Oui, un peu. Je vous en prie, James, ne…

— Quoi, par exemple ?

— Mon père était bien professeur à Oxford, à l'époque, mais il n'a jamais rencontré Gorner. Il enseignait la musique – qui n'était pas la discipline préférée de Gorner, tant s'en faut.

— Et sa haine de l'Angleterre ? Comment l'expliquez-vous, dans ce cas ?

— Je ne sais pas trop comment cela a commencé. Mais j'étais évidemment ravie de l'entendre débiter sa tirade antibritannique.

Bond inspira profondément et considéra à l'autre bout de la luxueuse chambre d'hôtel cette jeune femme dans sa robe de velours noir. Sa stupéfiante beauté était à peine entachée par l'inquiétude qui se lisait dans son regard. Il repensa à toutes les épreuves qu'ils avaient affrontées ensemble : pas une fois elle n'avait faibli, pas une fois elle ne l'avait laissé tomber. Il fit deux ou trois pas dans sa direction et la vit esquisser une moue dubitative, comme l'avait fait Larissa Rossi à Rome.

En dépit des histoires qu'elle avait pu lui raconter, Bond était sûr d'une chose : cette fille l'aimait. Il la rejoignit et la prit dans ses bras. Elle poussa un soupir et colla ses lèvres aux siennes, tandis que les mains de Bond glissaient le long de sa robe, empoignant ses hanches et l'attirant brutalement à lui.

Ils passèrent plus d'une minute à s'embrasser.

— Maintenant, dit Bond, nous allons commander ce fameux dîner.

Scarlett se dirigea vers le téléphone. Des larmes de soulagement étaient apparues au coin de ses yeux.

— Pouvons-nous sauter les œufs Benedict ? dit-elle.

— Seulement pour cette fois, dit Bond. Mais je boirais volontiers un apéritif digne de ce nom. Une vodka-martini, par exemple.

Scarlett passa rapidement la commande.

— Vous avez une année de préférence, pour le château-batailley ?

— 1945 fera l'affaire, s'ils en ont.

— Ils nous montent le tout, dit Scarlett. Le dîner sera prêt d'ici une demi-heure.

— Ça nous laisse amplement le temps, dit Bond. Venez donc par ici. Mon patron évoquait une « prise de contact » et je n'ai pas l'habitude de contrevenir à ses ordres.

La chambre était meublée dans le style de la Belle Époque et comportait plusieurs penderies aux portes vitrées. Un miroir trônait également au-dessus de la cheminée en marbre. Bond regarda Scarlett qui se déshabillait, émergeant lentement de sa robe de velours, de ses bas et de ses sous-vêtements noirs. Sa silhouette se multipliait dans les glaces et ses reflets s'étendaient à l'infini dans la lumière tamisée et la chaleur feutrée de la chambre d'hôtel.

— Pour reprendre les termes de l'un des anciens patrons de Felix Leiter, dit Bond d'une voix rauque, nous sommes à la croisée d'une enfilade de miroirs.

Ses mains caressèrent le corps nu de Scarlett. Puis il la posséda rapidement, avec la violence et l'urgence longtemps refoulées de leur chaste relation.

*

* *

Scarlett était encore dans la baignoire lorsque le dîner arriva et Bond lui apporta un verre de martini.

— Je t'avais également amené ça, dit-il en sortant de sa poche un flacon d'essence de bain au gardénia de chez Floris.

— Tout se passe donc comme nous l'avions prévu, dit Scarlett en versant quelques gouttes du flacon dans l'eau de son bain.

Bond avala d'un trait son verre de martini glacé et poussa un soupir de satisfaction, avant d'approcher le chariot de service du lit. Il se déshabilla à son tour et enfila la robe de chambre en éponge accrochée à la porte de la salle de bains.

Il s'allongea sur les coussins rebondis et aspira la fumée d'une Chesterfield en la faisant descendre au fond de ses poumons, avant de la rejeter dans un long soupir satisfait. Scarlett, pendant ce temps, lui servit le caviar et la sole meunière, nue comme ils se l'étaient promis. Elle s'assit ensuite à l'extrémité du lit, contemplant Bond de ses immenses yeux bruns : on aurait dit qu'elle redoutait de le voir disparaître.

Bond vida une coupe de bollinger.

— Poppy me manque, dit-il. Elle avait quelque chose de… pudique, ce qui était d'ailleurs étonnant, de la part d'une créature aussi sauvage.

— Alors que Scarlett, en tant que banquière, était censée se montrer plus réservée…

— Ce qui fut loin d'être le cas.

— Et laquelle veux-tu que je sois ce soir ? demanda Scarlett.

— Jusqu'à minuit, Poppy fera l'affaire, dit Bond en débouchant la bouteille de château-batailley. Mais passé cette heure, la fougue et le naturel de Scarlett pourront reprendre le dessus.

Tout en mangeant, ils évoquèrent les différents événements de la semaine qui venait de s'écouler. Tandis qu'elle débarrassait les verres et les assiettes, Bond raconta à Scarlett les péripéties de sa dernière rencontre avec Gorner.

La jeune femme finit ensuite sa coupe de champagne et se glissa sous les draps, se blottissant auprès de Bond contre les oreillers.

— Que va-t-il m'arriver, James ?

— Que veux-tu dire ?

— Je pense à ma carrière. Pour ma première mission, j'ai commis une faute impardonnable : avoir une aventure dans le cadre du travail.

Bond se leva et marcha jusqu'à la fenêtre. Il sentait la douleur qui élançait son corps : ses épaules, son torse, ses hanches, l'ensemble de ses muscles le faisaient souffrir.

À ses pieds, la Ville lumière s'étendait à partir de la place de la Concorde jusqu'à l'Opéra, Pigalle et les terribles blocs de béton de la *banlieue* nord.

Il tira soigneusement les rideaux, songeant à M, à Julian Burton, son nouveau conseiller psychologique, à Loelia Ponsonby, à Moneypenny et à tous les autres.

— Le cadre du travail, répéta-t-il.

— Oui, dit Scarlett en rabattant les couvertures et en révélant son corps nu, encore doux et parfumé de son bain. Et de l'aventure.

Remerciements

Matériel lourd : James Holland, Mark Lanyon, Rachel Organ, le lieutenant-colonel John Starling, Rowland White. Pour L'Ekranoplan, voir les sites www.autospeed.com et www.se-technology.com/wig.

Matériel léger : Atussa Cross, Hazel Orme.

Pays lointains : Andrew Burke/Lonely Planet ; Patrice Hoffmann.

Bondologie : Henry Chancellor, Zoe Watkins, Simon Winder.

Avec ma gratitude,

S.F.

Londres, le 28 mai 2008.

Table

8927

Composition
NORD COMPO

Achevé d'imprimer en France (La Flèche)
par CPI BRODARD ET TAUPIN
le 6 mars 2009. 50866

Dépôt légal mars 2009.
EAN 9782290016329

ÉDITIONS J'AI LU
87, quai Panhard-et-Levassor, 75013 Paris

Diffusion France et étranger : Flammarion